달빛은 뜨거운 바다를 비웃네
마치 사월의 흰서리같이 퍼져.

유중원 중편소설집

달빛 죽이기

글누림

차 례

인간의 초상

인간의 초상

아마도 젊었을 때는 아름다웠다.

　내가 감히 인간의 냉혹한 운명에 대해 말할 자격이 있는지 모르겠다. 지금까지 살아오면서 운명다운 운명과 조우하여 그것에 맞서 격렬하게 싸워본 일이 없었기 때문이다. 그러나 나의 경우에 삶의 운명은 구체적으로 어떤 경로로 진행되었을까 하고 한번쯤 생각해 볼 수는 있지 않을까. 지금쯤, 내 삶의 한 끄트머리를 되돌아볼 수 있지 않을까. 순전히 우연 혹은 행운 덕분에 이리저리 우회로를 거쳤지만 크게 옆길로 벗어나지 않은 운명 말이다. 그런데 한 인간의 삶에 있어서 인생행로란 인위와 우연, 사건과 사물, 운명에 의해 어떤 경우에도 반듯하게 직선 행로일 수는 없다. 삶이란 대체적으로 보이지 않는 힘에 의해 본의 아니게 이리저리 떠밀리다가 여기저기 부딪치고, 짓밟히고, 방황하다가 갑작스럽게 방향을 바꾸는 것이다. 삶이란 게 어떻게 돌아가는 건지, 어떤 일이 일어날지는 누구도 모른다. 그런 것이다. 삶이란 우발적 사건의 연속, 반전과 반전의 반전이 있을 뿐이다. 그러니 개인의 역사란 우리가 (구태의연하게) 운명이라고 명명하는 무작위적 우연의 연대기인 것이다.

그러나 이건 고백이나 짧은 회고록 따위는 아니다. 뭐랄까?

그것은 결코 자기 자신을 진실하게 내보이는 것이 아니다. 고백하는 사람은 누구나 거짓말쟁이이며 모든 고백에는 위선적인 동기, 과장, 미화, 자화자찬, 변명 또는 교묘한 선전이 숨어있다. 진정한 사람은 자신에 대해 말할 게 별로 없는 법이다. (폴 발레리)

그런데, 지금에 와서 이걸 말하는 게 도대체 무슨 의미가 있을까? 나는 아주 오랫동안, 근 40년 동안 누구에게도 말한 적이 없었는데 말이다. 과거의 그 기억들을 저 깊은 망각의 심연 속에 묻어둔 채 살아가기로 작정하지 않았던가. 그건 좋은 기억도 아니고 나쁜 기억도 아닌 그런 모든 걸 초월한 것이기는 하지만. 나는 말할 수 없었기 때문에 말할 수 없었다. 과거를 돌아본 것이 두려웠기 때문이었을까? 하필 이 시점에서일까? 나에게 무슨 일이 일어난 것인가? 또는 일어날 것인가? 세월의 무게 때문일까? 이미 체념했기 때문인가? 여기에서 체념은 희망을 버리고 단념했기 때문이 아니라 불교의 사성제 四聖諦가 의미하는 것처럼 내가 비로소 인간 삶의 도리를 깨달았기 때문일까? 지금쯤 내 말을 들어줄 누군가가 절실히 필요했던 것일까? 그러나 내가 나의 과거에 대해 말하고자 하는 것을, 더욱 많이 행간에 암시한 모든 것을 당신은 온전히 이해할 수가 있을까? 당신의 고단한 삶과 연쇄적인 상호 작용을 일으킬 가능성이 있을까? 당신은 허위의식에 찬 이걸 읽고 냉담하고, 의식적으로 무시하고, 혹은 의혹을 품을 것인가? 차라리, 오랜 버릇대로, 만취해서 그때마다 혀 꼬부라진 소리로 나의 분신, 제2자아에게 웅얼거리는 게 낫지 않을까? 내 얼굴과 육체에, 나의 의식과 무의식의 세계에 내 삶의 궤적이 그대로 각인되어 있는데 새삼스럽지 않은가?

내가 지금 울고 있을 리는 없다. 그러면 웃고 있을까? 자신을 비웃고 있을까? 희미한 미소를, 밝은 아니면 어두운…….

하긴 젊은 시절, 나의 의사와는 상관없이 전쟁터에 끌려가서 야전병원에서 40여 일간 입원하여 생사의 기로를 헤맨 일이 있긴 하다. 하지만 그건 밀림에서 벌어진 치열한 야간 전투에서 어디선가, 어둠 속에서 적의 저격수가 날려 보낸 총알이 몸에 박혀 부상을 입어서가 아니라 뜻밖에 정체불명의 열대병에 걸렸던 것이다. 그것도 수천 명의 백마부대 30연대 부대원 중에서 어느 날 갑자기 나만 걸렸던 것이다. 그때까지 나는 너무나 건강했는데 말이다. 글쎄, 왜 하필 나였을까. 그러니 나는 지금까지도 그 영문을 모르겠다. 모질고 억센 운명 (누가 운명을 관장하는지는 몰라도) 이외에는 그걸 달리 설명할 길이 없는 것이다.

연대 의무대 군의관은 자신이 손쓸 방법이 없음을 알고 신속하게 야전병원으로 후송한 것이었다.

나트랑. 십자성부대. 102 야전병원.

그런데 그 병의 증상은 이렇다. 처음에는 온몸이 불덩어리가 되었다가 열이 조금 식으면 다시 열병인 것처럼 발작적으로 오한이 엄습하여 전신경련을 일으키고, 그때 의식이 까무러치며 마구 헛소리를 내뱉는 것이고 무언가를 한참 동안 웅얼거렸다. 악령에 들린 자가 전혀 알지 못하는 고대 언어나 외국어로 지껄이는 것처럼 말이다. (그러나 그 헛소리는, 그 애절한 웅얼거림은 나의 무의식 속에 깊숙이 잠재되어 있던 영혼의 알아들을 수 없는 외침이, 혹은 중얼거림이 아니었을까.) 하여간에 내 몸은 계속해서 번갈아 찾아오는 불덩어리와 발작적 오한 때문에 근 보름 동안이나 아무것도 먹지 못하고 오직 수액에 의지하고 있었으므로 몹시 피폐해졌다. 그러나 의식은 가끔 돌아왔다. 그리고 그때마다 환청, 환각, 착란, 망상에 시달렸다.

그 당시, 감수성이 극도로 예민했던 20대 초반 그 시절에 남몰래 흘린 눈물, 고통, 혼란, 체념 등에 대한 생생한 기억들이 지금까지도 나의 정신세계를 지배하고 있고, 그래서 아주 일찍부터 단념할 줄 알았다. 그리고 바보처럼 단순한 운명론자가 되어 버렸다.

나는 그때 담당 의사와 간호 장교의 암묵적인 대화와 중환자실의 환자에 대한 죽음의 은유를 의미하는 행동에서 짐작하건대, 내가 지금 죽어가고 있음을 놀랄 만큼 분명히 느끼고 있었다. 나는 틀림없이 죽을 것이고, 그것도 아주 빠른 시일 내에 죽을 것이고, 죽은 뒤에는 이제 더 이상 존재하지 않을 거라는 자아의 부재에 대해 단념한 것이다. 나는 죽음의 문턱에서 혼수상태에 빠져 있었다. 육체는 거의 죽어 있었는데 의식은 희미하게나마 살아있어서 그들의 대화를 다 듣고 이해할 수 있었다. 그 의사가 말했다. 호프리스 hopeless야. 뇌가 완전히 망가진 거지. 약이 들어먹어야 말이지. 이미 죽은 거야. 끝장이 난 거지. 간호 장교가 심각한 얼굴로 고개를 끄덕이고 있는 게 느껴졌다.

나는 언제부터인가 모르지만 계속 깊은 잠에 빠져있다, 어쩌면 지금 꿈을 꾸고 있을 뿐이다, 아니면 일시적으로 착란을 일으키고 있는지도 모른다는 생각이 들었다. 나는 깨어나고 싶었다. 나는 비명을 지르고 싶었지만 비명소리는 나오지 않았다. 그때 나는 살려달라고 외치고 싶었던 것이다.

그랬으니 (장편소설 **사하라**의 주인공인) 김규현이 죽음을 앞둔 상황에서 일어나고 있는 명징한 의식의 흐름을 나는 누구보다 잘 이해할 수 있다. 내가 바로 그랬으니 말이다. 나는 야전병원의 침대에서 의식이 깨어날 때는 하염없이 누워서, 길고, 의식적이고, 자의적인 꿈과 환상 속을 헤매었으니까. 그러면, 죽음의 공포가 사라졌었다. 하지만 나는 지금이나 그때나 무신론자여서 톨스토이의 소설 속 인물인 이반 일리치처럼 죽어가는 그 순간 위대한 신과의 대화를 시도하지는 않았다. 다만 그 순간 내가 죽어도 살아 있다는 생각, 내가 죽어도 영혼만은 절대 죽지 않는다는 확신이 들었다.

나는 어느 순간 갑자기 의식이 돌아왔을 때 마지막이라는 생각에 안간힘을 다해 유서와 다름없는 편지를 써서 고국의 아버지께 보냈었다. 이번 편지가 늦게 된 건 순전히 군사작전이 길어졌기 때문에 편지 쓸 틈이 없었다고, 그 작전은 부대 주둔지에서 200킬로미터나 떨어진 국경 근처의 밀림으로 출동한 장기 작전이었다고 둘러대고, 나는 지금 너무너무 건강하고 잘 복무하고 있다고, 우리 가족은 잘 살아야 된다고, 아버지가 중심을 잡아야 한다는 등등. 지금 더 이상 자세한 내용은 기억나지 않는다.

또, 그 당시의 일과 관련해 그 40여 일 중에서 특별히 기억나는 날이 있다. (이건 추억이라고는 할 수 없다.)

열대지방의 늦은 오후.

석양이 질 무렵이면 어김없이 야전병원 화장터의 긴 굴뚝 위로 죽은 병사들의 시체들 모아 태우면서 나오는 하얀 연기가, 가냘픈 연기가, 슬픈 연기가, 영혼을 상징하는 연기가 곧게 피어올라 하늘로 올라갔다. 그리고 바람에 실려 시체 타는 냄새가 병동까지 날라들었다.

화장터 담당 **김재수** 병장은 항상 술에 얼큰히 취해서 불콰한 얼굴로 시체들을 잘 태우기 위해 기다란 쇠꼬챙이로 타다 남은 살점과 뼈들을 뒤적여서 불이 활활 타오르는 더 깊은 소각로 속으로 밀어 넣는 일을 했다. 그리고 암암리에 김 병장에 대한 도저히 믿을 수 없는 흉흉한 소문도 돌았다. 열대 지방의 우기에 접어들면 몇 달 동안 억수같은 비가 쏟아지는 날이 계속되고, 그 우울한 날에는 그는 어김없이 노릿노릿하게 구워진 주로 종아리 살점을 안주 삼아 술을 통음한다는 것이었고, 술에 만취하고 나면 무어라고 계속 웅얼대면서 장대비 속을 몽유병자의 몸짓으로 몇 시간씩이나 흐느적거리며 동생을 찾으러 다닌다는 것이다.

내가 상당히 회복되고 난 후 맑은 공기를 쐬기 위해 병원 주변 숲 속을 어슬렁거릴 때 아무도 접근하지 않는 외로운 사람인 그와 가끔 만나게 되었다. 그때는 나도 너무 외로웠으니까. 말동무가 절실하게 필요했다.

그는 늘 바닥으로 시선을 깔고 반쯤 쉰 목소리로 자신과 대화하듯 말했다. 그는 의외로 순박한 사람이었다. 식인종처럼 보이지는 않았던 것이다. 더욱이, 그리스 신화에 나오는 눈은 하나 밖에 없고 치즈나 우유를 주로 먹고 살다가 가끔씩 사람 고기로 포식하는 외눈박이 거인 퀴클롭스는 아니었다.

야전병원을 둘러싼 열대의 숲은 무겁고 음산했다. 그날 오후, 하늘은 낮고 거대한 먹구름이 뒤엉킨 채 몰려왔다. 번갯불이 번쩍이고 천둥이 치며 무섭게 소나기가 쏟아졌다. 그러나 잠깐이었다. 스콜이 그치고 잠시 서늘한 바람이 불었다. 바나나 나무의 넓은 잎들이 하늘거린다. 황혼녘이 되어 어둠이 내린다. 숲에는 적막감이 흘렀다.

그날도 여전히 술에 취한 채 (오후 작업이 시작되면서부터 마신 술이거나, 아니면 비가 내렸기 때문에 마셨을 수도 있다.) 무덤덤하게 그가 말했다.

비오는 날은 싫어. 지긋지긋하지. 슬프고 우울하단 말이야. 불의 유혹을 견딜 수 없어 꼭 죽고 싶다니까. 불꽃이 동생 얼굴로 변하지. 동생이 환하게 웃고 있는 거야. 그럴 땐 소각로 속으로 내가 들어가고 싶어. 불꽃이 활활 너울거리며 춤을 추고 위로 솟구칠 때는 그 유혹을 참기 힘들지.

그 아인 비밀에 가득 찬 수수께끼였지. 난 그에 대해 아는 게 별로 없지. 유령처럼 신비로운 존재였지. 항상 반쯤 꿈꾸는 듯 한 표정을 하고 있었던 거야. 단지 내가 짝사랑했을 뿐이야. 그리고 불같은 질투와 격렬한 감정, 알 수 없는 욕망 때문에 굉장한 고통을 느꼈던 거야. 그 고통이 납덩어리처럼 가슴을 억눌렀지. 난생 처음으로 그런 감정을 느꼈지. 그런데 그가 감쪽같이 사라졌던 거야. 남자가 남자를 사랑하는 것은 중대한 정신병이라고 하면서…… 나는 하늘이 두 쪽이 나도 그가 돌아오지 않을 거라는 걸 알고 있지…….

그런데 그 유혹을 뿌리치려면 술을 진창 퍼마시고 지워버려야만 하지. 술에는 고기 안주가 필요하거든. 약간 짭짤하긴 한데…… 허벅지 살은 닭고기 가슴살처럼 퍽퍽하고 종아리 살이 질기면서도 쫄깃쫄깃하다고 종아리 살에는 하얀 지방질은 전혀 없는 거야. 그 살코기는 씹는 질감이 최고지. 맛있어서 눈물이 나지. 나는 어린 시절부터 남자의 다리, 종아리에 매력을 느꼈던 거야. 여자의 음부같이 무릎 안쪽 우묵한 부분에서부터 완만하게 튀어나와 젊은 여자의 엉덩이 혹은 젖가슴처럼 부드럽고 매끈매끈하고 정맥의 푸르스름한 핏줄이 보일 듯 말 듯 감춰져 있는 살덩이. 나는 온몸을 쥐어뜯고 태워버릴 듯한 짜릿함, 죽음처럼 불안한 짜릿함을 느꼈지.

나는 울면서, 울면서 꼭꼭 씹는 거야. 그리고 꿀꺽 삼키는 거지. 중대한 정신병을 치료해야 하니까.

워낙 은밀한 소문이었다. 그가 영창에 가지도 않고 또한 조기 귀국을 당하지 않는 것을 보면 병원의 장교들은 틀림없이 모르고 있다는 것이다. 더욱이 어떤 병사도 밤마다 귀신이 출몰한다는 화장터의 소각로를 담당하는 직책을 결사적으로 기피하였으므로 그 이외에는 당장 할 사람이 없었던 것이다. 그는 귀국 만기가 되었음에도 불구하고 병원 관계자의 끈덕진 종용에 따라 귀국을 연기하면서까지 그 일을 하고 있다는 것이다.

퀀셋 병동.

나는 잠깐씩 의식이 회복되기도 하고 몸을 움직일 수도 가끔 밖으로 걸어 나갈 수도 있었지만 여전히 그 증세가 나를 억누르고 있었다. 증세는 오히려 악화되고 있었다. 간헐적으로 온몸이 불덩어리처럼 뜨거워지며 머리가 깨질 듯한 통증이 오고, 그때는 헛소리를 마구 지르고 고함을 외치며 내장 속에 들어있는 걸 몽땅 토해내야

했다. 그러나 김 중위는 언제나 냉담했고 단 한 번도 웃음을 보인 적이 없었다. 그는 친절한 의사가 아니었다. 맨날 뚱해서 화가 난 것처럼 보였다. 그랬으니 병명이 무엇인지, 매일 수십 알씩 삼켜야 하는 알약의 효능이나 부작용, 치료 경과에 대해서, 의사로서 빈말이거나 거짓말이거나 할 것 없이 위로의 말 한 마디 말해준 적이 없었다.

그때쯤에는 가망이 없었으므로 나는 움직일 수 없는 사실로 여겼고 이왕 죽을 거라면 차라리 빨리 죽는 게 나을 거라고 생각했다. 죽음의 일시적 지연이 지금 이 순간 무슨 의미가 있겠는가 말이다. 그건 치욕이고 회한이며 육체적이고 정신적인 형벌일 뿐이었다. 어차피 죽음은 아주 가까이 다가와 있었던 것이다. 나는 지금 죽어가고 있는 중이다. 매일 같이 인류 공통의 운명을 직시하고 있는 것이다. 그러나 죽음은 고통과 번민으로부터 해방이었기에 가장 순전한 상태의 죽음의 세계는 나를 매혹하였고 나는 그때 자기 파괴적인 충동과 함께 죽음을 간절히 소망하게 되었다.

그날 늦은 오후에 나는 잠깐 의식이 회복되었을 때 침대에 누워 곧게 하늘로 올라가는 그 흰 연기를 바라보고 있었다. 그리고 나도 조만간, 며칠 내로 흰 연기로 탈바꿈할 것이라고 생각하자 눈물이 두 뺨으로 걷잡을 수 없이 쏟아져 내렸다. 신체의 어느 부위인지 알아볼 수조차 없게 흩어져 있는 뼛조각 몇 점과 회색 재 한 줌만 소각로 바닥에 남을 것이다. 하지만 나를 옭아매고 있던 뿌리 깊은 냉혹한 공포감과 고통스러운 자아로부터 해방감을 맛보았다. 그리고 안도감을 느꼈다. 그 눈물이 그때 처음이자 마지막으로 흘린 것이었다. 그 후로 눈물 같은 것은 흘린 일이 없었다. (내 기억에는 그렇다.)

나는 그때서야, 눈물을 쏟은 후에서야 우리에게 지옥은 없다는 것을 깨달았다. 유황불이 활활 불타고 있는 지옥은 땅 속 수 백 미터, 수천 미터 깊은 곳에 자리 잡고 있을 터인데 영혼의 하얀 연기는 하늘나라로, 천국으로 올라가고 있었으니까. 그런 거야. 우리들은 이 세상에 태어나서 무슨 흉측한 죄악을 지을 틈도 없었는데, 아직도 얼굴에 솜털이 보송보송하고 변성기이거나 막 지났는데, 동정이고 새벽이면 몽정을 하고, 젊은 여자애만 보아도 미칠 듯이 가슴이 울렁거렸는데, 어떻게 무슨 이유로 심판을 받고 지옥으로 떨어질 수 있겠는가. 나는 무신론자이지만 어떻든 천국으로 올라가는 거였다. 나는 희열을 느꼈다.

그리고 천신만고 끝에 살아나서 회복기에 있을 그때는 가벼운 죽으로 연명하였지만 여전히 계속되는 두통 증세로 신경이 예민해져 심한 불면증 때문에 고통을 받았다. 의식이 상당히 회복된 후에도 한동안 여전히 흐느적거리고, 중얼중얼거리고 잠을 자지 못해서 눈알이 빠질 것 같았으니 내 시선은 초점을 잃고 나른해 보였다. 이게 현실인지 꿈인지를 분간할 수 없었다. 좀비, 아니면 약간 미쳐버렸을까. 나는 그때 간호 장교에게 하소연하였다. 김 소위님, 제발 독한 수면제 좀 줄 수 없어요? 잠을 못 자서 눈알이 빠질 것 같습니다. 절 좀 죽음처럼 깊은 잠 속으로 재워주세요. 하지만 그녀는 애매하게 살짝 웃었다. 그리고 수면제 대신 또다시 엉덩이에 무슨 주사를 놓아 주었다. 내 엉덩이는 너무 많은 주사바늘 자국 때문에 온통 푸른 멍이 들어있었다.

나는 죽음과 같은 혼수상태에서 보름여를 보냈는데 이제는 겨우 깨어나서는 반대로 고도의 불면증 때문에 계속적으로 깨어있어야만 했다. 잠은 생리적으로 인간의 가장 기본적인 욕구인데 잠을 못 자서 죽게 된다면 이 얼마나 끔찍한 죽음일 것인가. 나는 그 때문에 또다시 죽음의 고통 속에서 죽음의 공포를 잊기 위해 끊임없이 비현실적이고 모호한 성격의 상상과 망상, 꿈과 환영 속을 헤맸다. (물론 그때 죽어가면서 명료한 의식 또는 오락가락하는 흐릿한 의식 속에서 끊임없이 꿈꿨던 꿈의 내용을 지금은 거의 기억해낼 수 없다. 온통 꿈속이었다. 꿈속에서 또 하나의 꿈을 꾸고, 또 그 꿈이 또 다른 꿈을 꾸었다. 꿈의 연속. 그리고 너무 오랜, 까마득한 세월이 흘렀다. 내가 애써 기억해낸 기억의 파편과 부풀려 지어낸 것, 제멋대로 상상한 것들은 한 덩어리로 얽혀있어 분리하기가 불가능했고 함께 망각 속에 묻혀 있었다. 40여 년의 세월이 흘렀으니……. 40년의 시간. 과거. 침묵. 망각. 그것은 시커먼 구멍이다. 그 속으로 사라진다.)

하지만 희미하고 파편적이긴 해도 모든 기억이 완전히 사라지는 것은 아니다. 세월이 그렇게 많이 흘렀다고 해도 어찌 사람들을 잊어버릴 수 있겠는가. 사람들의 기억. 장면들의 기억. 그것들은 세월도 무용지물로 만드는 것이어서 마치 어제 일처럼 너무 생생하다. 그러나 과거의 삶은 안개 속에 가려져 있다. 그러므로 순수한, 단순한 문자 그대로 기억은 있을 수 없다. 기억은 질서정연하지 않다. 기억의 단속 斷續. 그런 의미에서 모든 기억은 이미 해석에 불과한 것이다. 이것은 기억의 변형이고 변주일 뿐이다.

나의 주치의였던 **김현수** 중위는 그 당시에는 작은 키에 여윈 체구로, 그러나 깨끗하고 흰 피부를 가지고 있었다. 그는 서울의대 출신이었다. 나는 지금 그의 소식을 까맣게 모른다. 아마 1970년대 의사들이 미국쪽으로 많이 떠났으니까 그때 미국으로 이민을 갔을지도 모르고, 아니면 대학병원이나 대형 종합병원에서 내과 과장을 하고 정년퇴직을 하였거나, 또는 전문의 자격을 딴 후 바로 개업해서 돈을 많이 벌고 빌딩을 올렸을 수도 있다. 하여간에 지금쯤은 몸은 살이 쪄서 배가 톡 튀어 나왔을 것이고, 주말마다 골프를 많이 쳐서 흰 얼굴은 알맞게 그을렸을 것이고, 머리는 틀림없이 대머리 혹은 반쯤 대머리일 것이다. 나도 늙었지만 그는 훨씬 많이 늙었을 것이다.

나는 지금도 그녀의 아름다움을 상상한다. 정말 예뻤다. 장담할 수 있는데 내가 지금껏 살면서 본 여자 중에서 제일 예뻤다. 나는 그녀의 얼굴이나 몸매를, 하얀 피부를, 슬픔과 기쁨을 동시에 섬광처럼 뿜어내는 그 눈길을 더 이상 어떻게 묘사할 길이 없다. 내가 그때 넋을 잃고 바라보고 있는 건 인간의 육체를 지닌 진짜 사람이 아니라 여신, 에로스의 얼굴과 몸을 가진 여신이었다. 내가 감히 여신을 사랑할 수 있을까. 그때 우리들 중환자실 환자들은 그녀가 출현할 때마다 숨을 죽인 채 넋을 놓았다. 그리고 몰래 그녀의 얼굴을 훔쳐봤을 뿐이다. 우리들은 감히 노골적으로 쳐다볼 수 없었다. 우리는 졸병이었고 그녀는 엄연히 장교. 그러나 그녀는 극히 사무적이었으니 아주 상냥했다고 할 수는 없었다. 그러니깐 백의의 천사 타입은 아니었다.

김혜진 소위. 그녀는 지금도 여전히 아름다운 모습으로 곱게 늙어가거나 또는 완전히 쭈그렁 할머니가 되어 살아있을 것이다. 그러니까 머리는 서리를 인 것처럼 하얗게 변했고 뱃살은 축 늘어져서 몸무게는 20킬로 정도 늘었을 것이 아닌가. 비슷한 나이의 다른 여자들과 전혀 다를 바 없이 그녀는 오랜 전부터 외모에 대해서는 완전히 신경을 끊었을 것이다. 아니면 미인박명이라고 일찍 죽었을지도 모른다. 그러나 나는 그녀가 그녀를 치근대던 장기 복무 군의관과 결혼해서 2남 1녀쯤 자식을 낳고 행복하게 살고 있다고 상상해 본다. (하지만 그녀가 김 중위와 결혼했을 거라고는 상상할 수 없다. 그 당시 그들은 서로 간에 극히 사무적인 관계였지 사랑이나 애증이 얽힌 관계는 아니었던 것이다. 그러나 어찌 알겠는가?)

얼룩은 하얗고 몸통은 새까만 너무나 얌전한 개. 개 주인은 그를

'덕구'라고 불렀다. 화장터의 김 병장은 가끔 그 개를 데리고 다녔다. 그는 주인 없이 부대 주위를 헤매고 다니던, 그 당시 야윌 대로 야위어 뼈만 앙상하게 남아있고 더군다나 한쪽 뒷다리를 약간 절룩거렸던 그 똥개를 거둬 정성껏 키우고 있었다. 이제는 제법 살이 올랐고 뒷다리는 정상을 되찾았다. 내가 말했다. 보신탕 좋아하는 우리 아버지처럼 키워서 잡아먹으려고…… 그가 정색을 하며 대꾸했다. 덕구는 내 동생이야. 동생이고 자식 이상이지. 건강한 개는 새 주인을 만나면 따라가지 않으려고 앞발로 버티고 낑낑거리며 뻗대는 거야. 그러나 덕구는 그렇지 않았지. 애원하는 눈빛으로 올려다보았던 거야. 다시는 도망가지 않게 잘 키울 거야. 그렇고말고 어떤 놈이 손을 대면 가만두지 않을 거야. 장교라고 해도 말이지. 우리가 그 이야기를 할 때 덕구는 눈을 감은 채 죽은 듯이 옆에 엎드려 있었다.

내가 퇴원하던 날 김 중위가 말했었다.

유 상병은 오랫동안 혼수상태에서 깨어나지 못했어, 그래서 깨어나지 못하고 그대로 죽는 줄만 알았지. 도대체 병의 정체를 알 수 없어서 어쩔 수 없이 포기하려고 하였는데. 조직검사 결과 뇌종양이거나 무슨 암 덩어리가 머릿속에 들어 있었던 건 아니었던 거야, 그러니까 의학 교과서에도 나오지 않는 병이야, 그냥 열대지방의 지랄병이라고 할까, 또는 염병이라고 할까. 완쾌될 확률은 일 퍼센

트도 안 되었지. 그래서 필사적으로 약을 이것저것 처방하였는데 역시 섬망증에는 새로 나온 강력한 진정제 주사가 효과가 있었던 거지. 그때마다 정신이 아주 몽롱했을 거야. 나는 그 약이 올더스 헉슬리의 '멋진 신세계'에 나오는 '소마'라는 알약, 그러니까 진정제 역할을 하면서 행복감을 높여주고, 환각 상태에 빠뜨리는 그런 종류의 신비한 약이길 바랐던 거야. 하여간에 유 상병이 살아난 게 도저히 믿을 수가 없는 거지. 기적 같은 것이 일어났다고 생각하면 어떨까. 믿을 수 없을 만큼 회복이 되었거든. 어쨌거나 하늘에 계신 하나님이 도왔을 거야. 군목 장교가 두 번씩이나 병자성사를 했었 거든. 네가 살아나서 내가 기쁘다구. 그때는 의사로서 한계를 절감 하고 자포자기했으니까. 네가 한 없이 불쌍했으니까……. 지금이니 까 말할 수 있는 거야.

그랬었군요. 정말, 감사합니다. 전 죽어도 상관없는데…… 자신의 존재 자체가 여분이라고…… 잉여라고…… 느끼고 있었거든요. 전 그럴만한 이유가 없는데 살아남은 거죠. 전 그 유일무이한 신을 믿 지 않으니까요. 지금 생각으로는 제가 죽을 때까지도 인정하지 않 을 것 같습니다. 그러니까 순전히 우연 때문이겠지요. 도저히 알 수 없는 이유 때문에…… 하여튼 다시 살아나서 원대복귀하게 되어 감 사합니다.

그러니까 네가 잉여적 인간이라고 고백하는 거야. 사르트르를 읽 은 거군. 로캉탱을 흉내 내는 거겠지. 어리석은…… 정말 어리석은.

모든 인간은 언제나 잉여인 거야. 그러나 후유증이, 정신적 후유증이 남을 수도 있겠지. 어두운 불안감 때문에 평생을 시달릴지도 모르겠어? 하지만 의사의 처방이나 약물의 작용으로 어떻게 할 수 있는 건 아니니까, 스스로, 의지의 힘으로 해결할 수밖에 없을 거야.

목사님은 그때 병자성사를 한 게 아니고 예수가 한 소년의 몸에서 마귀를 쫓아낸 것처럼, 제 몸에 깃든 악령을 쫓아내기 위해 퇴마의식을 치렀던 게 아닐까요? 제가 귀신이 들려서 또다시 미쳐버릴지 모르겠습니다. 그러니까 영험한 아프리카의 퇴마사를 만나야겠지요. 그러려면 사막으로 떠나야 할 겁니다.

야전병원의 검문소 입구에서 나트랑 시가지로 쭉 뻗어있는 직선 도로의 오른쪽으로 '성병유 요치료'라는 스탬프가 찍힌 빨간 딱지를 소지한 병사들을 수용하는 '성병환자 수용소'가 보였고, 왼쪽으로 헌병 중대와 보안대, MIG 막사, 보급창 그리고 멀리 미군 헬리콥터 대대가 주둔하는 비행장이 보였다. 나는 새삼스럽게 나트랑 시내를 내려다 봤다. 바다에서 잔뜩 습기를 품은 해풍이 불어왔다. 햇빛이 눈부시다.

나를 태운 앰뷸런스가 부대를 향해 출발했다.

나는 원대복귀하였다. 그러나 그때 병원에서 퇴원하긴 하였지만 여전히 몸 상태가 완전한 것은 아니어서 내가 희망하면 바로 조기 귀국을 할 수도 있었으나 그렇게 하지 않았다. 나는 그렇게 사경을 헤매었어도 그 전쟁을 원망하지도 않았고, 왜 전쟁이 일어났는지, 그게 무슨 전쟁인지, 누굴 위한 것인지, 누구 잘못인지도 몰랐고, 그러므로 전쟁의 승패 여부, 이해득실을 따지지도 않았다. 그 전쟁은 허무맹랑했다. 물거품 같은 거였다. 어쨌거나 나는 국가의 준엄한 명령에 의해 그들 간의 코미디 같은 전쟁에 단지 어릿광대의 단역으로 출연한 거였으니까, 그 전쟁은 나와는 무관한 것이어서, 전혀 중요하지도 않았고, 무의미했고, 그래서 심각하게 생각하지 않았던 것이다.

나는 원대복귀한 후 얼마 지나서 연장 근무를 신청하여 1년여를 더 복무하였다. 그 기간 중에 김 병장 사건이 있었다. 김 병장은 작전 중 실종 전사한 것으로 상부에 보고되었지만 그 후 아무도 그의 소식을 알 수 없었다. 나는 그때 절박한 심정으로 인간 성체가 되기 위해 호되게 부화의 과정을 거쳤다. 2년 차 고참병의 특권. 무시로 외출과 외박. 수진에서의 몽유병자 같은 끝없는 배회. 일차에서 십차까지. 대취. 만취. 마리화나. 단골 꽁까이. 고독. 망상. 환상. 환멸.

그리고 1970년 가을경에 나는 상처와 고통이 치유되기는커녕 여전히 심연 깊은 곳에 앙금처럼 쌓인 채로 귀국하였다. (세월이 훨씬 지나서 나중에 밝혀진 것이지만, 그것들은 인간 실존에 있어서 원초적이고 근본적인 것이어서 치유 자체가 불가능한 것이었다.) 나는 카렌다에 동그라미를 그려가며 귀국특명을 손꼽아 기다린 것도 아닌데 귀국 날짜가 잡힌 것이다. 그러나 귀국을 얼마 앞두고 화장터의 김 병장이 키우던 개를 화장하고 나서 M16 소총으로 자신의 심장을 쏴 자살했다는 소식을 들었다. 자신이 자살하기로 예정한 바로 그날 화장실의 소각로 앞에서. 나는 퇴원하기 하루 전 그와 마지막 만날 때부터 예감하고 있었기 때문에 이상한 이야기이지만 그의 죽음은 당연하게 느껴졌다. 그는 그날 불면증에 시달리는 우울한 표정으로 '사람들이 날 그냥 좀 내버려두었으면 좋겠어.'라고 말했다. 하지만 나는 그 어떤 흔해 빠진 말로도 위로나 격려 따위의 말을 입 밖으로 내보낼 수 없었다. 그의 육신 역시 훨훨 타는 소각로에 들어가 한 줌 재로 변했을 것이다.

나는 죽지 않고 돌아왔다. 낡고 무거운 따블 백을 어깨에 메고 패잔병의 모습으로 송정리 집으로 돌아온 것이다. 난 도피처가 필요했던가. 난 지금부터 어떻게 될 것인가. 새로운 삶을 살 수 있을까? 그게 가능한 일일까?

귀국하는 장병들을 싣고 캄란항을 출발한 미 해군 수송선 발레(Ballet)호가 부산항 제3부대에 정박하였다. 그때 떠날 때 들었던 동원된 학생들의 그 무성의하고 맥 빠진 함성소리가 내 가슴 속에서 되살아났다. 백마부대 용사들아…… 백마부대 용사들아…… 그 함성소리에 분명히 김규현의 우울한 목소리도 들릴 듯 말듯 섞여 있었으리라. (그는 그 무렵이면 부산에서 공업고등학교에 다닐 때였으니까.)

내가 귀국할 무렵에는 베트남 전쟁이 갈수록 격렬해지면서 (베트남의 눈물, 피, 공포, 독약, 그러니까 전쟁의 광기 때문에) 반전 시위도 격렬해져서 미국은 둘로 분열되어 갔다. 그러나 대한민국은 권위주의 정권 하에서 (그 전쟁에 의해 삶이 철저히 파괴되고 파멸된 사람들의 이야기는 은폐된 채) 일사불란했고 국론 분열은 없었다. 우리는 언제든지 용감한 파월 용사였다. 그때는, 제3공화국 박정희 대통령의 원대한 꿈이 마침내 영글어서 그 밑그림이 거의 완성될 무렵이었다. 그 얼마 후 우리 시대의 저주이자 악몽, 망령인 유신체제가 엄숙하게 선포되었다.

그러나 무사히 귀국하였다는 안도감은 들지 않았다. 대신 전쟁에 대한 기억들이, 악몽들이 무섭도록 생생하게 되살아나기 시작하였다. 이건 나만의 기억이 아니다. 그 전쟁에 참전했던 우리들의 집단 기억이기도 하다.

민족해방전선. 전선 없는 전쟁.

'죽이지 않으면 우리가 죽는다.'

호찌민 루트. 혼바산과 죽음의 계곡. 하미 마을.

칠흑 같은 밤. 청음초에서 보초 근무. 마름모꼴 남십자성. 모기떼와 거머리들, 군복 속을 스멀스멀 기어 다니며 지랄같이 엉겨 붙는 불개미들이 득실거리는 늪지. 갈대밭. 가시덤불. 강의 지류. 메콩강. 비 오듯 쏟아지는 땀. 사타구니의 습진. 상처투성이. 베트콩. 월맹 정규군. 그들의 출현을 기다리는 고통스럽고 지루한 시간. 매복. 참을 수 없는 갈증. 불안. 공포. 팬텀기 편대. 105밀리 곡사포의 포탄. 조명탄. 시누크 헬기의 굉음. 드륵드륵 연속 발사되는 M16 소총. AK-47 소총. LMG의 속사음. 클레이 모어, 부비트랩이 터지며 나는 귀를 찢는 듯한 폭발음. 로켓포 소리. 수류탄 터지는 소리. 화염병사기의 무차별 난사. 화약 냄새. 시체 타는 냄새. 화장터. 야전병원. 연기. 공동묘지. 실루엣. 피 묻은 파편. 피로와 배고픔. 수면결핍. 두려움. 죄책감과 공포. 혐오감. 증오. 눈물. 고함. 욕설. 비명. 신음. 절규. 아우성. 광기. 잔혹한 학살. 피. 시체. 죽음의 냄새. 허무. 망상. 환영. 고통을 잊기 위한 또는 황홀경을 위한 마리화나. 혼동. 역겨움. 파괴. 완전한 무의미. 수진 마을. 꽁까이. 성병 (곤지름, 임질, 매독). 갈등. 자살. 범죄적 불법행위. 귀국, 귀국 박스

'월남에서 돌아온 김 상사'

강원도 화천군 간동면 오음리 (베트남 참전용사 만남의 장).

그리고, 밀림에 가랑비처럼 뿌려지던 에이전트 오렌지agent orange, 심장을 향해 느리게 날아오는 총알slow bullet과 같은 아직도 끝나지 않은 전쟁의 상처인 고엽제 후유증.

다라트 지역의 깊은 정글. 그들 소대는 모래와 진흙으로 급조한 임시 참호 속에 있었다. 몬순의 지독한 비가 한동안 쏟아지며 숲 속에서 잠시 소란이 일어났지만 비가 그치자 곧 쥐 죽은 듯이 조용해졌다. 새들과 벌들, 나비들은 날갯짓을 멈췄고, 붉은 개미, 곤충들도 몸짓을 멈췄다. 바람에 살랑거리는 나뭇잎 소리만 들린다. 그러나 황량한 그날 밤은 섬뜩하리만치 적막했다.

그는 갑자기 허벅지가 뜨겁고 축축해지는 것을 느꼈다. 자기도 모르게 오줌을 저렸던 것이다. 제발 오지 마. 왜, 나를 향해 달려드는 거야? 나를 죽이려고? 너와는 아무런 상관도 없는 나를. 나는 무사히 돌아가야만 해. 나를 기다리는 사람들이 많거든. 그러니 오늘 밤은 그냥 넘어가자고. 나는 곧 귀국할 거야. 안녕, 안녕. 밀림이여, 베트콩이여, 베트남이여 안녕.

그들은 한시름 놓았다.

그러나 순간적으로 팽팽한 긴장감이 공기 중에 감돌고 그들의 심장이 고동치기 시작했다. 등골이 서늘해지며 몸속의 모든 신경이 곤두선다. 손과 발은 땅에 딱 달라붙어서 떨어지지 않는다. 무슨 전조가 있었던 것일까. 곧바로 그들 머리 위로 베트콩의 박격포탄이 터지고 AK47 소총의 근접 사격이 쏟아졌다. 그들은 함정에 빠져 속수무책으로 기습을 당했다.

뜨거운 피가 튀었다. 비명. 아우성. 씨발, 씹새끼들. 시체들. 죽음의 냄새가 가득히 퍼졌다.

그때, 무전기가 울렸다. 철수하라, 철수하라. 반복한다, 철수하라. 반복……

베트콩은 재빨리 검은 숲속으로 사라졌다. 그리고 숲은 다시 쥐죽은 듯 고요해졌다. 그들은 망연자실하였다. 정지된 화면 같고 시간이 얼어붙어 버린 것 같기도 하였다. 소대원 태반이 죽었다. 철모 하나가 버려진 조개껍질처럼 바닥에 떨어져 있고, 그 곁에 귀국을 보름 남겨둔 젊은 소위가 한 손으로 피와 내장이 쏟아져 내리는 자기 배를 틀어쥐고 있었다. 그는 지금 손쓸 틈도 없이 죽어가고 있다. 누구인지, 바들바들 떨리는 손으로 간신히 수통을 열어 마지막 남은 한 모금의 물을 소대장의 입술에 부어준다. 그러나 살아남은 자들은 누구나 할 것 없이 울었다. 울고, 울었다.

이 세상에는 직접 몸으로 겪어봐야 알 수 있는 것들이 있다. 전쟁이 바로 그렇다. 전쟁이란 직접 겪어보지 않은 사람은 감히 상상도, 예측도 할 수 없는 처절한 몸부림이고 고통인 것이다. 그런데 사람이란 날이 갈수록 더욱 잊어버리고 사는 것이다. 우리가 늙고 죽는다는 것이 자연스러운 것이듯 잊어버리는 것도 자연스러운 것이다. 그러나 나는 그때를 여전히 잊어버리지 못하고 있다. 그랬으니, 나는 그 후 오랫동안 정서적 과잉 긴장감, 불안과 두려움, 급한 성미, 우울, 불안, 과도한 민감성, 편집 성향 같은 외상 후 스트레스 장애를 극복하지 못했다.

내가 참전했던 것은 지원에 의한 것이었던가? 국가의 준엄한 명령에 의한 강제 차출이었던가? 우리는 용병이었을까? 그 전쟁은 낭만적인 불꽃놀이 같은 거였을까? 참전자들은 자유의 십자군이고 평화의 사도였을까? 그들은 모두 육체적 정신적 상처 없이 멀쩡하게 살아서 귀환했을까? 내가 참전의 혼란에서 끝내 벗어나지 못하고 나의 삶 자체를 총체적으로 당혹스러워 했던가? 나의 경우, 그걸 젊은 날의 통과의례로 간단히 치부하고 넘어갈 수는 없었을까?

김정현 병장.

6개월 과정의 월남어 교육대 출신의 대민 심리전 요원. 실종자 (혹은 탈영병). 그는 월남 파병 동기였고 나이는 한 살 위였다. 그는 어김없이 형님, 그것도 큰형님 행세를 하였고 나는 이를 긍정하였다. 나는 흉내조차 낼 수 없게 멋있게, 악기를 자유자재로 연주하는 것처럼 휘파람을 불 수 있고, 성숙한 인간이었으니까. 어쨌거나 우린 친했고 서로 모든 걸 솔직하게 털어 놓을 수 있는 사이였던 것이다.

그가 맨날 내 귀에 못이 박히도록 심문 (또는 고문)하는 고정 메뉴가 있었다.

넌 순진하긴 한데 쪼다라고 할 수 있어. 완전한 쪼다. 순진한 게 좋은 게 아니야. 그건 병신 머저리라는 말의 완곡어법에 불과한 거지. 넌 담배도 못 피우지…… 술도 안마시지…… 붕붕도 못하지…… 노름도 못하지. 도대체 할 수 있는 게 뭐가 있느냐 말이야? 그것들이야 말로 인간 성체의 징표인데 말이지. 너 혹시 독실한 예수쟁이 아니야? 증조할아버지 때부터 대대로 내려오는 목사 아니면 전도사 집안인 거지? 황금 십자가와 묵주는 어디에 숨겨놓은 거야? 네놈이 월남까지 왔으면 기념으로 붕붕쯤은 해야 될 거 아냐. 딱지를 떼란 말이야. 너 같은 놈만 있다면 말이야, 수진 마을에서 젊고 예쁜 여자 2,000명이 날이면 날마다 목을 빼고 남잘 기다리고 있는데…… 그러면 걔들은 도대체 뭘 먹고 살겠어. 물만 마시고 사느냐 말이야. 너는 도대체 말이야, 인간의 본성인 연민의식이 없는 거야. 난 전투 수당을 몽땅 수진에 갖다 바쳤어. 내가 공짜로 시켜줄게. 제발 좀 따라만 와주라. 진짜배기 아라비아산 낙타눈깔도 줄게. 그게 말이야, 신비한 요물이거든. 여자가 환장을 하는 거지. 남자도 덩달아 환장을 하고 말이지. 이 형님의 당면한 소원이 뭐겠어. 네놈 물건이 통통 부어 가지고 농이 질질 흐르는 꼴을 보는 게 나의 소원이지. 알겠어? 입에서 아직도 젖비린내 나는 놈아, 그걸 고상하게 말하면 구상유취라고 하는 거야. 그런데 말이지, 그래야만, 네가 비로소 인간이, 사내가 되는 거야. 너에겐 지금 하나의 과정이 필요한 거야. 인간 성체가 되기 위한 통과의례……. 넌 알에서 하루 빨리 부화해야 하는 거야.

나는 늘 똑같이 반응했다. 또, 쓸데없는 소릴……. 나도 부화할 때가 있겠지. 반드시 부화할 거야.

4월 20일. 20일. 20일.

그날 저녁, 어스름 빛 속에서 나무들을 말끔하게 베어낸 개활지와 늪지대를 지나 조림된 고무나무 밭과 검고 칙칙한 열대의 숲이 멀리 보였다. 그러나 강에서부터 기어오른 짙은 회색 물안개가 주위를 감싸기 시작했다. 입에서 여전히 술 냄새를 풀풀 풍기고 있다. 김 병장이 마리화나를 피워 물며 말했다.

이건 정신적 고통을 완화시켜주는 진통제이거든. 온몸이 노곤해지고, 그리고 황홀해지지. 며칠 전 수진에 갔다 왔지. 근 한 달 동안이나 못 만났거든.

뻔할 뻔자지, 보고 싶었던 거지. 그게 아니고 하고 싶었던 거지. 그래, 그렇게 좋아? 그 여자 이제 지겹지도 않아?

그 앤 그런 여자가 아닌 거야. 단순한 배설구는 아니었지. 내 여자이지. 영혼만은 순결하지. 난 랑린의 순수하고 달콤한 냄새를 맡고 들이마시지. 그 앨 보면 오히려 내가 살아있다는 느낌이 드는 거야. 작은 물고기가 내 혈관 여기저기를, 심장에서 모세혈관까지 헤엄치고 다니는 기분이 들지. 하지만 그 앤 가끔 눈물을 보일 때가 있는 거야. 메콩 강을 그리워하는 거지. 자신은 그 강의 일부라고……. 그 앤 내가 사준 은팔찌를 항상 차고 다녔던 거야. 그 앤 내 아이를 갖고 싶어 해.

얼씨구, 열녀 춘향이가 따로 없네. 아예 결혼해서 한국으로 모시고 가지 그래.

야, 임마, 난 이래봬도 뼈대 있는 종갓집의 장손이야. 그 낡고 고루한 집안에서 용납하겠어. 야단법석, 난리가 나겠지.

그날, 무슨 일이 있었던 거야?

내가 다급하게 랑린을 찾자 마담년이 뚱했어. 여기에 없다는 거야. 내가 신경질 부리고 눈을 부라려도 그년은 비웃었지. 자기는 모른다고 딱 잡아떼는 거야. 그러면서 그 앤 결코 돌아오지 않을 거라구, 죽은 셈 치라는 거야. 다른 애들이, 새로 온 여자 애들이 있으니 마음대로 고르라는 거였어. 마담 밑에는 모두 열 명의 아가씨가 있다는 거지. 그년은 철저히 장삿속인 거야. 다른 집에 단골을 빼앗겨서는 안 된다는 생각뿐이었지. 개 같은 년, 내가 1년 동안이나 다른 애들은 쳐다보지도 않고 일편단심 그 애만 만난 것을 뻔히 알면서도 말이야. 그래서, 단도를 빼들고 마담의 목을 겨누었지. 그때는 눈이 뒤집혀서 정말 목을 따 버릴 작정이었어. 그제서야 마담이 털어놨어. 랑린이 고향으로 이미 떠났다는 거야. 몬순 계절이 되면 메콩 강 델타는 엄청나게 범람한다는 거지. 그 전에 서둘러서 메콩 강 하류에 있는 빈롱으로 출발하였다는 거야. 고향에는 늙은 홀어머니가 계시지. 아버지도, 두 오빠도 전쟁 중에 죽었거든……

나는 어떤 아득한 느낌이 들기 시작했다.

이제, 어쩔 셈인데?

나에겐 랑린밖에 없는 거야. 나도 떠날 거야. 무슨 말인지 알겠어? 탈영하는 거지. 그 앨 찾아서. 이게 사랑인지, 뭔지 알 수는 없지만……. 람브레터 또는 지붕에 승객을 태우는 장거리 버스를 교대로 타고서 무작정 1번 국도를 따라 남쪽으로 내려가는 거지. 빈롱까지 가는 거야. 메콩 강이 꿈결처럼 흘러 흘러들어서 마침내 태평양 바다와 만나 곳이지. 여기서부터 천릿길이 되겠지. 나는 원래 방랑자적 기질이 있으니까……. 이런 여행쯤이야. 돈이 좀 필요하지. 네가 가지고 있는 걸 몽땅 내놔야 할 거야.

지금, 제정신이냐! 제정신이냐구? 대관절 사랑이 뭔데! 그렇게도 사랑 때문에 단맛, 쓴맛을 봤으면서……. 지금 자신을 기만하고 있는 거야.

잠시 침묵이 흘렀다. 그의 여윈 얼굴에 피로한 눈빛과 냉소적인 미소가 어려 있다. 그가 다시 마리화나를 피워 물었다.

그만 해둬. 부대는 잠시 난리가 날 거야. 그러나, 걱정하지 마라. 그건 잠깐뿐일 거야. 작전 중 행방불명이나 사고사로 처리하겠지. 전쟁터에서 병사가 탈영하면 부대장의 경력에 엄청 흠이 되는 거지. 진급에도 악영향을 끼칠 거고 그러니까 헌병대나 보안대에 신고는 못 할 거야. 쉬쉬할 거라구. 수배령도 내리지 않을 거구. 그렇게 하면 탄로 나니까. 월남에서 허위 보고는 식은 죽 떠먹기지.

나는 당황하였다. 헤아릴 수 없는 짧은 침묵이 그 순간을 짓눌렀다. 갑자기 뱃속이 울렁거린다. 연민과 분노와 당혹감 때문에 가슴이 먹먹해지고 터질 듯했다. 나는 울음을 터뜨렸다. 그리고 절망적으로 말했다.

형은 그럴 수 없어! 형은 그래서는 안 되는 거야!

그의 얼굴 표정에 비장한 것이 서려있다. 어떤 헤아릴 길 없는 깊은 생각에 사로잡혀 있는 것처럼 보였다. 그리고 나를 뚫어져라 쏘아 보았다. 나는 온몸에 땀이 흐르기 시작했다.

잘 들어라. 어느 날 내가 감쪽같이 사라지면 그렇게 알라구. 넌, 날 말릴 수 없어. 너마저 그러면 M16으로 내 머리통을 갈겨 버릴 거니까. 악랄한 내 주인에게 총을 쏴버리는 거지. 나는 전투만 시작되면 얼어붙어 버려서 총을 한 방도 쏠 수 없었지. 방아쇠를 당기는 팔에 마비 증세가 오는 거야. 그때마다 내 얼굴은 땀과 흙으로 뒤범벅이 되었고, 오줌을 지렸고, 몽땅 토해버렸어. 그러나 날 겨냥하고 쏠 수는 있어. 그건 가능한 일이지.

우린 오늘 밤이 마지막이야. 우리 서로 Cool하자고. 울지 마라. 넌 아직도 눈물이 남아 있니. 넌 알고 있을 거야. 내가 고국을 얼마나 싫어하는지. 정말 싫지. 쓰라린 과거를 생각나게 하는 곳이지. 너만 그런 게 아니지, 나 역시 옛날, 입대하기 전 일은 지겹고, 역겹지. 그건 악몽이었어. 우린 치명적인 상처를 입은 포유동물인 거지. 전쟁터에서 그 분노를 폭발해버리면 치유가 되는 줄로 알았지만……. 그때 일들은 기억상실증에 걸렸어야 하는데……. 그러나, 나는 도망가는 게 아닌 거야. 내 길을 찾아가는 거지. 자기 자리를……. 여기에 처박혀 넉맘 냄새를 실컷 맡으며 살고 싶은 거야. 이 난리통에 가능할지 모르지만…….

그가 천천히 속삭인다. 그 억양이 가볍고 나긋나긋한 목소리가 그녀를 감싸 안아서 부드럽게 어루만진다.

고려대 불문과를 3년간 다녔고 기욤 아폴리네르의 시들은 거의 전부 완벽하게 암송할 수 있는 남자. 젊은 날의 통과의례에 불과한 첫사랑의 상처 때문에 죽고 싶도록 고통을 느꼈고 그래서 일찍 군에 자원입대했고 또다시 월남전에 자원했던 남자. 가난한 시인이 되고 시골 벽지에서 학교 교사가 되고 싶었던 남자. 문학적 재능이 있는지는 몰라도 너무나 융통성이 없었던 남자. 그러나 인간을 향해 총을 쏠 수는 없었으나 자신의 머리에는 감히 총을 쏠 수 있다고 자신했던 휴머니스트.

메콩 강의 강폭이 한없이 넓어지고 강물이 유장하게 흐르는 메콩 강 삼각주의 빈롱에서 천리 길을 거슬러 올라가, 거대한 미군 군수 기지가 있던 캄란 만 입구의 집장촌인 수진 마을까지 흘러들어온 영혼이 맑은 여자.

그는 여자의 갈색 피부를 쓰다듬고 그녀의 불타는 듯한 눈과 얼굴 위로 자신의 얼굴을 덮는다. 그는 그녀의 눈 깊은 곳에서 빛을, 구원의 빛을, 어떤 계시를 발견한다. 그녀를 위한 일이라면 무슨 일이든지 가능하다고, 그는 그렇게 다짐한다. 그는 이제 지껄이지 않는다. 희망과 욕망, 탐닉이 묘하게 섞여있는 격정적인 몸부림에 자신의 몸을 맡긴다. 그는 그 순간 아무것도 생각해서는 안 되리라. 여기 밀림에서는 의식은 가물가물해지며 몽롱할 뿐이다. 꿈도 꿀 수 없다. 깊이를 헤아릴 수 없는 고통도 벌써 희미해져 버렸다. 그때는 죽음을 갈망했었는데. 모든 추억이 사라져버렸다. (민들레가 피어있는 논둑길. 따뜻한 봄날의 햇빛. 흰 구름. 냇가. 소녀. 사랑. 입술. 이별. 불면하는 밤들. 침묵. 망망대해. 무인도 미완성인 한 묶음의 원고들.)

오직 군화와 철모, M16 소총, 수류탄.

그는 숨을 깊이 들이마시며 생각한다. 나는 소진되어 버렸는가?

도피자인가? 이미 사라져 버렸는가?

밤이 완전히 내려앉았다. 짙은 어둠 속에서 C포병 중대에서 발사하는 105미리 곡사포의 포탄 터지는 소리가 밤의 유령이 토해내는 괴성처럼 아득히 들려왔다.

(그때의 생생한 장면, 대화 내용, 내 가슴 속에 각인된 김 병장의 비장한 얼굴을, 그의 의지를, 욕망을, 내가 느껴야 했던 그 무력감을 어찌 오랫동안 잊을 수 있었겠는가. 날카로운 가시 면류관을 쓴 채 피를 뚝뚝 흘리는 김 병장의 모습이 그 후 한 세대 동안이나 자주 꿈속에 나타났다. 그런 게 아니라 나타났다고 생각하였다. 김 병장을, 그를 끝내 붙잡지 못했다는 죄책감은 나의 강박관념이었으니까. 그리고, 나는 한때 그 강박관념을 몰아내기 위해, 망각을 위해, 알코올 의존자가 되어 살아야 했다. 매일 알코올 이외에는 아무것도 없었다. 남아있는 유일한 해결책. 폭탄주. 폭탄주. 폭탄주. 폭탄주. 폭탄주. 폭탄주. 폭탄주. 폭탄주. 폭탄주. 폭탄주. 폭탄주. 폭탄주. 폭탄주. 폭탄주. 폭탄주. 만취해서 인사불성이 되고 머릿속 찌꺼기를 말끔히 씻어낼 수 있다면. 필름이 완전히 끊겨 통제 불능의 상태가 된다면 얼마나 좋을까. 나를 마음껏 분출할 수 있다면. 울부짖는 짐승이 된다면. 분노의 순간에 격정을 폭발할 수 있다면. 나를 산산이 파괴할 수 있다면. 섹스에 탐닉할 수 있다면. 사랑의 진정한 의미를 깨달았다면. 사랑은 최고의 축복이자 저주이고, 진실이고 거짓이고, 애정이고 욕망이고, 은혜이고 동시에 분노이고, 식어버리고

사라져버린 사랑은 무의미하다는 것을. 사랑의 기쁨은 잠시이고 덧 없이 사라진다는 것을. 사랑하는 사람은 끝내 좌절하고 고통을 겪 을 수밖에 없다는 것을. 유아기적 껍데기를 깨고 인간 성체로 성숙 할 수 있다면. 자기 자신을 찾을 수가 있다면. 그러나 나는 길에서 왝왝 토하는 일 외에는 항상 말짱했다. 도대체 취해지지가 않았다. 그러므로 술이라면 진저리를 치기 시작했다. 그래도 계속 마셨지만 말이다. 그것으로는 나를 어쩔 수 없었다. 지나치게 예민한 감수성 과 상처 받기 쉬운 기질이 문제였던 것이다.)

   빈롱. 수목이 빽빽하게 우거진 밀림의 가장자리 얕은 언덕에 있 는 랑린의 집 (마을에서도 조금 떨어져서 그 오두막은 홀로 서있다.) 에서 멀리 메콩 강 삼각주와 유장하게 흐르는 누런 강물이 내려다 보였다. 밤이 깊어 가면서 물안개가 피어올랐다.
   내가 말했다. 김 병장은 어디에 갔지? 밖에? 들판에? 난 김 병장 을 만나러 왔지. 아주 멀리서 말이야. 죽고 싶도록 보고 싶었거든. 그녀가 말했다. (그 목소리가 감정이 배어 있지 않은 기계음처럼 들 렸다.) 그는 죽었어요. 틀림없이 죽었단 말이에요. 모르겠어요? 여기 에 오지 않았어요 아마, 민병대 또는 베트콩한테……. 아니에요, 아 니. 그는 안 죽었어요. 내 가슴 속에서 살아 있지요. 내가 말했다. 그럴 리가. 그녀가 깔깔거리며 말했다. 그만 잊으세요. 잊어……. 나 는 지금 외롭고 힘들어요. 죽을 맛이에요. 나를 어디론가 데려다 주세요. 제발.

그 순간 난 깨달았다. 그녀와 나, 살아있는 사람들은 이제 그에 대해 아무런 미련도 남겨서는 안 된다는 것을. 우리는 엄연히 살아 있고 그녀와 나는 각자의 삶이 있다. 그리고 문득 이미 오래전부터 까마득히 잊고 있었다는 생각이 들었다. 우리들은 그를 잊기 위해서, 그의 굴레에서 벗어나기 위해서 이심전심으로 암암리에 공모자가 되었다. 그녀는 이제 울지 않는다. 침묵이 있었다. 꽤 오랜 시간이 흐른 것 같다. 그녀의 까만 머리, 까만 눈, 잘록한 허리가 은근히 유혹적이다.

그녀가 말했다. 당신 얼굴을 만지게 해주세요 나를 꼭 껴안아 주세요. 그리고 그 짧은 순간 나는 갑자기 그녀를 억세게 끌어안고 나의 입술로 그녀의 입술을 덮쳤다. 나의 혀를, 빨간 혀를 그녀의 입 속으로 깊숙이 밀어 넣고 키스를 하였다. 나는 짚으로 된 푹신푹신한 침대에 그녀를 눕혔다.

강 쪽에서 거대한 잿빛 구름이 몰려오고 잠깐 동안 천둥 번개를 동반한 지독한 폭우가 쏟아져 내렸다.

메콩 강은 알고 있다네 강물은 깊어라 슬픔도 깊어라 강은 시시로 변하네 아침에 푸르던 그것이 저녁이면 핏빛으로 물드네

어린 시절, 초등학교 3학년 시절 초여름에 마을 냇가에서 친구들과 물놀이를 하다가 왼쪽 무릎을 심하게 다쳤는데, 그 당시 두메산

골-고향 동네 송정리는 면사무소에서도 10리를 더 들어간 산골짝에 있다. -에서 속수무책으로 방치하였다가 관절염이 심하게 악화된 것이다. 내 무릎은 주위가 빨갛게 되어 통통 부어오르고, 물이 차고 고름이 차고 나중에는 굽혔다 펼 수조차 없게 되면서 그 때문에 견딜 수 없는 통증을 느꼈다. 그리고 사람을 탈진하게 하는 신열과 오한, 피로감, 구역질 등에 시달려야 했다.

온갖 민간요법과 떠돌이 한의사의 마구잡이식 침놓기, 이 십리쯤 떨어진 동네 도사 할머니의 신통한 주문과 비방도 소용이 없었다. 고흥 읍내의 한지의사는 여기서는 치료할 수 없으니 순천이나 광주로 가야한다고 말했다.

그제서야 아버지는 문전옥답 논을 팔아서 마련한 돈으로 도시의 병원으로 가게 되었는데 의사는 희미하고 검고 회색의 엑스레이 사진을 이리저리 들여다보며 완치하기 위해서는 무릎 위부터 잘라야 하거나 아니면 무릎 수술을 해도 그 후유증으로 다리를 심하게 절 수 밖에 없다고 냉정하게 선언하였다. (그때부터, 유년의 저 깊은 심연 속에 뿌리 내린 냉혹한 공포감이 평생 동안 나를 따라다녔다.) 두말할 것도 없이 사색이 된 아버지는 몇 군데 병원을 전전하다가 어쨌거나 정형외과 병원에서 수술을 받았고 오랜 물리 치료와 끝없이 길고 긴, 지루한 재활 훈련 끝에 기적처럼 완치될 수 있었다. 그러나 무릎 바로 위에 옆으로 길게 패인 수술 자국은 그때의 고통과 상처를 지금도 상기시켜 준다.

지금 돌이켜보면 무릎을 절단하는 수술, 혹은 무릎 수술로 내가 심하게 다리를 절게 되었다면 내 운명은 어찌 되었을까. 우선 군대도 안가고 전쟁터에도 안 끌려가고 그러나 내 인생은 지금과는 송두리째 달라졌을 것이다. 지금의 아내와도 만나지 못하였을 것이고, 그러면 내 두 딸도 태어나지 않았을 것이고, 내 직업, 사고의 체계, 탐닉하는 열정의 대상, 아버지와의 관계, 추억과 기억, 꿈과 환상, 삶에 대한 태도 등.

　그리고 나의 정체성마저 바뀌었을 것이다. 지금의 나와는 전혀 다른 누구였을 것이다. 무엇보다도 나는 내 성격상 나이가 들어갈수록 심하게 좌절한 나머지 우울증과 폐쇄공포증에 시달리고, 매일같이 독한 술을 마시며 알코올에 의존해야 되었을 것이고, 그래서는 변변한 직업도 없이 평생을 고통 받고 자포자기한 삶을 살았을 터였다. 그랬으니 결혼도 못했을 것이고 미구에 자살했을 지도 모른다. 그 때문이 아니더라도 우리는 젊은 시절 삶의 고뇌에 허우적거리며 헤어나지 못할 때 존재론적 회의에 빠져서 몇 번씩이나 자살의 충동을 경험하지 않았던가. 그러므로, 햄릿은 '사느냐 죽느냐, 그것이 문제로다.'라는 근원적 물음을 던졌던 것이다. 그러나 우리는 자유인으로서 이 케케묵은 물음에 스스로 대답할 수 있어야 한다. 자살에 대해 가장 많은 말을 하였지만 우유부단한 인물이었던 햄릿은 결코 자살하지 않았다.

　돌이켜 보면, 그건 행운이었다. 내가 목숨을 건지고 회복되었으니 말이다. 두 번의 경우 모두 내게는 커다란 행운이 뒤따랐다. 그렇지만 그들 행운은 내 자유의지와는 상관없이 결정된 것이고, 그것은 어떻든 오래 전부터 미리 예정되어 있었던 것이다. 그러니 내가 어떤 은총을 입은 게 아닌 것은 확실하다. 그러나 내게 또다시 파랑새가 하늘 높이 비상하는 행운이 계속되리라고는 생각되지 않는다. 그건 공평한 일이 아니기 때문이다. 내가 또다시 기적이나 요행수를 바란다면, 그건 너무나 염치없는 짓이 될 것이다. 나는 어떤 운명이 닥칠지라도 그것에 저항하지 말고 순종해야 하리라. 그렇지만 운명의 여신인 포르투나Fortuna처럼 행운 역시 눈이 멀었다고 하였으니까, 누가 어떤 혜택을 입게 될지는 어떻게 짐작이나 할 수 있겠는가.

눈 먼 행운.

그러므로, 내가 물놀이에서 무릎을 다치고 회복된 일이나 열대지방의 정글에서 정체불명의 병에 걸리고 기적적으로 회복된 것은 아주 우연처럼 보이지만 그건 운명이었고 우연이란 막다른 운명의 다른 이름이라는 생각이 든다. 그렇다고 할 수 있다. 우리의 (종착지에 이르기까지 구불구불한 길이라고 할 수 있는) 삶을 결정짓는 것은 우리가 아니라 오로지 운명일 뿐이다. 인간은 자기 운명의 주인이 될 수 없다는 것을 인정해야 할 것이다. 결국에 가서 이기는 쪽은 우리가 아니라 이 세상인 것이다. 그렇다고 내가 지금 니체가 말한 철학적 용어인 운명애를 말하는 것이 아니다. 다시 말하면 운명을 사랑하라고 말하는 것이 아니다. 오직, 운명은 팔자이니 운명에 맡기라는 것이다. 체념이나 단념이야말로 인간의 미덕이 된다. 그러니까 나의 인생행로가 뒤틀렸거나 순조로웠거나 상관없이 운명은 결국 내 삶의 순리인 것이다.

그런데 기독교적 운명론에서는, 아우구스티누스의 웅대한 예정론에서는, 칼뱅의 예정설에서는 그 모든 것을 하나님의 탓으로 돌렸으니, 그렇다면 운명이야말로 신적인 것이다. 그들이 말했다. 우리는 누구인가? 우리는 지금 어디에 있는 것일까? 그러나 우리는 아무것도 아니다. 오직 하나님만이 우리를 알고 있으니 모든 걸 그분에게 맡겨라. 그분이 결정할 터이다.

정글과 열대. 살과 피가 튀는 야만적인 전쟁.

그러나 지금은 기억의 초상.

그것은 나의 삶을 분명하게 두 부분으로 쪼개버렸다. 비록 과거의 그 어떤 상처가 치유된 것은 아니었지만 그것과는 별개로 전쟁 전과 전쟁 후의 나는 완전히 달라져 있었다. 나는 인간의 죽음과 광기, 선과 악을 뼈저리게 체험했고, 천천히 절망과 미망에서 해체되어 고통 받고 있는 자아로부터 깨어났다. 심연과 같은 깊은 동굴 속에서, 묵시록의 어둠 속에서 겨우 빠져나온 것이다. 그랬으니 전쟁은 나의 인생에 있어서 진정한 전환점이었다.

그러나 과거는 망각일 뿐이다. 과거가 나를 만든 것이 아니다. 나는 과거의 산물이 아니다. 그러니 나의 과거는 사라지지 않았고, 놀랍게도 나의 과거는 추억이 되었고, 현명한 지혜로 바뀌었다고, 자신을 속일 수는 없을 것이다. 나는 여전히 긴밀한 인간관계를 맺고 있는 우리라는 공동체, 무리로부터 떨어져 나와 단절과 균열, 이질감, (인간에 의한 인간에 대한 저주인) 소외, 외로움을 느꼈다. 나는 비사교적이었지만 매우 순종적이었다. 그러나 나의 내부에는 항상 해소할 길이 없는 욕구불만과 분노가 들끓고 있었으니 오랫동안 그들과 융화되지 못하였다.

그러므로 그 집요한 강박관념 때문에, 외로운 인간, 국외자라는 콤플렉스 때문에 내 어둠 속 내면으로 다시 돌아가 움츠러들었다. 그리고 자신을 경멸하고 그 반사작용으로 그들을 경멸하였다. 나는 호모 사피엔스인 인간 종 모두를 하찮은 인간 호모 라피엔스로 여기고 불신하였다. 그리고 서로 간에 가학적이고 피학적인 관계가 되었다. 그렇기 때문에 20대, 젊은 날에 그들 운명적 사건의 경험을 토대로 내가 인간 본성 (특히 그것의 상대성)에 대해 어떤 깨달음을 얻었다고는 생각지 않는다. 그랬더라면 인생의 우여곡절과 좌절을 맛보지 않고 좀 더 충실한 삶을 살았을 터이다. 그리고 그 시절의 통과의례인 사랑의 감정과 배신과 고통은 어떠한 (감상적인 말이거나 수사적 표현이 아닌) 상처를 남겼던가? 그때 나는 벌써 일종의 허무주의에 빠져있었으니, 항상 분열되어 있었으니, 자신의 밖으로 나아가서, 자신을 벗어나서 타자의 세계로 들어갈 수 없었으니, 평생 동안 따라다닌 불안감을 여전히 떨쳐내지 못했으니, 내 인생의 명확한 길과 목표가 세워질 수 없었다.

신비와 공포의 상징물이었던 바다, 사막.

멀리 달아나 버린 꿈.

장밋빛 인생은 없었다. 나는 초라했다. 정말 초라했다. 누가 나를 위로해 준 적이 있었던가? 격려는? 그러므로 나에게 한 순간인들 삶의 고결한 순간은 없었다. 삶의 좌절에 이미 익숙해질 대로 익숙해져 있지 않았던가. 그때는 언제나 눈앞이 캄캄하고 막막했다. 나는 벌써 마지막 항해를 끝내고 자신의 항구로 귀향한 늙은 선원이 된다. 얼빠진 사람, 살과 뼈가 없는 무기력한 인간, 여전히 세상이라는 거친 바다가 야기한 공포에 몸을 떠는 인간, 바다의 폭풍우 속에서 악마의 얼굴을 보았던 인간, 끊임없이 근원적 불안감에 시달리는 인간.

그러나, 나는 30대 후반을 지나면서부터 삶이 얼마나 느릿느릿 지나가는지를, 삶을 보다 가볍게 여겨야한다는 것을 깨달았다. 내가 뭘 더 바랄 수 있었겠는가. 나는 죽은 것처럼 비존재로 살아야 했으니, 시간의 흐름에, 나를 둘러싸고 있는 희망 없는 단조로운 일상에 자신을 맡기기로 모종의 타협을 하였다. 그리고 때가 되면 아무런 고통 없이 조용히 죽기를 바랐다. 가슴을 죄어드는 통증이나 경련 없이, 아무런 아픔 없이 말이다.

나는 오랜만에 (근 10여 년 만에) 무슨 일 때문이었는지 (아마, 그때는 아버지가 돌아가시기 전이었으니까 할머니 제사 때문에) 송정리 고향집에 내려갔고 한때 꿈과 몽상에 젖어 오매불망 그리워했던 그러나 이미 가슴 속에서 지워져버린 남쪽 바다를 다시 만났다.

멀리서 어떤 목소리가 …… 바다 쪽에서…… 울부짖었다. '돌아오라고! 돌아……! 고향으로……! 네 고향은 바로 바다인 거야.'

겨울 바다에 돌풍과 같은 강한 바람이 불었고 파도는 하얀 이를 드러낸 채 으르렁거렸다. 통통선 어선이 거친 파도를 헤치며 부두로 귀환하고 있다.

나는 해안선을 따라 만의 동쪽 끝 동백나무 숲까지 하염없이 걸었다. 하늘은 푸르고 아름다웠다. 한나절 동안 (그날 오후 무렵이었을 것이다.) 진정한 정신적 고향이라고 할 수 있는 깊고 푸른 바다의 냄새를 흠뻑 맡으며 걸었다.

…… *달에게 그 가슴을 드러내 놓은 바다여!*

…… *밀려와라, 그대 깊고 검푸른 바다여!*

나는 아주 슬프지도 않았지만 아주 행복한 것도 아니었다. 그때 바다가 내게 무슨 말을 했던가, 바다는 내가 알아듣지 못하는 무슨 말인가를 했었던 것 같기도 하고 나는 건너편 이름도 없는 무인도인 작은 섬을 바라다보았다. 그 외로운 섬. 내가 어렸을 적에는 두 가구가 염소를 키우며 살았었다. 까마득한 옛날 일이다. 그러나 그 섬에서의 생활은 너무나 혹독한 것이었으리라. 나는 그들의 고립되고 힘든 삶을 상상했다. 그리고 과거의 어느 시점으로 거슬러 올라가서 불가해하고 희미한 장면들을 이것저것 떠올렸지만 (내가 유치한 감상에 젖어있었던 건 아니다.) 그때 무슨 심각한 또는 애잔한 생각을 했었는지는 기억할 수 없다. 하지만 내가 부질없이 눈물을, 자기 연민의 눈물을 흘리지는 않았을 것이다. 그것만은 확실할 것이다. 내 눈에서 그것은 진즉, 아주 옛날에 말라버렸지 않았던가.

나는 그때 생각했었다. 이제는 그 지긋지긋한 어둠을 뚫고 나아가야 한다. 무엇이 그토록 불안하고 두려운 것인가? 도대체 뭐 때문에 죄책감에 시달려야 하는가? 그 끈질긴 열등감을 마침내 극복할 수 있을까? 지금 막다른 골목에서 길을 잃은 채 내 인생은 막을 내려야만 하는가? 나는 변해야만 한다. 그럴 수 있을까? 출구가 보이긴 하는가? 지금 당장 자신감과 함께 당당함이 필요하다. 그리고 어쩌면 뻔뻔함까지. 나는 이제 돌아가야 한다. 보통 사람의 일상적인 삶 속으로. 그리고 그 속에서 안주해야만 할 것이다. 그러자 나를 오랫동안 짓누르고 있던 바위덩어리 같은 무엇이 사라지기 시작했다.

그날 밤에는 고향에 남아서 미역 공장을 하는 초등학교 동창생을 오랜만에 만나 통음하며 어린 시절의 그리운 추억담에 빠졌었다. 몹시 가난했던 그 시절은, 그러나 회상하면 아름답게 느껴진다. 어슴푸레한 새벽빛이 우리를 감쌌다. 우리는 지쳐서 서로 엉킨 채 잠이 들었다.

깊고 깊은 잠이었다.

그날 밤 친구가 했던 말이 기억난다. "고향에는 아주 오랜만에 내려온 거지. 많이 변한 것 같으면서도 하나도 안 변했지. 바다가 어떻게 변할 수 있겠어. 너는 많이 변한 것 같지만……."

그리고 초등학교 동창생 **김병주**의 소식을 들었었다.

"네가 월남 갔다 왔다는 걸…… 언젠가 누구한테서 들었던 거 같은데?"

"그랬었지. 내가 그곳에 갔다는 게…… 그렇지 뭐. 난 별로 얘기하고 싶지 않았었지."

"그래? 너도 알고 있겠지?"

"누구?"

"김병주 말이야. 걔는 어렵게 3사관학교 나와서 육군 장교가 됐었거든. 마지막 끝물에 월남에 갔다가 지뢰가 터져서 양쪽 다리 모두 무릎 위쪽까지 잘라냈지. 그렇게 됐다고 그러더라고. 제대하고 고향에 돌아와서는 휠체어 타고 다녔거든. 매일 술로 지새니간 몸과 마음이 만신창이가 되었어. 나도 가끔 함께 술을 마셨지. 여기로 찾아왔었거든. 그는 늘 입버릇처럼 '사람 죽이는 일은 쉬운 게 아냐, 차라리 내가 죽는 게 낫지.'라고 말했었지. 한동안 술도 끊고 괜찮았는데…… 휠체어가 바다로 빠져 죽었어. 그게 사고인지 자살인지 알 수 없었지."

지금 돌이켜보면, 내가 그때 벌써 불혹지년의 나이었고 흐르는 세월이야말로 가장 좋은 정신적 치료제이어서 도저히 아물지 않을 것 같았던 그 심각한 상처가 거의 회복되었다. 이제부터 생활은 점점 안정되리라. 나는 이제 현실에 익숙해지고 일상생활에 익숙해졌다. 그리고 문을 꼭꼭 닫고 문 안의 사적 세계인 가족의 세계에 틀어박혔다.

그러나 여전히 인간의 삶을 명료하게 이해하기에는 자아 형성이 되어있지 않았고 정신적으로 너무 미성숙했다. 나의 마음 한 쪽에는 여전히 견고한 장벽이 존재해서 그 곳으로는 아무도 들어올 수 없었던 것이다. 그러니까 내 인생에서는 여전히 삶의 고단함을 깨우쳐줄 어떤 스승도 없었다. 단정적으로 말해도 좋을 것이다. 나는 언제쯤 어른이 되어 진짜 철이 들 것인가. 미성숙에서 성숙으로 이행과 자아의 정체성 확립에는 오랜 시간이 필요했다. 그러므로 그걸 희미하게나마 깨닫기 시작한 것은 인생의 단맛 쓴맛을 어느 정도 겪고 난 다음이 아니었을까. 그 이후 비로소 인간의 정신은 만성적으로 병든 상태가 오히려 정상적이라는 사실, 인간 정신의 평정 상태는 없다는 것, 혼돈 그 자체라는 것, 안식과 평화를 추구하는 것은 헛된 일이라는 것, 그러므로 영원한 불안을 숙명처럼 받아들여야 한다는 사실, 이 뼈아픔에는 마땅한 치료법이 없다는 사실을 긍정하였다.

나는 어느새 육십이이순六十而耳順의 나이가 되어버렸다. 지금쯤 그 옛날 그 시절은 진즉 화석이 되어버렸을까. 이때쯤에 점차 소멸되어 가는 추억의 희미한 발자국을 반추하면서 인생의 결산 또는 가결산을 통해 나의 굴곡진 삶의 총체적 의미를 어느 정도 이해한다는 일이 비로소 가능한 일임을 깨달았다. 하지만 평생을 자신의 밀실 속에 갇혀 사는 고질적 몽상가인 내가 관심을 갖는 것은 인생에 있어서 성공과 좌절의 명확한 인과관계를 밝혀서 결산하려는 것이 아니었다. 오히려 실존적 또는 존재론적 토대 위에서 원인과 결과의 영역 밖에 있는 성찰 (이 얼마나 철학적이고 이해하기 어렵고 전율을 느끼게 하는 말인가)에 대한 것이리라.

그러나 지금 이 시점에서 솔직하게 말해야 하리라. 누굴 속일 수 있겠는가. 더욱이 자신을 더 이상 속여서는 안 될 것이다. 내가 언제 진지하게 자기 성찰을 한 일이 있었던가. 그것은 무용한 짓이 아니었던가. 자기 만족, 자기 분열, 자기 기만이면서 결국 자기 학대에 불과하지 않았던가. 그것은 경멸, 증오, 반항, 분노, 수치심이 아니었던가. 누군가 말했다. (누군지는 기억이 가물가물 하지만 하여튼 그가 말했다.) '내부의 짐승을 몰아내자'고. 그렇다. 그렇고말고 그렇게 되었다. 나 자신을 알려고 애쓸 필요는 없다. 그리고 내가 나로 다시 환원되어서는 안 될 것이다. 나의 삶은 그런 식으로 진행되었다. 거기에 대해 특별히 덧붙여 설명할 것은 없는 것 같다.

그래서, 나는, 비록 내 인생은 지금까지 이루어지지 못한, 여전히 완성하지 못한 스케치 상태로 남아있긴 하지만, 이 세상 그 무엇에 대해서도 선과 악을 선명하게 구별하고, 좋고 싫은 감정을 직접적으로 표출하거나, 절대적, 단정적 평가를 내리는 일은 삼가하게 되었다.

나는 매일 아침 일찍 동네의 낮은 산을 오른다. 그건 산이 아니라 언덕이라고 해야 할 것이다. 언덕. 언덕 너머에 뭐가 있어서 나를 기다리는 것은 없다. 그러나 그 언덕에는 계절이 되면 아름다운 꽃들이 피고 나무에는 파릇파릇한 새싹이 돋아나며 녹음이 우거지고 새들이 지저귀고 줄무늬다람쥐가 참나무 우듬지까지 기어오르니 온통 생명이 넘쳐나는 것이다. 그러므로 그 언덕에는 수많은 신들이 살고 있는 것이다. 나는 인간과 세상이 한없이 두렵게 느껴지면서 이 세상에 미만해 있는 무수히 많은 신들의 존재를 믿지 않을 수 없게 되었다.

플라톤이 말했었지 않은가. '젊어서 무신론자가 늙어서도 무신론자인 경우는 하나도 없다.'

내가 인간이 결코 자율적인 주체가 아닌 얼마나 하찮고 왜소하다는 사실을, 이 세상에는 인간 이외에 타자가 엄연히 존재한다는 사실을, 신을 몰아내고 신이 사라진 언덕에 인간이 대신 올라설 수는 없다는 사실을 깨닫기까지, 그래서 신의 존재를 믿기까지는 가혹하고도 평생에 걸친 오랜 시간이 걸렸던 것이다. 그러나 어쨌거나 강력한 생존 본능의 소유자였고 현실주의자였고 신들의 존재를 확실히 믿었다고 해도 결코 그 지엄하신 유일신을 믿으며 신앙인이나 종교인이 될 수 없었던 내가 그 모든 신들께 무릎을 꿇고 경건하게 기도까지 할 필요는 없으리라. 기도란 나에 대한 일종의 가혹한 시험이 아니겠는가. 호메로스는 말했다. 인간들은 누구나 신 또는 신들을 필요로 한다. 그리고 신은 인간들을 필요로 한다.

에필로그

적자생존의 법칙이 적용되는 자본주의 사회에서 자식을 키우며 먹고 살려고 분투하는 사이 세월은 미처 깨달을 새도 없이 빨리 지나가 버렸다. 아버지의 처지가 바로 그런 것이다. 처자식이 딸리면 어쩔 수 없는 것이다. 치사한 것도, 부당한 것도 꾹 참아야 한다. (우리의 삶에서 제일 어려운 것이 자신의 신념을 고수할 때와 굽히거나 버릴 때를 아는 것인데) 필요하다면 이념도 신념도 헌신짝처럼 버려 버리거나 재빨리 바꿔야 한다.

그러나 시간이란 참으로 좋은 약이다.

나는 2000년대를 기준으로 한다면 구닥다리 구시대의 인물도 아니고 그렇다고 촐랑거리는 신시대 인간도 아니다. 완전히 구세대에 속하기에는 너무 늦게 태어난 것이고, 신세대에 속하기에는 너무 일찍 태어난 것이다. 나는 원래 진보적 낙관론자였으나 당연히 오랫동안 흔들렸다. 그래서 한때는 더할 나위 없이 철저한 비관론자가 되었다. (그렇다고 해도 나는 민주 투사도, 좌파도, 운동권도, 이데올로그도 아니었다. 1970년대나 1980년대를 지나오면서 그 엄혹한 권위주의 체제에 대해 아무런 반감도 저항도 없이 순응했으니 시대의 흐름이나 상황은 나와는 무관했다. 그랬으니 형무소나 심지어 경찰서 보호실에도 가본 적이 없다. 나의 오직 관심사는 내 개인사에 관한 것이었다.)

지금은 퇴행성관절염이 조만간 생길 가능성이 있는 나이 탓에, 이마에는 자잘한 주름들이, 양쪽 볼에는 쭈글쭈글하다 못해 깊은 골이 패이고, 올챙이배처럼 배가 튀어나오고, 온몸은 군데군데 점점 커져가는 검버섯이 독버섯처럼 나있고, 다리와 팔은 점점 가늘어져 가고, 머리가죽에 들러붙은 머리털이 온통 하얘진 탓에 보수적 낙관론자가 되었다. 나이란 그런 것이다. 그리고 그 전쟁이 끝난 지가 언제인데. 나는 진즉 그 옛날 그 시절의 나와는 연결 고리가 끊어져 있었다. 기억이라는 것이 하루아침에 한꺼번에 남김없이 잊히는 건 아니지만, 벌써부터 기억에 크고 작은 구멍이 뚫리면서 그저 조금씩, 하나씩 부스러져서 사라진 것이다.

우리는 잊는다. 기억하고 싶지 않은 일은 잊게 된다. 절대 잊을 수 없다고 생각한 것들도 너무 빨리 잊는다. 어쩔 수 없는 일이다.

내가 언제 죽음을 갈망했던가. 중요한 건 인생이다. 아! 아름다운 세상이여. 삶에의 의지. 그러니 이제는 그 과거의 일들을 대수롭지 않게 까발릴 수 있게 된 것이다. 나는 지금 물질적으로 풍족하고 가정생활은 원만하여 아무런 근심 걱정이 없으니 매일 명랑하고 유쾌하다. 내 인생의 과정은 행복과 불행이 뒤섞이면서 어느 정도 균형을 잡은 것이다. 내가 무엇 때문에 수도승처럼 살 일이 있는가. 행복이란 게 무엇인지 정확히 알지는 못하지만, 시쳇말로 하는 그런 행복이라면 정말 행복하다고 할 수 있다. 그건 구제불능의 행복이지만 말이다.

그러므로 무장해제된 것처럼 정신적 고뇌는 나날이 희미해지고 지워지기 시작했다. 내 삶이 육상선수처럼 빨리 달려가고, 먹이를 낚아채려고 빠르게 내려오는 독수리처럼 날아가는데, 지금 가혹한 시험을 하여 자신을 괴롭힐 하등의 이유가 없다. 단테는 나이 35세쯤에 '우리 삶의 노정 중간'에 이르렀다고 했는데 나는 지금 산술적으로나 정신적 육체적으로 삶의 노정에서 중간보다 훨씬 멀리 와 있다. (그러나 나이 든 사람은 지혜가 있거나 총명한 것이 아니라 단지 노회하고 능구렁이가 다 되었을 뿐이므로) 나는 요즈음 필요할 경우 다소간 권모술수와 감언이설을 사용하는 것은 불가피하다고 생각하고 있고, 다른 사람들이 날 어떻게 생각하는지, 그런 것에는 전혀 관심도 없고, 오히려 부동산 투기와 주식투자를 해서 재산을 많이 모으는데 관심이 많다. 돈이란 이 정도면 충분하지, 라고는 도저히 말할 수 없는 고귀한 것이기 때문이다.

그리고 오래 살기 위해서 건강식과 값비싼 보약을 열심히 먹고 있다. 그렇지, 오래, 오래 살아야만 한다. 그래야만 손자들이 크는 모습을 지켜보고 그들의 결혼식에도 참석할 수 있을 것이 아닌가.

그러나 내 삶과 인생이 점차 해지고 스러져가고 있으니. 나는 지금 소멸의 과정 중에 있다. 하지만 나를 점점 잃어간다고 해도 여전히 나 자신으로 남아 있어야 한다. 마지막 순간까지…….

결별의 기억

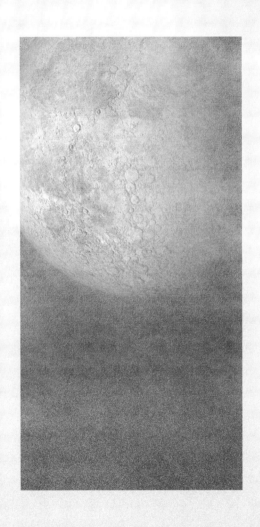

결별의 기억

삶에 필요한 것은 기억력이 아니라 망각 능력이다.

심현숙은 임신 초기 배 속의 태아가 잘 자라는지 확인하기 위하여, 또 임신 초기 징후들 때문에 심신이 지쳐 있어서 처방을 받기 위해 동네 어귀에 새로 지은 번듯한 5층 건물의 2층에 자리 잡은 '**김영준** 산부인과 의원'에 다니기 시작하였다.

"확실히 임신이에요. 초음파 검사 결과 착상이 잘 됐습니다. 그런데 첫 임신이고 나이가 많기 때문에 상당히 신경 써야 할 거예요. 까딱 잘못하면 유산할 수 있습니다. 아시겠죠……."

"그럼 어떻게 해야죠?"

"우선 영양이 중요해요. 임신하면 칼로리와 단백질의 요구량이 증가하거든요. 채소류, 과일, 유제품, 생선, 육류를 많이 섭취하세요. 또 적당한 운동도 필요하지요. 근육의 강도를 유지하고 유산소 능력을 높이기 위해서 필수적으로 주당 3~5회 정도 30분 이상 운동을 하세요. 수영, 활발하게 걷기, 자전거 페달 밟기, 미용체조 등이 알맞겠죠. 지금 증상이 심한 요통과 좌골신경통은 임신 중에는 매우 흔한 일반적인 증상이에요. 변비, 현기증, 피로감, 빈뇨 증상도 있고, 입덧도 심하다고 하셨죠. 그런 증상을 완화시켜주는 약을 처방해 드리겠습니다. 시간을 지켜서 잘 복용하세요.

정기검진을 위하여 당분간은 일주일마다 병원에 오셔야 합니다. 꼭 오셔야 합니다."

그가 활짝 웃었다. 희고 고른 치아가 드러났다. 그 잘생긴 외모의 젊은 의사는 첫날부터 너무 너무 친절하였다.

그녀는 병원에 올 때마다 여러 차례 의사 선생님에게 자신의 자궁을 내보이면서 진찰을 받는 과정에서 느꼈던 수치심은 곧 사라졌다. 한 달이 지나면서부터 오히려 병원에 가는 것이 자꾸만 기다려지고 가슴이 설레기까지 하였다. 그녀의 감각기관은 그가 풍기는 풍성한 남자의 냄새를 예민하게 맡을 수 있었다. 그 달착지근하고 저속한 느낌의 체취는 최음제처럼 외설적이었다.

그녀는 어느 날, 마음을 졸이면서 젊고, 잘생기고, 부유하게 보이는 의사에게 정중하고도 은근한 이메일을 보내게 되었다.

「매번 너무 잘해주셔서 감사드립니다.

선생님을 모시고 저녁식사를 할 수 있는 기회를 마련해 주시기 바랍니다. 선생님, 꼭 회신 바랍니다.」

그 젊은 의사도 곧바로 그녀의 핸드폰에 메시지를 보냈다. 그 당시 그는 병원일이건, 집안일이건 모든 것이 권태롭고 심심해 죽을 지경이었던 것이다. 그는 처음에는 의사와 환자의 관계에서 위장한 무관심으로 그녀를 대하였지만 그녀가 먼저 절박하게 접근해오는데 이를 뿌리칠 이유가 없었다. 더욱이 그녀는 눈에 띄는 곱상한 외모를 갖추고 있었다. 그녀는 우아하고 예뻤으며 부자처럼 보였다. 자존심이 강한 그녀의 날씬한 몸매는 부드럽고 육감적인 향기로 감싸여 있었다. 물실호기였다.

그녀가 진찰실 문을 나설 때면, 벌써부터 몸을 해부하듯 그녀의 뒷모습을 훑어보고, 그 성애 찬미자의 칙칙한 시선은 그녀의 엉덩이를 집요하게 집적거리고 있었다.

2. 심현숙은 그 당시 관악구에 있는 신설 사립 중학교의 음악 교사였다.

그녀의 부친은 그 품행에도 불구하고 자식에게만은 매우 고루하고 엄격한 사람이었다. 그 집에서 아버지의 말은 곧 법이었다. 아버지는 그녀가 태어날 당시의 시대정신을 반영하여 그녀가 현숙한 여자로 성장해서 현모양처가 되기를 간절히 바랐기 때문에 이름을 '현숙'이라고 지어줬다. 물론 그녀는 여자 고등학교 시절부터 벌써 그 이름이 구태의연하고 촌티 난다는 이유로 매우 싫어해서 친구들에게 끊임없이 불평을 해댔다. 그녀는 그 유치한 이름 대신 스스로 길거리 작명가가 지어준 '심지이'라고 부르기도 하였다.

그녀는 2남 1녀 집안의 막내로 태어나 좋은 환경에서 순탄하게 자랐다고 할 수 있다. 그녀는 막내로 부모님과 오빠들의 귀여움을 독차지했으니, 그래서 어린 시절부터 발랄하고 깜찍했으며 당돌하였다. 겉으로만 보면 그랬다. 그러나 그 집안에 전혀 문제가 없었던 건 아니다. 아버지는 서울 시내 유명 사립대의 교수였지만 자기애성 인격장애 성향을 가진 지독한 술꾼이고 바람둥이였다. 그랬으니 어머니와는 일찍부터 사이가 좋지 않아서 각기 방을 따로 썼고 거의 대화도 없었다. 어머니는 아버지에 꿋꿋하게 맞서 자식들을 지켰지만, 그러나 그 시절 집을 뛰쳐나가지는 못하였다.

그녀는 여자 대학에서 성악을 전공할 무렵 자신은 타고난 목소리와 재능에 비추어 프리마돈나로서 성공할 가망이 없다는 사실을 어느 날 문득 깨달았다. 불행하게도 그녀의 목소리는 너무 약해서 독창을 소화하지 못했으므로 교회 합창단원으로 만족하지 않으면 안 되었다. 무엇보다도 성악 훈련이란 게 감당할 수 없을 만큼 너무 힘들었던 것이다. 그러니 가왕 조용필처럼 피나는 노력으로 득음의 경지에 오를 만큼 강렬한 의지와 욕망이 없었던 것이다. 그녀는 힘든 일은 딱 질색이었다.

그 당시 어린 시절부터 키워온 꿈이 아쉬워 크게 상심하였고, 심한 좌절감에 빠져 한동안 방황하였다. 그녀는 대리만족을 위하여 장래가 촉망되는 테너가수가 완전히 변심할 때까지 그를 줄기차게 따라 다니기도 하였다. 그와의 심각한 관계는 일 년을 넘게 지속되었지만 결국 파국을 맞이하였다.

그녀는 그때 사랑과 정념, 절정과 싫증, 배신과 절망 같은 사랑의 파멸에 따르는 수순들을 뼈저리게 체험하였다. 그것은 젊은 날의 통과의례에 불과하였지만 말이다.

그녀는 대학 졸업 후 좋은 혼처 났을 때 결혼이라도 빨리 하라는 엄마의 성화를 못들은 체 하면서 몇 년간을 하는 일 없이 빈둥거리며 지냈다. 그러나 그녀는 여고 시절부터 벌써 남자들이라면 자신 만만하였으니 끊임없이 이 남자 저 남자, 잘난 남자들을 찾아서 만나고 곧 헤어졌다. 대개 짧은 만남이었으니 그녀 쪽에서 냉철히 판단하고 끊어버렸던 것이다.

그런 후 아버지 쪽 친척이 재단 이사장으로 있는 중학교의 음악 교사로 반강제적으로 취직이 된 것이다. 그러나 의외로 그녀는 개미 쳇바퀴 돌 듯 하는 단조로운 학교생활을 그럭저럭 잘 견뎌내고 있었고, 어느덧 그 생활에 안주하면서 첫사랑의 상처 같은 것은 까마득한 옛일처럼 잊어버릴 수 있었다.

돌이켜 보면, 그때 별것도 아닌 하찮은 일로 울고불고 질질 짠 자신이 한심했다. 쓴웃음이 절로 나왔다.

그리고 그녀는 한층 성숙해졌다.

그 과정에서 자신은 지극히 평범한 생활을 해야만 행복해질 수 있다는 현실을 받아들이게 되었고, 이제는 좋은 남자를 만나기 위하여 맞선을 보는 일에도 주저하지 않고 적극적으로 나섰다. 잘생기고, 일류 대학을 나오고, 괜찮은 직장을 가진 좋은 조건의 남자를 고르기 위하여 무던히도 많은 남자를 만났던 것이다. 그녀는 유쾌한 남자 사냥꾼처럼 자주 짧게 남자들을 만나고 마음에 들지 않으면 그녀 쪽에서 먼저 깔끔하게 정리를 하였다. 그녀는 그때마다 빈틈없이, 필사적으로 계산하고 요모조모를 따졌다.

3. **김규현**은 30대 중반쯤에 뒤늦게 중매 결혼한 지 5년쯤 지나서야 아내가 어렵사리 임신을 하였다. 임신 후 아내는 학교에 왔다 갔다 하는 일, 고된 학교일 때문에 상당히 힘들어 했다. 그래서 그가 이참에 아예 학교를 그만둘 것을 그렇게 사정하였지만, 아내는 절대로 그럴 수 없다고 고집을 피웠다.

"내가 이렇게 통사정할게. 지금 당장 말이지, 제발 학교 그만둬. 그만두면 될 거 아냐. 우리가 얼마나 기다리던 임신이야. 당신과 태어날 자식을 위해서 말이야. 나는 회사에서 인정받고 있고, 월급도 많이 받고 있어. 충분하다고"

그의 목소리는 날카롭고 긴박하였다. 그리고 아주 잠깐 동안 무겁고 짧은 침묵이 집안을 지배하였다. 그러나 아내는 신경이 날카롭게 곤두서서 외치다시피 하였다.

"뭐가 충분하다고? 그럴 수 없어요. 난 가르쳐야 해요. 나는 담임을 맡고 있는 우리 반 50명 아이들의 이름을 전부 외울 수 있어요. 지금 모든 아이들과 너무 너무 잘 지내고 있단 말이에요"

"……."

"어떤 경우에도 내가 학교를 떠나는 일은 있을 수 없어요. 내 일에 참견 말아주세요. 쓸데없는 짓이에요. 그만해요. 당신에게 문제가 있다는 걸 알기나 해? 뭘 잘했다고 큰소리치는 거야. 모두 당신 때문이야. 나도 지쳤거든. 이제는 끝내고 싶지. 당신과 사는 게 지긋지긋하지."

4. 그들은 저녁 무렵 청담동의 멋있는 이태리 식당에서 근사한 식사와 함께 포도주를 세 병이나 마시게 되었다. 분위기가 아주 그럴듯하였던 것이다. 그러나 의사 선생은 결코 의례적인 말로 서곡을 시작하거나 기교적인 은유를 사용해서 시적인 완곡어법으로 작업을 시작하지는 않았다. 그는 처음부터 산부인과 의사들이 쓰는 의학적 전문용어와 아주 음란한 단어들을 교묘하게 섞어서 말하여 그녀를 즐겁게 하고 들뜨게 해서 성적으로 자극하였다. 그리고 은근슬쩍 스치듯이 나중에는 노골적으로 그녀의 손을 만지고 이글거리는 눈으로 그녀의 얼굴을 훑어 내렸다. 여자가 짧은 순간 얼굴을 붉혔다.

여자는 그때 말할 수 없이 아름답다. 선홍색 입술, 복숭앗빛 뺨, 희다 못해 투명한 목덜미, 여신 같은 자태.

식사대를 지불하는 과정에서도 한동안 실랑이가 벌어졌다. 그가 한사코 자기가 내겠다고 우긴 것이다. 그녀는 자신이 초대한 자리인데 그럴 수는 없다고 하였지만, 그는 이런 자리에서는 남자가 계산하는 법이라고 우기면서 기어코 자신의 카드로 계산하였다.

그들은 모두 상당히 취하였고, 기분은 한껏 고양되어 있었다. 자연스럽게 2차를 갈 수밖에 없는 상황이 되었다. 그들은 그가 오래전부터 알고 있던 카페에서, 마치 오래된 연인들처럼 귓불이 닿을 만큼 머리를 가까이 맞대고 다정하게 마주 앉아, 웃고 떠들면서 즐겁게 술을 마셨다.

관능적인 밤이 깊어 가고 있었다. 어둠 속에서 도시의 윤곽선이 허물어지고 있었다. 이제 술집에는 손님이 거의 없었다. 대부분 자리를 뜬 것이다. 그가 그녀의 검은 머리카락을 부드럽게 쓰다듬어 주자 그녀의 숨결이 거칠어졌다. 아름다운, 술기운으로 얼굴이 발그레해진 그녀가 온몸을 가볍게 떨었다. 그가 키스를 하였다. 그녀는 거부하지 않았다.

참으로 멋있고 유쾌한 밤이었다.

그들은 또다시 실랑이를 할 필요는 없었다. 그들은 이미 자신들을 더 이상 통제할 수 없었다. 그녀는 자신의 몸을 향락의 제단 위에 봉헌할 준비가 되어 있었다. 이심전심으로, 다정하게 손을 잡고, 근처 모텔로 가서는 밤늦게까지 함께 있었다.

참으로 격렬한 밤이었다. 사랑을 표현하는데 말은 필요 없었다. 정말 필요 없었다. 여자와 남자가 처음 만나 데이트를 시작하면서 서로의 육체에 접근하는 일은 여러 가지 단계를 거쳐서 하나하나

밟아 나가야 하는 과정이 있기 마련인데 그들은 성급하게 그 과정을 생략해버린 것이다. 그는 피아노 연주자와 같은 섬세한 손길과 관능적인 입술로 번갈아가며 그녀 몸 구석구석을 더듬었다.

그리고 그는 첫날부터 키스에 관한 거의 모든 것을 그녀에게 가르쳐 주었다. 어떻게 하면 서로의 입술을 달콤하게 빨아주는지, 상대방의 혀를 어떻게 음미하며 빨아주는지, 상대방의 침을 어떻게 빨아 먹는지, 어떻게 하면 남자가 여자의 혀를 잘 핥고 빨게 만드는지, 상대방의 입천장을 간질이는 방법 같은 거 말이다. 키스는 침묵의 대화이다. 서로를 해체시킨다. 상대방의 내밀한 곳으로 깊이 들어가는 관문이다.

밤의 열기 속에서 굴곡진 육체의 모든 곡선을 쓰다듬을 때마다 엄청난 욕망이 분출하였다. 그는 노련하게 여체의 리듬과 템포에 맞춰 강하게 또는 부드럽게 압박을 가하였다. 그녀의 우윳빛 살결이 꿈틀거리며 부풀어 올랐다. 그녀는 부르르 몸을 떨었고 심장이 격렬하게 펄떡이며 척추뼈는 뿌드득 소리를 냈다. 자제력을 완전히 상실한 그녀가 격렬하게 몸을 비틀며 목구멍으로 원초적인 쾌감과 신음 소리를 계속 토해냈다. 강력한 이물질이 그녀의 몸속으로 밀고 들어왔을 때는 온몸을 휘감고 도는 강렬한 충만감 때문에 그녀는 그만 까무러칠 뻔했다. 그들은 오랫동안 굶주린 사람처럼 몇 번이고 격렬하게 서로를 탐하였다. 그들의 사타구니에서부터 야비한 욕정이 끓어오르면서 입술과 입술, 육체와 육체가 몇 번이나 맹렬하게 부딪쳤다. 마치 서로를 물어뜯어 삼키려는 두 마리의 성난 맹수처럼……

그녀는 포만감을 느꼈다. 아주 오랜만에 맨살과 맨살이 닿으면서 느끼는 온기와 부드러움을 만끽할 수 있었다. 오랫동안 기다렸던 순간이었고, 이 순간에는 자신이 진정으로 살아있다고 선언할 수 있었다. 그 의사는 그녀의 등을 계속하여 쓰다듬었다. 그녀의 보드라운 살결과 좁은 어깨, 매끄럽게 이어진 등뼈를 어루만지면서 토실토실한 엉덩이를 깨물어주고 싶은 충동을 느꼈다. 그 부드러운 살점을 뜯어서 꼭꼭 씹어 삼키고 싶었다. 그녀의 넓적다리가 여전히 떨리고 얼얼하면서 땀이 났다. 그녀는 잠시 동안 공중에 떠있는 느낌, 아니면 모든 것이 멈춰버린 느낌을 받았다. 그의 존재감을 절실하게 느낄 수 있었고, 감정적으로는 그와 자신이 완벽하게 연결되어 있다고 느꼈다.

밤의 열기가 방안을 가득 메웠다.

그날 밤 이후 그녀는 침대에서 김영준에게 모든 걸 맡겼다.

그녀는 지금 완벽하게 굴복했다. 그는 이제 그녀의 긴 속눈썹이 단 한 점의 부끄러움 없이 내뿜는 노골적인 눈빛, 그녀의 희고 부드러운 손이 가볍게 그의 몸을 꼬집으면서 전하는 은밀한 메시지, 밤의 어둠 속에서 몸을 뒤척이며 침묵으로 내던지는 고함소릴 완벽하게 이해하였다. 그는 그녀의 벌거벗은 육체의 숨겨진 모든 부분을, 그녀의 무한한 욕망을 지배하기 시작하였다.

그들은 자주 만날수록 서로의 육체에 익숙해지고, 온몸의 신경을 짜릿하게 하는 에로틱한 상상에 빠지고, 무한정 섹스에 탐닉하였다. 그러니 만나기만 하면 몇 번씩이나 섹스를 하게 되고 그때마다 노골적인 포르노에서 나오는 그 대담한 행위와 체위를 흉내 내서 바꿔가며 즐겼다. 그래도 그들은 늘 성적 쾌감에 허기진 사람들이었다.

그리고 그들은 매 순간마다 서로 메시지를 주고받거나, 전화통화를 시도하였다. 그즈음 그녀는 자나 깨나 그 의사만을 생각했다. 그의 더없이 싱싱한 얼굴을, 강력한 육체와 전율을 느끼게 하는 손놀림을 상상했고, 그와 자신은 끈끈하게 묶여 있고, 항상 그와 함께 존재한다는 행복한 생각에 젖어 있었다. 그녀는 너무 들떠있어서 그래서 그에게 끊임없이 달콤한 메시지를 보내지 않으면 마음이 놓이질 않았다.

「나는 당신에게서 배웠다, 사랑하는 것과 사랑받는 것을.」

「내 자신을 온전히 맡기고 싶다, 잠시의 중단도 없이.」

「당신의 거친 숨소리가 귓가에 맴돌아, 우린 빨리 만나야 돼. 조금도 지체 없이.」

「나와 함께 춤을 추라, 내 손을 잡고 나와 함께 춤을 추라.」

「내가 마음껏 울도록, 다만 나를 내버려 둬요.」 등과 같이 대개는 어느 그렇고 그런 썰렁한 시집에서 따온 것 같은 지독히 상투적인 것이었다.

여자의 이런 유치하고 달짝지근한 언어적 유희를 즐겁게 소화하려면 남자는 심장이 튼튼해야 하고, 어떤 경우에도 예민해서는 안된다.

그녀는 지금 그가 자신을 사랑하고 있다는 확신을 점점 굳히고 있었다. 더 이상 그의 사랑 때문에 의혹에 빠지거나 끔찍한 불안감을 경험할 필요는 없을 것이다. 그녀의 마음속에 그 사람에 대한 온갖 이미지가 형성되기 시작하였고, 그녀 혼자 있을 때에는 그의 강렬한 모습을 떠올리면서 짜릿한 사랑의 환상에 사로잡혔다.

김영준, 의사 선생님, 정말 고마워, 너무 고마워. 그 누구도 당신처럼 날 사랑해준 적은 없었던 거야. 당신 덕분에 얼마나 행복한지! 얼마나 살아있다는 실감이 드는지! 당신만 생각하면 짜릿하고, 열이 나지, 온몸이 막 떨리고 난 지금부터 당신을 끝까지 믿을 거야, 끝까지 사랑한단 말이지, 죽을 때까지 말이야. 몸은 정직한 거야, 그까짓 감정이나 이성은 날 속일 수 있어도 내 몸만은 날 속일 수 없어. 내 몸은 당신을 느끼고 있어. 사랑은 육체적인 거지. 정신적 사랑, 그건 예수님이나 하는 웃기는 소리이지.

그와 처음 이야기를 시작하였을 때의 손바닥에서 땀이 나면서 목소리가 떨리고 발음이 또렷하지 않는 이상한 증상은 이미 사라졌다. 그의 남성적 육체와 체취에 벌써 익숙해져 버린 것이다.

그들은 서로에게 얼이 빠져 있어서 그 무렵 거의 매일 밤 만난 것 같다. 그리고 매일 황홀한 밤을 보냈다. 어떤 때는 너무 다급한 나머지 저녁도 거른 채 모텔로 직행하기도 하였다. 그들은 이제 서로 터놓고 지내게 되었다. 서로 아무것도 숨기지 않기로 한 것이다. 그들은, "우리 사이에 비밀 같은 것은 없기야."라고 말하며, 즐겁게 웃었다. 알고 보니, 그는 그녀와 동갑이었다. 그래서 이상한 친밀감을 느꼈다.

그는, 마누라가 젊은 나이에 갑상선암 중에서 희귀한 미분화암에 걸려 있어서 시한부 인생을 살고 있었다. 그것도 6개월을 넘기지 못할 것이라고, 담당 의사는 자못 심각한 표정으로 이야기 하였던 것이다.

그는 자포자기한 상태에서 마누라가 죽으면 필리핀에 가서, 교포들이 많이 살고 있는 지역에 작은 병원을 차려 잠깐씩만 일하고, 아주 편하게 살기로 작정하였다고 한다. 마침, 마닐라 남쪽 외곽 고급 주택가에는 마누라 부친이 마련해 준 마누라 명의의 단독주택이 있었다. 그는 마누라가 죽으면 이를 상속받아, 그곳에서 시간 나는 대로 골프 치고, 여행이나 하면서 한가롭게 살 작정이라고 하였다.

계산에 밝고, 자기중심적인 그녀는 새삼스럽게 다시 골프 연습을 하기 시작하였다. 너무 열심이어서, 그는 놀랐다. 그들은 그가 멤버십을 갖고 있는 경기도 쪽 골프장에 가서 함께 자주 골프를 치게 되었다. 골프를 친 후에도 피곤한 줄 모르고 어김없이 모텔로 갔다.

그들은 그 당시 이 유쾌한 불륜행각에 대하여 어떤 혼란이나 심적 고통을 맛보지 않아도 될 만큼 거리낌이 전혀 없었다. 무슨 양심의 가책 같은 것은 추호도 없었다. 그들 사이에는 사태가 너무 급속하게 진행되고 있었고, 정념의 불꽃이 완전히 점화되어 버렸다. 활활 타오르는 화려한 불길이 그녀를 꼼짝 못하게 에워싸고 있었다.

그즈음 그녀의 영혼 속에서는 관능의 불길이 끊임없이 활활 타오르고 있었다. 그러나 그녀는 가끔 두려움을 느꼈다. 그에게 너무 빠져서 헤어 나오지 못하면 자신의 존재가 상실되어 버리지 않을까, 지워져버리지 않을까 내심 걱정이 되었던 것이다. 그가 자신을 무시하지 않고 그리고 영원히 사랑하고 매달리기를 바랐다. 그녀는 그때 그들의 사랑은 영원할 수 있다고 믿었다.

오랫동안, 남편과 그녀의 깊은 내면에는 가시 돋친 감정 대립이 불타고 있었다. 그 불씨는 어떤 경우에도 꺼지지 않고 항상 잠복하고 있었다. 그녀를 갉아먹고 있던 그 성가신 존재가 사라져 버렸다. 마침내 눈에 보이지 않는 운명의 족쇄를 벗어 버린 것이다. 그녀는 해방되었다. 자유롭다고 느꼈다. 한껏 마음이 편안해졌다. 자신은 지금부터 그 자유를 무한정 즐기리라.

그녀는 오래 전에 잊었던 생동감 또는 충동감을 만끽하였고, 동시에 달착지근한 승리감도 맛보았다. 그녀의 얼굴에서 분노와 고통, 경멸이 말끔히 사라지면서 본래의 모습이 되살아났다. 그녀의 생기를 잃어가던 얼굴이 다시 아름답게 피기 시작하였다. 가슴은 풍선처럼 부풀어 올랐다. 그땐 모든 것이 팽창하고 있었다.

그녀는 그 당시 그 어느 때보다도 발걸음은 가볍고 목소리는 경쾌하였으며, 자주 많이 웃고 크게 노래를 불렀다.

그녀는 남편에게 반발하기 위하여, 또는 복수하기 위하여 다른 남자에게 몸을 맡긴 것일까. 아니면 느끼한 감각 때문이었을까. 이 삼각관계의 운명을 그녀는 어떻게 예견하고 있는가.

기하학에서 삼각형은 일직선상에 있지 않은 세 개의 점을 이으면 만들어진다. 각기 두 개의 점이 하나의 선에 의해 서로 연결되어 있으며, 이렇게 이어진 세 개의 선이 삼각형의 변을 형성한다. 삼각형에는 정삼각형, 직각삼각형, 두 변과 두 각의 크기가 같은 이등변삼각형이 있고, 이등변삼각형은 다시 예각삼각형, 둔각삼각형이 있다. 그러나 정삼각형은 같은 크기의 세 각과 같은 길이의 세 변을 갖추고 있으므로 조화를 상징하는 가장 단순한 도형으로 모든 평면도형의 원형이라고 할 수 있다.

그러나 극단적인 질투심이 지배하는 비이성적인 남녀관계에서 삼각관계는 둘은 웃고 하나는 울어야 하는, 또는 하나는 웃고 둘은 울어야 하는, 아니면 셋 모두 울어야 하는 자기 파괴적이고 위험한 관계일 뿐이다. 그러므로 셋 모두가 정상적으로 인간다운 남자이고 여자이어서 진짜 미치지 않았다면 그들 모두가 웃을 수 있는 경우는 있을 수 없다. 비이성적인 인간사회의 현실에서 결코 동등한 삼각관계, 즉 정삼각형은 존재할 수 없는 것이다.

5. 그러던 어느 날, 갑작스럽게 그녀가 제안을 하였다. 그때 그녀는 가슴이 두근거리고, 빨갛게 달아오른 얼굴이 잔뜩 긴장하고 있었다.

"전혀 임신하고 싶지 않았는데, 그래서 반드시 피임조치를 하였어요. 잠깐 실수한 거예요. 떼 내 주세요, 아이는 필요 없어요"

그녀는 갑작스러운 심경 변화에 대하여 변명을 겸하여 자기 합리화를 할 필요가 있다고 느꼈다.

"술꾼의 자식을 낳을 생각은 없었거든요. 그 자식 역시 대단한 술꾼일 게 틀림없어요. 술꾼은 정말 지겨워요"

의사는 깜짝 놀란 표정으로 이죽거렸다. 그의 눈가에 잔뜩 심술궂은 웃음이 노골적으로 번졌다.

"잘 몰랐네. 그렇게 형편없는 술주정뱅이인줄은! 고주망태가 되어 집에만 들어오면 막 발길질하고, 때리고, 닥치는 대로 물건을 집어 던졌겠네! 술병을 마룻바닥에 내팽개쳐서 박살이 났을 거야. 그러면, 유리 파편이 마구 튀었겠지. 당신, 당신은 그걸 치우면서 훌쩍거렸겠지."

그러자 그 여자는 정색을 하고 정정하였다.

"그 사람은 매일 밤 비틀거리며 이 술집 저 술집을 전전하는 술주정뱅이는 절대 아녜요. 2차 이상은 잘 안 가거든요. 술에 취하면 곧바로 곯아떨어지는 게 그의 오랜 버릇이에요. 가끔 화장실에서 밤새 심하게 토할 때도 있기는 하지만……. 그러나 어떤 경우에도 폭력을 행사하거나, 욕지거리를 하는 일은 없어요. 아주 점잖거든요. 하여튼, 세상 고민은 혼자서 다하는 사람이에요. 그는 만날 술은 자신의 정신과 육체를 갉아먹는 위대한 살인자라고 욕하면서도 끝끝내 끊지를 못했어요."

그는 술만 취하면 그때부터 자기연민에 빠진 나머지 자학적이 되어 자기 파괴적인 모습을 보인 적은 아직 한 번도 없었다. 문제는 술을 마실수록 내성이 생겨서인지 웬만큼 마셔서는 취하지 않는다는 것이다. 그는 얼큰히 취하기 위해서 참으로 많은 술을 마셔야만 하였다. 그는 항상 아슬아슬한 순간 도망치듯 술집을 빠져 나갔다.

신혼 초기에 그녀가 날카롭게 지적하였었다.

"술이 결국 당신을 망쳐서 당신은 제명대로 못 살 거예요. 당신 스스로 그걸 잘 알고 있을 거구요. 그래도 술을 마실 겁니까? 지금 당장 술을 끊으세요. 필요하다면 적절한 치료도 받으세요."

그는 매번 똑같은 대답을 하였다.

"난 술을 많이 마시는 것도, 더욱이 알코올 중독은 말도 안 되는 소리야. 나는 아무리 마셔도 취하지 않아. 난, 취하지 않지. 취하는 게 싫거든. 나의 몸속에서는 알코올 분해 효소가 왕성하게 작용하거든. 술꾼들이 그따위 술에 취해 비틀거리거나 중얼거리고, 소릴 질러대는 것은 정말이지 질색이거든. 자신을 언제든지 컨트롤하고 있지.

내가 조금씩 술을 마시는 것은 인정할 수밖에 없어. 부인하지 않거든. 그렇지만 그건 단지 업무상 긴장을 풀기 위해서야. 아주 가끔씩 조금 지나치게 마시지만, 그땐 회사 사람들하고 함께 마시지. 절대로 혼자서 많이 마시지는 않는다구. 지금 내 위장은 알코올에 점점 익숙해지고 있어. 요즈음은 술을 많이 마셔도 거의 토하지 않고 있거든."

그렇지만 그가 언제부터 본격적으로 술에 탐닉하기 시작하였는지는 누구도 알 수가 없다. 고등학교 시절부터 벌써 우울한 기분이되면 혼자 몰래 조금씩 술을 마시기 시작하였지만, 아마 회사에 입사하여 설계 부서에 배치되고 나서 고도의 집중력이 요구되는 복잡한 작업과정에서 술은 지치고, 과민해진 신경을 달래주는 이완제역할을 하였을 것이고, 그의 상상력이 고갈되어 갈 때 그의 영감을자극하기 위하여 필요하였을 것이다. 그러나 여전히 그 증세를 이겨내기 위해서는 음주 이외에는 다른 방법이 없었다. 그때 음주는더 이상 의식조차 하지 못할 만큼 그의 삶의 방식이 되어 버렸고, 몸에 배어버린 일종의 의식이었다.

"그래도 남편일이라고 열심히 편을 드는군." 하고, 그 의사가 못마땅한 표정으로 핀잔을 주었다.

"혹시, 의사의 양심 때문에 꺼려하는 거야? 하지만, 당신이 해주지 않으면 다른 데 가서 할 거예요. 제 결심은 확고하니까요. 산부인과는 널려 있어요. 그러나 당신께 부탁하고 싶어요. 다른 사람이손대는 것보다는 당신이 낫겠죠."

"전혀…… 상관없으니까. 얼마든지 오케이야. 난 산부인과 전공이거든. 염려 놓으시라구요."

그 며칠 후, 그는 임신중절 수술을 하기 위하여 그녀를 자기 병원의 수술대 위에 눕혔다. 그때 그녀는 몹시 초조하여 몸을 부들부들 떨고 있었다. 피로와 두려움이 그녀를 덮치고 있었다.

그는 그녀를 안심시키기 위하여 진담인지, 농담인지를 하였다.

"자기 그것은 아무리 봐도 잘생겼는걸. 냄새는 말이야, 축축한 이끼 냄새가 나지. 그러니까 맛이 좋지, 쫄깃쫄깃하단 말이야. 왜, 우리 속담에 보기 좋은 떡이 먹기도 좋다고, 하지 않았어……"

그는 부드럽게 검은 털이 반질반질 윤이 나는 그녀의 둔덕을 몇 번씩이나 쓰다듬었다. 그녀가 느끼한 미소를 지으면서 가볍게 몸을 꿈틀거렸다. 그녀는 이제 공포심 따위는 까맣게 잊고 있었다.

"그런데, 긁어내는 데는 약간 늦은 감이 있지만…… 걱정 말라고 금방 끝날 거야. 내 솜씨를 믿어야 해. 나는 이 수술을 수백 번도 더 해봤으니까. 앞으로도 수천 번, 수만 번은 더하게 되겠지."

그러면서 그는 익숙한 솜씨로 자궁 내 모든 조직을 제거하기 위해 그녀의 자궁벽을 샅샅이 긁어냈다. 그 작업은 너무나 간단하고 손쉬운 일이었다. 그로 말미암아 고귀한 한 생명이 말살되었다는 죄의식 같은 것은 눈곱 티끌만큼도 들지 않았다. 무엇보다도 본인이 적극 원하는데 주저할 필요가 없었던 것이다. 더욱이 지구상에 인구가 넘쳐나므로 그 수술은 인구 조절에 유용할 것이었다. 자신이 먼저 하지 않으면 다른 산부인과 의사가 수술할 것이고 그 수입을 차지하게 될 것이다. 그는 오로지 많은 돈을 벌어야 하였다.

늦은 가을 한가한 오후의 나른한 햇살이 작은 창문을 통하여 병실로 들어와 복잡한 심정으로 수술대에 누워있는 그녀의 얼굴을 잠깐 비추고 사라졌다. 산부인과 병원의 잔인한 악취가 그녀의 코끝을 찔렀다. 이제 그녀의 몸속에서 남편이 남긴 흔적은 씻은 듯이 사라져 버렸다.

그 순간, "우리가 얼마나 기다리던 임신이야."라고 절실하게 말하던 남편의 얼굴이 다시 생각났다. 그리고 마음속으로 중얼거렸다. '이건 살인행위는 아니야. 절대로⋯⋯. 그 무시무시한 단어가 싫어. 소름이 끼치니까. 이건 단순한 거야. 흔해빠진 유산의 일종에 불과한 거야.

내가 오해한 걸까? 그 여자 말이야? 배신감 때문에? 그럴 수도 있지만⋯⋯.

모든 게 당신 탓이지. 당신이 문제인 거야. 당신은 사막에 미쳐버린 사람이니까, 사막에서 살다가 끝내 사막에서 죽을 운명이지. 난 사막 같은 것은 딱 질색이야. 문명사회에서 살아야만 돼, 화려한 도시에서 살아야 된단 말이야.

이건 하늘이 준 기회야, 아마 마지막으로 선물을 준거야. 틀림없이 난 그와 행복하게 살게 될 거야, 그러니까 그를 놓치면 절대 안 되지. 그는 잘 생기고 능력 있지. 나와는 모든 게 잘 맞아, 너무 잘 맞지……. 모든 자세가 잘 맞는 거야. 앞으로 해도, 뒤로 해도, 아무렇게 해도 잘 되는 거야. 항상 기진맥진해서 끝장을 보지. 만족스러워, 만족스러운 거야. 성불능자인 그 애송이 테너, 너무 고지식한 당신, 그리고 다른 어설픈 자들과 완전히 다른 거야. 그는 확실하게 챔피언이야. 나는 이미 당신을 버렸어. 그 족쇄를 스스로 벗겨냈지. 난 지금 자유란 말이야.

그 여자는 곧 죽을 거야. 하루 빨리 죽어야만 하지. 의미 없는 생명 연장은 쓸데없는 짓이지. 내가 써야할 돈을 병원비로 까먹고 있으니까. 그 여자가 빨리 죽게 무슨 푸닥거리라도 해야 되는 거 아냐? 어쨌거나 우리도 이혼해야 할 거야. 나는 법적으로도 자유로워지고 싶어……. 아무튼 당신에게 미안하긴 해. 그러나 난들 어쩔 수 없다구. 어쩔 수가……'

수술이 끝난 후 그녀가 단호하게 말하였다. 그 의사는 세면대에서 두 손에 잔뜩 비누칠을 하여 피부가 벗겨질 만큼 박박 문지르며 씻고 있는 중이었다.

"어떤 경우에도 이건 유산이에요, 알았죠. 비밀을 철저히 지켜주세요. 무덤까지 싸 가지고 갈 비밀이에요"

6. 그 당시 그녀는 학교 업무 때문인지 귀가 시간이 점점 늦어지기 시작하였고, 무슨 일이건 짜증내는 일이 많아졌다. 갑자기 사람

이 변한 것 같기도 하였다. 그 후 그녀는 학교 일로 무리를 거듭해서인지, 결국 임신 4개월여 만에 그만 유산하고 만 것이다. 그녀가 유산했다고 주장했던 것이다. 그러니 그는 아내가 과로해서 유산한 것으로 철석같이 믿고 있었다. 도저히 다른 상상을 할 수는 없었다.

1997년 11월 말경이었다.

김규현은 유산 사실을 처음 알았을 때 말로 표현할 수 없는 슬픔과 분노, 충격으로 그는 망연자실하였다. 갑자기 밀려드는 검은 어둠이 그를 덮쳤다. 곧 가슴 속에 차갑게 응어리져 있는 형체를 알 수 없는 분노 때문에 그의 단정한 얼굴이 형편없이 일그러졌다. 그의 싸늘한 입술에 새겨진 그 분노는 영원히 사라지지 않을 것 같았다. 그는 이 결혼을 인생의 최대 실수로 간주하고 저주하였다. 그러나 아내가 임신하고 출산을 하여 귀여운 아기가 태어났다면 서로 간의 어떤 불일치나 불화는 얼마든지 해소될 수 있었을 것이다.

('눈에 넣어도 아프지 않을 자식이 있었다면…… 쌔근쌔근 잠든 그 아이의 모습을 오래오래 지켜볼 수 있었다면…… 해소될 수 있었을 거야. 한때는 당신을 넋을 잃고 쳐다보느라 눈이 멀 정도였던 시절도 있었고…… 밤마다 침대에서 코를 비비고 입술로 깨물었던 시절도 있었으니까. 나의 가슴팍에 얹었던 손의 가벼운 무게를 기억할 수 있고, 뽀얀 살 속 보이지 않는 혈관의 불규칙한 맥박을 지금도 느낄 수 있지. 그 시절에는 당신은 꿈에서 깨어나면서 나를 더듬으며 말했었지. 꼭 안아줘요 내가 나쁜 꿈을 꾸었나 봐요' 그는

생각했다.)

그는 아내를 도저히 이해할 수 없었다. 그가 그렇게 말렸는데도 불구하고 과로로 유산을 하였단 사실 말이다. 그 후, 두 사람 사이는 급속도로 냉랭해지고, 사사건건 충돌하고, 자주 심각하게 말싸움을 하였다. 부부싸움과 눈물, 맞고함이 끊이질 않았다. 그들은 싸우고 또 싸웠다. 고통, 눈물, 충격, 분노의 감정들이 뒤엉켰다. 그녀의 얼굴은 분노와 모멸감 때문에 일그러져 있었다. 그녀는 그때마다 소프라노 목소리로 날카롭게 소리 질렀다. 때로는, 그녀의 목소리는 떨렸고 심한 분노 때문에 울음을 터뜨릴 것 같았다. 끔찍한 나날이 계속되고 있었다.

그때는 정신적으로 너무 힘들어서 머리가 깨질 것 같은 통증이 몰려왔고 가슴이 몹시 답답했다. 천천히 숨을 내쉴 수 없었고 마음을 진정시킬 수도 없었다. 그때 그 멋있고 신비한 술, 소폭을 많이도 마셨다. 인생이 허무하고, 자신은 쓸모없는 존재라는 집요한 의식에서 벗어나기 위해서, 그는 매일 혼자서 술을 지나치게 마셨다. 그는 갈증을 면하기 위하여 매일 술을 들이켰고, 갈증이 없어도 갈증을 예방하기 위하여 또 술을 마셨다. 술은 충실하게 마취제 역할을 하였으므로 그 신비한 액체는 아주 잠시이긴 하지만 효과적으로 정신적 고통을 진정시켜 주었다.

그러나 그때는 지나치게 많이 마셨다. 이것저것 가리지 않고 아무 술이나 닥치는 대로마시고 또 마시고, 토하고 또 토하기 일쑤였다. 그런 다음 식사를 끊었다. 그는 평생 동안 술을 좋아했지만 아버지가 알코올 중독이었고 그 때문에 폐인이 되었던 것처럼 자신도 그렇게 되지 않을까 두려워했는데 마침내 중독자가 된 것처럼 보였다. 그래서 비록 일시적이긴 했지만 술을 끊어야 하거나 줄여야했지만 그러면 금단 증상이 왔다.

그 무렵 그 심각한 증세가 다시 나타나기 시작하자 이를 견뎌내기 위하여 더욱 술에 의존하면서 매일 술을 마시게 되었고, 술만 마시면 만취한 상태로까지 발전한 것이다. 그는 그만 마셔야 하는 줄 알면서도 매번 끝까지 갔다. 그리고 몸을 겨우 추스를 정도로 취하여 방배동 뒷골목 연립주택으로 가는 긴 골목길을 비틀비틀 걸으면서, 때로는 집에 들어가기가 죽기보다 싫어서 느릿느릿 갈지자로 걸으면서, 터져 나오는 괴성 같은 울음을 참아내기 위하여 늘 낮은 목소리로 낡은 유행가 가락을 흥얼거렸다. 그는 그 기교적이고 여운이 남는 가사를 좋아하였다. 그러나 그 우울한 선율이 그를 가슴 저리게 하였다. 그때 초겨울이 되어 희미한 가로등이 졸음에 겨워 하품을 해대는 골목길에 불어 닥치던 시린 바람이 그의 가엾은 얼굴을 가볍게 쓰다듬고 지나갔다.

늦은 밤, 그는 취기로 흐려진 눈에 악의를 가득 담아서 아내의 방을 쏘아 보았다. 그 방에서 매번 가볍게 코고는 소리가 들렸다. 그러나 문틈으로 새나오는 그녀의 불규칙적인 숨소리를 들으면 그녀가 짐짓 자는 척하고 있다는 것을 알 수 있었다. 그러나 그것뿐이었다. 그는 자기 방으로 들어가서 아무렇게나 쓰러져 잠들었다.

그해 겨울은 몹시 추웠다.

시퍼렇게 날이 선 칼날 같은 맹추위가 연일 계속되었다. 한강에
는 얼음이 꽁꽁 얼고 얼음 조각들이 강의 중심부에서 동동 떠내려
갔다. 차가운 바람 끝이 얼마나 매섭든지 몸도 마음도 꽁꽁 얼어붙
어 버렸다. 사람들은 추위 때문에 얼굴이 창백해졌다. 그해는 유난
히 눈도 많이 내려서 도시가 온통 흰 눈으로 뒤덮였다. 그는 비통한
심정으로 그의 생애에 있어서 마지막이 될 겨울을 보내야 했다. 그
는 몹시 암담하였다.

그때 회사는 미증유의 경제위기인 IMF 사태를 그럭저럭 잘 극복
하고 있었다. 그는 회사의 3월 정례인사 때 대표이사와 면담한 후
리비아 대수로 공사의 현장 근무를 자원하였다. 견딜 수 없이 답답
한 현실에서 도피하기 위해서였는데, 그때는 아내와의 사이에 어느
정도 냉각기가 필요하였다.

7. 그녀의 남편이 리비아의 공사현장으로 떠난 후 얼마 안 있어,
그의 부인도 죽었으므로 그들은 이제 거칠 것이 없었다. 사실 솔직
해야 하리라. 심현숙은 내심 그녀가 빨리 죽기를 얼마나 학수고대
하였던가. 그녀가 죽자 기쁨을 주체하지 못하고 얼마나 희희낙락하
였던가.

그 역시 아내의 죽음은 이미 예정되어 있었으므로 별반 슬퍼하지

도 않았다. 아내가 건강했던 시절에도 그와 아내와의 사이는 그저 데면데면했으니까. 다른 바람둥이 남편과 그의 현모양처형 아내 사이처럼 말이다.

그의 아내는 용도조차 알 길이 없는 각양각색의 약들을 먹으며 그 지독한 항암치료를 받았고 자주 지독한 통증 때문에 진통제 주사를 맞아야 했다. 그녀는 새까만 설사를 지렸고 플라스틱 통에 검은 토사물을 쏟아냈다. 그때마다 정신이 멍한 상태에서 꾸벅꾸벅 졸았다. 이제 아내의 몸은 뼈와 가죽만 남았다. 한동안 욕창 때문에 고생했다. 탄탄했던 엉덩이 살은 모두 사라져 버리고 누렇게 말라 비틀어진 살가죽이 골반뼈를 간신히 덮고 있다. 아내는 죽음의 사신을 향해 진즉 투항했고 더 이상 얼굴에 고통의 표정은 없었다.

그러나 남편을 쳐다보는 그녀의 얼굴에는 원망과 분노가 가득 차 있었다. 그녀는 속으로 외치고 있었다. '바람둥이 자식…… 나를 이 꼴로 만들어 놓고…… 네 놈이…… 치사한 자식 같으니라고…….'

의사 김영준은 알고 있었다. 그녀는 이미 죽은 것이다. 하지만 그가 마지막까지 처에게 최선을 다해다는 것을 남들에게 (특히 결혼할 당시 키를 몇 개씩이나 건네준 처가 쪽 사람들에게) 보여주기 위해서 몸소 심폐소생술을 시행하기까지 했다. 그가 난폭하게 전기충격기를 누르자 강력한 전류가 그녀의 몸에 흐르면서 모니터 스크린의 푸른색 파동이 펄쩍 뛰어올랐다. 그리고 김영준은 땀을 뻘뻘 흐리며 그녀의 가슴을 계속적으로 짓눌렀다. 그러나 그게 무슨 허튼 짓거리인가.

그래도 아내는 담당 의사가 예상했던 6개월보다는 3개월여를 더 살다가 죽었다.

그녀는 그 무렵부터 그의 압구정동 큰 아파트에 들어가서 살다시피 하였다. 그녀는 그의 욕실에서 화려한 비누 거품으로 목욕을 했고, 부엌에서는 그녀가 자신 있게 요리할 수 있는 카레 요리를 만들었으며, 그의 신용카드를 함부로 사용하였다.

그는 아내가 죽자 내심 홀가분했다. 몇 개월쯤 지나서 벌써부터 병원 문을 닫고 재산을 정리하기 시작하면서 이민을 준비하였다. 그녀 역시 학교를 그만두고, 남편과 이혼을 준비하고 있었다.

그녀는 처음에는 별다른 의식 없이 그 젊은 의사에게 순식간에 빠져들면서 그냥 즐기기 위하여 출발하였을 것이다. 다시 말하면 그녀와 김영준 사이에 그동안 있었던 모든 일은 미리 아주 세심하게 계산된 계획에 따라 이루어진 것이 아니라, 다만 가을 산에 산불이 번지는 것처럼 급속한 사태의 진전에 따라 여자의 맹목적 욕망이 분별없이 초래한 것이었다. 그러니까 그의 아내가 악성 암에 걸려서 오늘내일하는 상황에서 그와 깊숙이 사랑에 빠지자 이제 무한정 욕심이 생기기 시작한 것이다.

그 후 남편은 해외로 떠나고 남자의 아내는 저세상으로 떠나는 일련의 과정에서, 더욱 확실한 관계를 추구하는 단계로 발전한 것이다. 그녀는 벌써 그의 아내가 암에 걸린 사실을 알게 된 그 무렵부터 남편과 이혼하고 그 의사와 확실한 관계를 맺기로 결심한 것이다. 그녀는 몹시 조바심을 느끼고 있었다.

그러나 그것은 그녀의 일방적인 생각에 불과한 것이고, 남자는 결코 그런 것이 아니었다. 그는 이미 그녀보다 더 젊고, 더 예쁘고, 더 돈 많은 여자를 물색 중에 있었다.

그 당시 일의 진척은 의외로 지지부진하기 시작하였다. 시간은 답답할 정도로 아주 더디게 흘러갔다. 그는 예전처럼, 우린 영원히 함께 할 수밖에 없는 공동운명체라는 달콤한 말을 다시는 꺼내지 않았다. 그는 팽팽하던 긴장이 서서히 풀리기 시작하였고 이제는 환상이 아니라 현실로 돌아와야 할 때라고 깨닫고 있었다. 불꽃은 더 이상 타오르지 않았다.

그들이 처음 만났을 당시에는 사랑하는 상대방 이외에는 아무것도 생각이 안 날 지경이었다. 서로의 매력에 끊임없이 흠뻑 빠져 있어서 밥을 먹거나 잠을 자거나 일을 할 때에도 온통 머릿속을 꽉 채우고 있었다. 서로 완전히 몰두해 있어서 그것은 짜릿한 전율로 다가왔다. 그를 생각하면 생각할 때마다 그녀의 내장과 항문, 자궁 속에서 무언가, 욕망이 무섭게 타오르다 흐물흐물 녹아서 부드럽게 흐르고 있었다. 그러나 그것은 사랑스러운 생명, 새로운 생명을 잉태할 것이다. 그녀는 생각하였다. '그의 아이를 갖게 된다면, 그것도 하루 빨리, 딱 한 번은 임신해야 할 거야, 그래야만 그를 옭아맬 수

있으리라.'

그래서 지칠 줄 모르고 그것에 탐닉할 수 있었다. 그때는 그것이 실제의 욕망 수준을 훨씬 뛰어 넘는 과도한 것이었음을 그들은 깨닫지 못하였다.

그러나 시간이 좀 지나면 너무나 강렬했던 최초의 불꽃은 서서히 사그라지는 법이다. 그러한 흥분이 영원히 지속될 것이라는 기대는 애당초 비현실적인 것이어서, 곧 심드렁해지기 마련이고, 그러면서 허망함을 깨닫게 되는 것이다. 더욱이 호적을 같이하는 부부 간에도 사랑은 가변적이어서 쉽게 변색되고, 변주되고, 왜곡되는 법인데, 하물며 불륜의 관계에서는 육체적의 쾌락은 한계효용체감의 법칙에 따라 그 강도가 급속히 떨어지기 마련이다.

그는 자신이 너무 깊숙이 진창에 빠져든 것을 깨닫고 후회하기 시작하였다. 예전의 경우처럼 아주 적절한 시기에 발을 뺐어야 옳았다. 그는 항상 만나는 여자와는 눈에 보이지 않는 일정한 거리를 유지했고, 싫증이 나면 곧바로 돌아서 버렸다. 여자가 입게 될 마음의 상처 따위는 그와는 상관없는 일이었다. 그리고 한번 헤어진 사람과는 다시 연락하는 일이 없었다. 시간 낭비라고 생각한 것이다.

그는 여자와 헤어지면서 가슴이 찢어질 듯한 상실감 같은 걸 느끼는 일은 없었다. '이건 단순한 불장난에 불과한 거야. 여자 쪽에서도 눈치껏 알아차려야 할 거야, 그걸 모르면 둔감하거나 머리가 나쁘거나 둘 중 하나일 테지.'라고 늘 생각하고 있었다.

이번의 경우에는 아내가 암에 걸리고, 그리고 죽는 과정에서 그 뒷수습을 하면서 몹시 혼란스러웠기 때문에 그 시기를 놓친 것뿐이다. 진작 과감하게 잘랐어야 하였다. 이제는 마지막 종지부를 찍을 때가 되었다고, 그는 굳은 결심을 하였다.

그러자 그동안 알게 모르게 쌓여있던, 일시 유예 상태에 있었던 그녀에 대한 시시콜콜한 것에서부터 심각한 것까지 온갖 종류의 미움과 역겨움, 권태와 불만들이 한꺼번에 쏟아져 나왔다. 이제는 그녀가 더욱 보기 싫어졌다. 그는 심호흡을 하면서 생각했다. '이젠 지겹군, 지겨워. 그 여자한테 신용카드를 맡긴 게 큰 실수였던 거야. 제멋대로 명품 백을 몇 개씩이나 사고, 열흘이 멀다하고 청담동에서 비싼 옷을 사 입으니 감당할 수 있느냐 말이야. 정리해야만 하지. 이번에는 시간이 좀 걸렸어. 여자란 싫증이 나면 그걸로 끝인 거야. 사태가 잘못 돌아가면 그저 도망쳐야…… 삼십육계가 최고인데……. 나는 언제나 날쌨는데 이번에는 어떻게 이 지경까지. 실기해서는 안 되는데……. 긴 말은 필요 없는 거야. 그래봐야, 구차하게 될 테니까. 딱 한마디만…….'

여자는 이제 수줍어하지 않았다. 그 수줍은 미소가 사라진지 오래되었다. 점점 살찐 얼굴이 퉁퉁 부은 것 같고 몸에서는 시큼한 땀 냄새가 나고 밤이면 가끔 약간이긴 했지만 코를 골고.

미적미적 대던 김영준은 어느 날 갑자기 굳은 표정으로 짤막하게 말하였다. "글쎄, 지금 떠나기는 적당하지 않아."

그는 요즈음 그녀 만나기를 극력 회피하는 것처럼 보였다. 어쩌다 만난 경우에도 그들의 대화는 겉돌기 시작했다. 애정이 바람 빠진 풍선처럼 빠져 나가고 있었다. 그의 말은 그저 건성이어서 머릿속으로는 완전히 다른 생각을 하고 있다는 것을 눈치 챌 수 있었다. 때때로 까닭 없이 신경질을 부리기도 하였다.

그녀는 그때부터 불안해지기 시작했고, 일이 점점 잘못 돌아간다는 것을 느끼기 시작했다. 그래서 남자의 변덕에 비위를 맞추려고 안간힘을 다하였다. 두 사람의 관계가 바람처럼, 하늘의 뜬 구름처럼 사라질 수 있다는 생각에 두려움을 느꼈다. 그가 가끔 너무 세게 깨물었기 때문에 그녀의 젖꼭지에서 느껴졌던 상큼한 통증을 더 이상 느낄 수 없었다. 그 무렵 그녀는 계속 너무 긴장을 해서 온 몸에 난 모든 털들이 곤두서 있었고 배 속은 딱딱하게 굳어 있었다.

얼마 전까지만 해도, 그녀가 "당신, 언젠가는 날 떠날 거야."라고 우울하게 말하면, "아니, 그럴 일은 절대로 없어. 네가 날 떠날 리도 없을 테지."라고 그가 단정적으로 말했었다.

그녀는 스스로 다짐하였다. 널 놓아줄 수는 없어. 순순히 놓아줄 수는 없지. 어떻게 잡은 마지막 기회인데……. 넌 나에게 이미 코가 꿰어버린 거지. 그녀는 자신의 위대한 승리를 믿어 의심치 않았다.

그러나 그의 아파트 문은 늘 굳게 잠겨 있었고, 그는 예고도 없이 장기간 해외여행을 떠나곤 하였다. 핸드폰 번호도 바뀌었고, 메시지가 끊어진 지가 오래되었다. 사태는 최악으로 치닫고 있었다.

그때에는 모든 것이 정지하고 있는 것처럼 느껴졌다. 그녀의 의지, 마지막 인내심이 급속히 붕괴되었다. 그것은 아무런 마음의 준비 없이 갑자기 맞이한 이별 같지도 않은 이별이었다. 그것은 추상적이고 비현실적이었다.

"그럼, 우린 어떻게 되는 거야?"

"왜, 그렇게 눈치가 없어. 우린 끝난 거지. 미련 없이 끝났어!"

"당신 입에서 어떻게 그런 말이 나올 수 있어. 당신을 이해할 수 없거든. 나를 다시 태어나게 해 놓고, 마음대로 죽이겠다는 거지. 그러면 안 되지. 천벌을 받을 거야. 다시 생각해봐. 돌아와 줘. 내가 이렇게 사정할게. 당신을 여전히 사랑해."

"멍청하긴……. 혼자서는 사랑을 할 수 없다는 걸 몰라서 그래?" 그의 치켜뜬 두 눈은 혐오감을 드러내고 있었다.

그녀는 너무 분해서 그의 얼굴을 똑바로 쳐다보았다. 그리고 소리를 질렀다. "개자식 같으니라고…… 사기꾼 자식."

그녀는 자리에서 일어나 돌아섰다. 그녀는 울지 않았다. 가로수길 거리에 비가 내리고 있었다. 비는 점점 거세지고 은행나무 가지와 잎에 닿아서 서걱거린 후 땅으로 떨어졌다. 그녀는 비를 맞으며 걸었다.

한 폭의 정물화처럼 완벽해 보였던 미래의 꿈은 산산조각이 나버렸고, 그 사랑이란 존재가 지금은 가장 큰 고통으로 변해버린 것이다. 그 남자와 한 모든 약속과 맹세는 지금 아무런 의미도 없었다.

그녀는 그를 증오하려고 노력하였다. 그녀는 기억나는 온갖 독설을 동원하여 그를 저주하려고 안간힘을 다하였다.

그녀는 너무나 억울하고 분한 감정 때문에 가슴이 답답하거나 숨이 턱턱 막히고, 갑자기 얼굴이 화끈거리고 가슴에 통증이 생기기도 하였다. 그녀는 애써 무심한 척했지만 여전히 두통이나 어지럼증이 나타나고 밤에는 심한 불면증으로 고통 받고 있었다. 어떤 때는 두려운 감정이 폭발해서 깜짝깜짝 놀라기도 하였고, 극히 사소한 일에도 분노를 참지 못하고 폭발하기도 하였으니, 일찍이 없었던 일이다. 화병과 우울증이 겹친 것이다.

그녀는 자신과 자신의 가치를 의심하기 시작하였고, 자신을 심하게 질책하였다. 그러나 몇 달 간의 시간이 흐르면서 그 증세는 급속히 완화되기 시작했고, 분노마저 금세 멀리 사라졌고, 그리고 그녀는 그까짓 거 단념하기로 단단히 결심했다. 그런데도, 쓴웃음이 절로 나왔다. 그녀는 억누를 수 없는 혐오감을 느꼈다. 그 남자에게 수십 번씩이나 허벅다리를 벌리고 그를 받아들인 자신이 역겹게 여겨졌다. 정말 구역질나는 일이었으나 이제 와서 후회한들 무슨 소용이 있겠는가. 그녀의 자존심은 짓이겨질 대로 짓이겨졌다.

이제는 말할 수 있을 것이다. 어느 날 저녁, 그러니까 수술이 있고나서 며칠이 지나서였다. 그가 말했다. "이제 몸도 가벼워졌으니 스리섬 해보는 게? 어때?" "도대체 무슨 소리하는 거야? 그게 뭔데?" "순진한 척하지마. 그게 어때서. 지극히 자연스러운 거야. 남자

93

한 사람과 여자 두 사람 또는 여자 한 사람과 남자 두 사람이 하는 거 말이야. 그게 지금 은근히 퍼지고 있거든. 스리섬하며 함께 히로뽕을 하면 금상첨화일 거야. 하늘을 훨훨 나는 기분 아니겠어?" "그까짓 것…… 뭐…… 못할 것도 없지만 조금 마음의 준비가 필요하지 않을까?"

그녀는 생각을 고쳐먹었다. 어리석게도 사랑이 영원할 것이라고 믿은 것은, 그리고 지금 마음고생을 해봤자 그건 정말 바보짓이었다. 그에게 고함을 질러주고 싶었다. 다시는 그 자식을 보지 않아야 한다고 단단히 결심을 하였다. 언젠가 우연히라도 그 뻔뻔한 자식을 만나게 되면 거침없이 그 자식의 못된 얼굴에 침을 뱉어주어야겠다고 생각했다.

"그딴 자식한테 당하다니……. 그런 성도착자이고 변태한테 말이지. 그때 그 자식의 정체를 알았어야 했는데. 그런데 내가 지금 그 역겨운 자식을 두려워하고 있는 건가. 그는 사막의 전갈처럼, 독사처럼 사악하고 위험한 존재라도 되는 걸까. 아니야, 아니야, 그를 무시해야만 하지. 끝났지, 끝났어. 당신하곤 끝났어. 당신의 냄새가 역겹지. 그때 카페에서 그의 얼굴에 침을 뱉었어야 하는데. 그때 옆자리에 앉은 젊은 남녀가 불쾌한 표정으로 빤히 쳐다보았기 때문에 차마 못한 거지.

김영준. 악몽. 실패. 수모 더 이상 나 혼자서 이런 고통을 당할 수는 없는 거야. 영원히 끝장을 내버려야만 되지. 이 모든 것에 내가, 바로 내가 마침표를 찍는 거야.”

8. 김규현은 여름휴가 동안 사하라 사막의 남쪽을 여행하기 위해 트리폴리에서 부정기선 전세기에 편승하여 알제리의 타만라세트로 내려왔다. 그러나 사막의 미로에서 길을 잃고 15일째 모래언덕 계곡에 갇혀있다. 지금 절망적인 상황에서 죽음을 앞두고 가쁘게 숨을 몰아쉬고 있다. 밤의 한기가 담요를 덮고 있는 삐쩍 마른 몸속으로 스며들고 있었다.

이 지독한 추위도 이제 마지막이야.

그녀와 마주칠 때마다 언제나 모호하고 아득한 어머니의 냄새를 맡을 수 있다. 그녀는 처음이자 마지막이다. 그녀는 존경받는 자이고 멸시받는 자이다. 그녀는 타락한 자이며 거룩한 자이다. 그녀는 아내이고 처녀이다. 그녀는 어머니이며 딸이다…… 그녀는 지식이며 무지이다.

그리고, 그 날의 일을 떠올렸다. 1998년 늦은 봄. 토요일 석양 무렵. 황혼의 빛깔은 마치 무지개를 층층이 쌓아 놓은 것처럼 불타는 분홍, 장밋빛 분홍, 짙은 회색 분홍으로 변하고 있었다. 세상의 풍경이 황금빛 석양에 물들고 있다. 세속적인 모든 것이 사라지고 있었다. 그는 믿을 수 없는 하늘을 쳐다본다. 시뻘건 해가 석양 저편 어디론가 떠나고 있었다. 그는 그때 서초동 남부터미널 부근에서 방배동 쪽으로 아주 느릿느릿 길을 걷고 있었다.(그때는 아프리카로 가는 출국 준비가 거의 끝나서 홀가분했다고 할 수 있다. 그는 6월 초순경 출발할 예정이었다.)

그는 그녀와 길에서 갑자기 마주쳤다. 그녀가 먼저 깜짝 놀란다. 그는 손희승을 오랫동안 만날 수 없었다. 무슨 일인지, 그녀가 곧 회사를 그만두었기 때문이다. 한참 나중에서야 그녀가 새로 창간한 패션 전문 잡지의 사진기자로 갔다는 이야기를 들었을 뿐이다.

"상무님, 안녕하세요. 오랜만입니다. 죄송해요. 얼마 전에 회사를 옮겼지요. 말씀드릴 기회가……. 건축 쪽 현장 사진은 어지간히 찍었거든요. 새로운 것을 시도해보고 싶었지요. 자세한 이야기도 없이 …… 그냥 그랬어요" 두 사람은 짧은 거리에서 빤히 쳐다보면서…… 잠시 환한 미소에 잠긴다. 서로 반가워서 손을 잡을 듯하였다. 그러나 그녀가 주춤거렸다. 그는 그 자리에 꼼짝없이 서 있다. 그는 말 한마디 없이 훌쩍 떠나버린 그녀에게 심술이 나서 빈정대고 싶었지만 꽉 막혀버린 목구멍에서 말이 잘 흘러나오지 않았다.

손희승은 가던 길을 걷는다. 그리고 돌아보았다. 가볍게 손을 흔들더니 계속 걸어갔다. 그녀는 골목길로 꺾어지는 모퉁이에 너무 빨리 도달했다. 거기서 잠깐 멈추었고 그가 서 있는 쪽으로 다시 돌아보았다. 그녀는 환한 미소를 지으려고 하였지만 눈물이 글썽거려서 웃음이 나오지 않았다. 손희승은 뒷골목길로 빨려 들어가듯이 사라져 버렸다.

회사의 직원과 현지인들로 구성된 구조대에 의해 김규현의 시체
는 석양 무렵에 발견되었다. 태양이 서쪽 모래언덕 너머로 사라지
면서 아주 잠시 붉은 잔영이 사막에 여린 빛을 드리우다, 곧 어둠이
찾아왔다.

　죽은 그의 얼굴이 너무나 평온해 보여서 죽은 것이 아니라 잠들
어 있는 것처럼 보였다. 그는 얼굴에 잔잔한 미소를 머금은 채 깨어
나지 않을 깊은 잠에 빠져 있었다. 그의 육체는 그동안 음식물을 제
대로 섭취하지 못하였고, 몸속의 모든 수분이 전부 증발하면서 너
무 말라, 위장과 등골이 맞붙어 있을 만큼 뼈와 가죽만이 남아 있었
다. 뼈밖에 남지 않은 깡마른 몸에 걸친 옷이 너무 헐렁해서 마치
몸에 맞지 않은 잠옷을 입은 것처럼 보였다.

　그래도 그는 아주 부드러운 모래침대 위에 태평스럽게 누워 있어
서, 얼굴에 고통의 흔적은 남아 있지 않았다. 원래 강인하고 섬세하
였던 이목구비가 그대로 살아 있었다. 다만 그의 우수에 찬 검은 눈
동자와 신중한 눈빛은 살며시 감긴 눈꺼풀 속에 감춰져 있었다. 그
의 눈은 살아생전에는 어둡고 그윽해서 언제나 저 멀리 지평선 뒤
쪽을 바라보고 있었다.

　유대계 이집트인 의사가 동행하였다. 알리마르크는 그의 상태를
자세히 살펴본 후 그가 죽은 지 채 하루가 안 되었다고 말했다. 일
년 전쯤, 트리폴리의 병원에서 처음 보았을 때 약간 수줍어하던 그

눈빛, 조금 슬퍼보이던 매일 물과 우유를 많이 마시라고 충고한 일이 엊그제 같았다.

구조대는 모래 먼지를 잔뜩 뒤집어쓰고 있는 트럭 밑 은신처로부터 직선거리로는 불과 몇 백 미터 떨어진 야트막한 모래언덕 너머에 진을 치고, 며칠째 모래언덕 사이 침식으로 파인 협곡을 뒤지면서, 그들을 수색하고 있었다. 그 거리는, 그가 단지 '여기! 여기! 여기야! 우리가! 우리가 살아있어!' 하고 외쳤으면, 사막의 건조한 대기 속에서 정적을 깨고 바람에 실려서 바로 닿을 수 있는 그렇게 짧은 거리였다. 그러나 바람에 휩쓸린 모래 먼지가 트럭 주위를 두껍게 뒤덮고 있어서 그들은 쉽사리 트럭을 발견할 수가 없었던 것이다.

"이 사람에게는 행운이 따르지 않았어. 충분히 살 수 있었는데 말이지. 안타까운 일이야. 어떤 사람이 한계적 상황이라고 할 수 있는 잘못된 시간에 잘못된 장소에 처해 있어도 대부분의 경우 그 결과는 그럭저럭 견딜 수 있을 만큼 별것 아닌 것으로 밝혀지지. 아주 이따금씩 그 결과가 극도로 나쁜 경우가 있을 뿐이야. 그건 어쩔 수 없는 일이지."

알리마르크가 체념하면서 말했다. 그리고 사망확인서를 작성하였다.

Certificate of Death

Name: Kuhyun, Kim

Date of Birth: 20. 11. 1955.

Nationality: South of Korea

Final Destination: passing stay for the desert journey at the south
side of the Sahara

Cause of Death: mental derangement by dehydration and self
murder

9. 가을이 하루하루 더 깊어가고 있었다. 가을이 기진맥진한 채 저 멀리 가고 없었다. 단풍으로 물들었던 가을 나무들이 어느새 앙상한 가지만 남겨놓은 채 잎들을 낙엽으로 내려놓았다. 낙엽은 모든 추억을 데리고 사라졌다. 공기는 여전히 깨끗하고 투명하였다. 가을의 단풍들은 떠난 지 오래되었고, 눈은 아직 먼 것 같다. 눈이 내리지 않았지만 겨울은 겨울이었다. 마지막 낙엽이 겨울을 물고 온 것이다. 겨울은 계절의 끝물이다. 햇볕이 여리고 나무들은 헐벗었으며, 겨울바람은 너무 스산하여 다른 계절과는 그 느낌부터가 다르다. 겨울은 황량하고 마음의 병이 더욱 깊어지는 계절인 것이다. 따뜻했던 날들은 지나갔다.

그가 죽은 후 벌써 6개월이 덧없이 흘러갔다. 시간은 깊은 강물처럼 소리 없이 흐른다. 그의 영혼은 지금도 사하라 사막의 남쪽에

홀로 누워 있을 것인가? 여기저기 날아다닐까? 그곳이 그가 그토록 갈망했던 곳일까?

도시는 이제부터 몇 달 동안은 잿빛 겨울 속에 잠길 것이다. 그러나 도시의 겨울은 인간의 신음소리로 가득 찬 괴물이었다. 겨울 하늘로부터 여린 광선이 도시의 지붕 위로 무기력하게 내려앉고 있었다. 밤이 되면 거리는 칠흑 같이 어두운 저녁 빛이 감싸고 있어서 갑자기 죽은 듯이 고요하였다. 쓸쓸한 겨울바람이 짐승의 울음소리를 내며 어둠침침한 새벽 거리를 지나쳐 갔다. 아직 완전한 어둠 속에서 희미한 새벽의 색조가 스며들어오는 순간에도 사람들은 여전히 새벽의 단잠에서 헤어나지 못하고 있었다. 새벽의 유령은 벌써 사라지고 없는데도 말이다. 그 새벽을 달곰씁쓸한 꿈들이 점령하고 있었다.

그녀는 그해의 비정하고 메마른 겨울을 맞이할 마음의 준비가 되어있지 않았다. 도시의 겨울이 이렇게도 쓸쓸하고 적막한 지는 처음 알았다. 황홀한 순간은 덧없이 사라졌다. 그러나 겉으로는 변한 것이 아무것도 없었다. 짧지만 행복했던 시절의 화려한 광채는 사라져 버리고, 짙은 안개 같은 허무만 남았을 뿐이다. 이제서야 새삼 자신의 허영심을 탓할 필요는 없었다. 그녀는 그때 어찌할 바를 모르고 있었다.

그녀는 인간에 대한 불신감 때문에 초췌한 얼굴이 더욱 굳어 있었고, 가끔 멈칫거리면서 어정쩡한 미소를 지었다.

그해의 우울한 겨울은 눈이 많이 내리고 몹시 추웠다. 그리고 시간이 더디게 흘러갔다. 그녀는 죽은 남편이 점점 더 그리워지기 시작하였다. 처음 데이트하던 날 그녀의 마음을 빼앗은 그 수줍어하던 다정다감한 눈빛이 새삼 생각났다. 그만큼 아름다운 영혼을 가진 사람이 일찍이 있었던가, 그만큼 그녀를 순수하게 사랑했던 사람이 있었던가, 문득 깨달은 것이다. 자신은 패배자였다. 덧없는 욕망에 사로잡혀 오랜 세월을 허둥댄 철저한 패배자임을 깨달았다.

　'나 같은 하찮은 사람까지 자유를 남용하였으니, 지금 그 대가를 치르는 거야. 내가 그를 죽게 한 거나 다름없어. 그는 위대한 건축가가 될 수 있었지. 그의 아름다운 꿈을 함께 죽인 거야……. 그러나 그는 어차피 사막에서 죽을 운명이었어. 그는 거길 죽음을 찾아서 갔던 거였어. 그가 사하라의 맨 밑바닥 구석까지 그 엉뚱하고 절망적인 여행을 떠났던 것을 어떻게 달리 해석할 수 있겠어. 나는 그 운명을 일찍이 예감하고 있었지. 그는 항상 어디론가 떠나야 했어. 그를 내게 붙잡아 둘 능력이 없었지. 당신 혼자 떠나는 당신만의 여행. 그 때문에 저항한 거지. 지긋지긋했거든. 그러나 당신이 떠날 때마다 절망적이었지. 나는 그때마다 마음속에 이별을 준비했거든.'

　그 무렵, 그녀는 거울을 보면서 자주 눈물을 흘렸다. 그 눈물이 그녀의 마음을 정화시켰다. 하지만 눈물은 빨리 말랐다. 그녀는 본래의 모습을 되찾았다. 모든 일이란 게 역시 마음먹기에 달린 것이다. 그녀의 그 낙천적이고 활달한 성격이 어디 가겠는가. 다시 그녀는 자기 삶의 주인으로 돌아왔다. 그녀는 다시 괜찮은 남자 (잘생기고, 고급 외제차 정도는 타고 다니는, 돈 많고, 힘 있는 남자, 그렇다면 나이는 약간 들어보여도 괜찮지 않을까) 찾기에 열중하였지만 쉽지만은 않을 것임을 예감하고 있었다. 그녀 역시 나이 들어 여자의 전성기를 지나고 있었으니 말이다. 그래도 자신감을 잃어서는 안 되리라. 그녀는 다짐하였다.

그가 거울 속에서 생전처럼 해맑게 웃고 있었다. 간절히 손짓을 하였다. 그의 영혼을 만나기 위해서라면, 한 번쯤은 바람도 쏘일 겸해서 남쪽 바다 쪽으로, 사하라 사막에 갔다 올 수도 있을 것이다. 사막에 가기 위해서 적당한 패키지여행 코스가 있는지 모르겠지만 말이다.

자부심이 강하고 냉정하고 고집이 센 여자. 강력한 자아가 똑똑한 그녀를 지탱한다.

2000년. 서울의 겨울. 그 겨울이 사라져간다. 다시 돌아올 것이다. 반복과 순환.

에필로그

나는 살아생전에 김영준과 심현숙의 만남과 열렬한 사랑, 배신과 결별의 과정을 까마득히 몰랐다. 그리고 이제야 손희승이 진즉 죽었음을 알게 되었다. 내가 알 길이 없었지 않았는가. 내가 죽은 지 10

년 후 그녀 역시 나이 들고 철이 든 후 벌교의 내 무덤으로 찾아와서 오랫동안 넋두리를 했기 때문에 그 자초지종을 알게 된 것이다.

그녀는 그때 술 한 잔을 봉분에 뿌리고 나서 자신도 몇 잔을 거푸 마셨다. 그녀는 말했다. "당신이 좋아했던 독한 술이지. 나는 당신한테 고백해야만 하겠지. 시간이 많이 지났지만 말이야, 하여간에 말을 해야 할 거야. 그래야만 내 속이 풀릴 거거든. 그런데 당신이 죽고 나서 10년이 훌쩍 흘러갔지. 그 10년 동안에? 내 인생이 그렇고 그랬었지. 나는 믿고 있는 거야. 당신은 너무 착한 사람이기 때문에 지금쯤은 천국 중에서도 가장 높은 곳으로 올라가있겠지."

그녀는 처음에는 히스테리에 빠진 것처럼 울다가 웃다가 하면서 두서없이 이야기를 시작했지만 차츰 정신을 차렸다.

나는 그때 멀쩡하게 (또는 온전하게) 살아있었고 그녀의 이야기를 다 들었다. 그리고 그녀를, 심현숙을 이해했고, 연민을 느끼고 공감을 하였다. 그러니까 조금도 배신감을 느끼지 않았다. 그렇지 않은가. 지나간 일을, 오래전의 일을 새삼스럽게 꺼내 이러쿵저러쿵 따져서 어쩌겠다는 것인가. 그럴 필요는 없을 것이다. 시간은 참으로 좋은 약이다.

그날은 남녘에 봄비가 부슬부슬 내렸다. 지난밤에는 제법 천둥이 치면서 한동안 폭우가 쏟아지기도 하였다. 오랜 봄 가뭄 끝에 내리는 단비였다. 농부들은 봄 농사 준비에 분주하였다.

그녀는 요즈음도 골프를 많이 치는지 햇빛에 적당히 그을려서 여전히 보기 좋은 얼굴로 건강해 보였다. 그리고 다섯 살 쯤으로 보이는 예쁜 여자 아이를 데리고 왔는데 그녀를 쏙 빼다 닮았다. 그녀가 재혼한 것인가? 그러나 나는 자세한 사정을 알 길이 없다. 그녀가 그 부분에 대해서는 한사코 입을 다물고 있었기 때문이다. 그러나 그 애는 너무 귀여워서 꼭 안아주고 싶다. 마치 나의 딸인 것처럼 말이다. 그녀의 딸이라면 내 딸이라고 해도 무방할 것이다. 그녀와 나는 정식으로 이혼한 적이 없으니 내가 죽은 후 그녀는 미망인으로 상속인이었다.

돌이켜서, 우리들의 삶에 깊이 뿌리를 내리고 있는 미학적 관점에서 생각해보면, 탐욕과 쾌락은 어쩔 수 없는 인간의 본성인데 어찌 이를 탓할 수 있으랴. 내 자신이 부끄럽다. 그리고 미안하다. 나의 가족사와 관련된 그 뿌리 깊은 원죄의식과 강박관념 때문에 인간의 자연스럽고 생명의 원천인 일상적인 쾌락과 즐거움을 거부하였으니. 나는 스스로 경계선을 그어놓고 그 선을 넘지 않으려고 자신을 괴롭혔던 것이다. 이제 와서 후회한들 무슨 소용이 있으랴.

나는 아무튼 남은 생애 동안 그녀가 인생을 즐기면서 행복하게 살기를 바란다. 다만 딸을 잘 키워야 할 것이다.

그녀가 떠나던 날 말했다. "당신이 그렇게까지 날 이해해주고 용서해 주다니……. 당신을 처음 보는 순간부터 특별한 감정을 가졌었지. 다른 사람들과는 확실히 달랐어. 약간 머뭇거리고 서툴렀거든. 당신이 살아있었다면 벌써 55살이 되는군. 그때 살았더라면 당신은 100살까지도 살 수 있는 사람이었어.

아프리카 여행, 그 여행은 내가 따라갈 수 있는 게 아니었어. 그건 당신만의 여행이었지. 오직 당신 혼자서 가야만 하는 여행. 누구도 함께 갈 수 없는……. 그러나 그때 당신의 시체를 찾으려고 타만라세트에 갈 수는 없었어. 내가 그때 남몰래 눈이 빠지도록 서럽게 울기는 했지만……. 무슨 염치로 거기에 갈 수 있었겠어. 나도 인간으로서 자존심이 남아있었지. 그 도시는 그 이름만으로도 사람을 매혹시켰어. 멀리 바다 건너에서 온 이국적인 이름이었거든.

가끔 내려올게. 워낙 거리가 멀어서 자주 올 수는 없지만……. 지금쯤 이걸 말해도 될지 모르겠네. 당신은 땅속에 있으면서도 그녀의 소식이 몹시 궁금하겠지. 그렇게도 사랑했으니까. 그 사진 기자는 이 년 전에 죽었어. 여자인데 용감하게 죽었지. 그 후, 손희승은 신문사로 옮겼던 거야. 그리고 스스로 원해서 아프가니스탄으로 갔고 누구를 향한 것인지도 모른 채, 아마 자신을 향해 증오에 차서 눈에 핏발이 선 군인들이 교차 사격을 하는 모습을 찍으려다가…… 당신은 날 끔찍이도 아껴주었던 보호자였지만 그녀에게로 마음이 가버린 배반자였지. 나는 그 알량한 자존심 때문에 그걸 내색할 수는 없었던 거야. 하지만 나는 당신이 사막으로 떠날 때마다 '빨리 돌아오세요 반드시 살아서 돌아오세요. 보고 싶을 거예요. 너무 보고…… 꼭 돌아온다고 약속하세요. 약속을……'라고, 간절히 기도했었지."

나는 말해주고 싶었다. "스스로 경계선을 그었던 거야. 정신적인 경계선을……. 그리고 그 신성불가침의 경계선을 넘은 적이 없었어."

달빛 죽이기

달빛 죽이기

과거의 파괴가 아마도 가장 큰 범죄이다.
— 시몬 베유

　김규현은 공대 건축과를 1980년에 졸업했다. 그 해 봄에 (주)공간(우리가 듣기로는 회사의 창업자는 공간이라는 두 글자가 최초로 등장하는 '興廢論人果屬天 空間變滅幾雲煙 ― 흥하고 망하고를 인간으로서 논하건대 과연 그것은 하늘에 달린 일이고, 빈터는 사라져서 마침내 연기가 되었네.'에서 힌트를 얻어 회사 이름을 지었다고 한다.)에 입사하여 오직 건축설계 업무만 담당했다.

　그동안 회사의 배려로 3년여 동안 프랑스에 유학을 다녀온 것 외에 오직 건축설계에만 매달렸으니, 그가 독자적으로 또는 책임 설계자로 참여한 설계는 300여 건이 넘었다. 그 중에는 독립기념관과 어느 지방 도시의 예술의 전당, 대사관 건물, 유명 재벌 그룹의 본사 사옥, 교회와 천주교 성당, 컨트리클럽, 법원 청사, 시청, 대학 본부 건물과 도서관, 영빈관, 대기업 회장의 개인 저택, 미술관 등 상용 문화 종교 교육 시설 등 종류를 불문하였으며 그가 설계한 유명 건물의 목록은 일일 헤아릴 수조차 없다.

특히 그가 설계하고 감리까지 한 한남동에 있는 그 유명한 ○○ 미술관 건물은 그를 일약 최고의 건축가로 유명세를 떨치게 하였다. 그 건물은 우리나라 건축 사상 최고의 경이로운 건축물로 두고두고 회자되었고 대한민국 또는 서울특별시를 대표하는 상징적인 건물이 되었다.

사람들은 전시된 유명한 미술품보다도 그 건물 자체를 보기 위해 몰려들었다. 그 건물은 독특한 분위기, 단순성, 아름다운 형태, 투명성, 미묘한 윤곽선, 색채, 빛 (끊임없이 동요하는 빛이 마치 건물이 살아 숨을 쉬는 듯한 인상을 준다.), 건물 내부의 미로 때문에 유명하였다. 세심하게 설계된 곡선들, 천장의 무게를 지탱하면서도 생동감을 주는 약간 뒤틀린 크고 작은 기둥들이 각양각색의 조합을 이루고 있다. 그리고 질서정연하면서도 무질서한 외관은 모든 사람들의 경탄과 상상력을 불러일으킨다.

그 건물은 한남동의 경사진 언덕과는 조화를 이루고 있다. 미술관 옆으로는 한강이 흐르고 있고 창문을 통해 그 도도한 강물이 흐르는 풍경을 바라볼 수 있다.

건축사가 건축주의 의도를 파악하고 건축주와 끊임없이 의견교환을 하여 이룩한 소상과 조각.

비평가들이건 일반인이건 이구동성으로 경이롭다, 색다르다, 충격적이다, 대담하다, 독특하다, 매력적이다, 유일무이하다, 탁월한 독창성이 돋보인다, 그리고 매우 아름답다고 입에 침이 마르도록 감탄사를 연발했다. 그랬으니 무수한 카메라의 세례를 받았던 것이다.

그러므로 우리나라 건축계의 족보에 의하면 지금은 고인이 된 김수근과 김중업을 잇고, 같은 세대에는 그의 유명세와 지명도, 업적에 있어서 그와 어깨를 나란히 할 건축가는 없다. 그만큼 그는 탁월한 건축가로 인정을 받은 것이다.

그는 도시설계, 토목공사와 최신 공법에 의한 다리 공사, 건물의 설계와 공사 감리를 전문으로 하는 회사인 주식회사 공간(空間)에서 어떤 종류의 건설공사이건 설계와 공정 관리에 관한 한 독보적인 존재였다. 그의 머리는 컴퓨터처럼 정밀하여, 복잡하기 짝이 없는 대형 공사의 모든 설계와 공정을 정확하게 꿰뚫고 있었다. 그리고 독창적인 아이디어와 번쩍이는 천재적인 영감이란!

그러나 그는 항상 과묵하였고, 겸손하였으며, 아무런 가면도 쓰지 않았고, 고단한 인간의 삶을 슬기롭게 헤쳐 나가는 처세술 따위도 잘 알지 못하였다. 그리고 어떤 상황에서도 결코 투덜거리지 않았다. 그러나 약간은 고집스러웠다. 그러한 성격적 특성들은 그라는 사람에게 잘 어울리는 것이었다.

회사의 업무처리는 빈틈없이 신속하게 처리하면서도, 전혀 티를 내지 않고 조용히 처리하였다. 그래서 상하 모두 그를 신뢰하고, 좋아하였다. 회사에서는 그가 곧 전무로 승진할 것이라는 확실한 소문이 돌았다. 그렇다고, 그가 별다른 결점이 없는 그런 유형의 인간은 결코 아니었다. 거의 병적인 결벽증을 갖고 있었다. 그는 업무 처리에서 완벽주의를 추구하여 맡은 업무에 지나치게 몰두한 나머지 집착하는 성향을 보였다. 때로는 업무가 예정대로 진행되지 않을 경우 위아래 구분할 것 없이 마구 화를 내고, 심하게 까탈을 부리기도 하였다. 그럴 때는 혼자 마구 중얼거렸다. 그건 그의 오래된, 어쩔 수 없는 버릇이었다.

그는 미적거리면서 건축 설계에 있어서 핵심적 사항에 대해 공식적인 결정을 마지막 순간까지 늦추려고 안간힘을 다하였다. 지금 그 방식 이외에 다른 방식이 있는 건 아닌지 끊임없이 의심하고 그 방식이 타당한 모든 이유를 캐내려고 고심하고 또 고심하였다. 그는 건축 설계에서 결코 만족할 줄 모른다. 땅을 깡그리 뒤집어엎고는 다시 돌아와서 그 땅을 다시 파는 식인 것이다. 그는 일하는 과정 그 자체에 너무 집착한 것인지도 모른다.

그러나, 그는 자신이 만든 설계도가 흡족할 만큼 마음에 든 적이 단 한 번도 없었다. 그 완성된 물건에는 자기 충족적인 마술의 힘이 느껴지지 않았다. 그래서 언제나 좀 더 시간이 지나가면 그보다 나은 작품이 나올 것이라는 강박관념에 시달렸다. 그는 건축물의 질서와 본질, 절제와 단순성, 완성도 같은 것에 대해 최고 수준의 기준을 세워놓고 그 기준을 충족키 위해서 주의를 기울이고 노력하는 사람이었다. 때로는 너무 높고 비현실적인 기준을 스스로 설정해서 자신에게 채찍질하고 스스로 자아비판을 하며 자신의 실수, 결점, 상상력 부족, 참신한 독창성의 결여, 예술적 감각의 부족을 결코 용납하지 못했다.

그의 예리한 시선은 아주 사소한 것도 놓치지 않았다. 그는 완벽에 대한 갈망 때문인지 설계도에 광적으로 집착했다. 너무 집착하다보면 판단력이 흐려지는 일은 없을 것인가? 그와 함께 일하는 사람은 모두 녹초가 되어 지쳐버렸다. 그는 사람들을 혹사 시켰다. 그러나 자신을 더욱 혹사했다.

그리고 끊임없이 외쳤다. '과도한 장식은 죄악이야! 생략, 생략이 필요하지!'

그는 항상 마감 시간에 쫓겼다. 그럴 때마다 "여전히 무언가 빠져있어! 참신한 독창성이 부족하단 말이야!"라고 주위 사람들에게 외쳤다.

그때는 일을 시작하기 전에 반드시 독한 술을 한 잔씩 걸쳤다. 그의 변명인즉 더 이상 미치지 않으려면 술이 필요하다는 것이었다. 그리고 암페타민을 복용해 가면서 며칠씩 밤을 새워 작업에 몰두하였고, 때로는 그와 반대로 불면증 때문에 시달리며 불안감과 강박관념을 억누르기 위해서 억지로 잠을 자야했으므로 다량의 수면제를 복용하기도 하였다.

그는 어떤 프로젝트를 맡아서 처음 시작할 때는 먼저 현장 답사를 하였다. 그때 그는 무작정 부지 주위를 몇 번이고 걸어서 맴돌았다. 아무 생각 없이 그냥 걸었다. 그리고 공간 스케치를 하였다. 그는 스케치 없이는 아무것도 시작할 수 없었다 (그는 부지 주위의 자연과 지형, 태양, 바람, 나무에 그렇게 집착하였다.). 그런 다음 건축주의 까다로운 주문 사항을, 그 건물과 그걸 사용할 사람들과의 긴밀한 관계를 심사숙고하였다. 그리고 그는 작곡가가 그의 오페라를 머릿속에 그리듯이 건축물을, 그것이 수용해야 하는 형태, 공간과 벽, 빛과 그림자, 기술적 사항들을 완벽하게 머릿속에 그려 넣었다. 그러고 나서 팀원들과 회의, 토론, 분석을 한 후 드로잉을 하고 모형을 만들기 시작했다. 그는 모든 선이 또렷하게 드러나는 흑백 드로잉을 좋아했다. 그것은 상상 속의 물체에 더욱 구체적인 물질적 형태를 부여하였다. 이제 꿈이 현실로 바뀌기 시작한 것이다. 그리고 작업의 마지막 단계인, 그 설계의 종점이라고 할 수 있는 종합 단계에서 그는 마지막 심혈을 기울였다. 그는 그때 한눈으로 전체를 훑어보면서 무엇이 잘못되었는가를 점검하였다.

그리고, 그 후에는 공사 현장이라는 현실 세계가 기다리고 있었다. 설계도면은 공정 과정 속에서 숙성하고 계속 발전하기 때문에 건축가가 건축의 전 과정에 참여하는 것은 아주 중요한 일이었다. 그곳에는 모순과 갈등, 역동성과 변화가 넘쳐났다. 건설회사와 건축

기술자, 건축주와의 갈등을 피할 수 없었다. 그들을 제대로 다루지 못하면 그의 꿈은 엉망이 되기 때문이었다.

그러나, 그는 그렇게 완벽하고 열정적인 모습을 보이다가도 어떤 결정적인 순간에는 결단을 내리지 못하고 갑자기 안절부절못하거나 불안하게 흔들리기도 하였다. 어느 날 갑자기 심한 무기력증에 빠져 허우적거리는 것이었다. 그것은 주로 동료들이나 부하 직원들에게 불필요한 위험부담을 떠넘기기 싫어하여 자신이 모든 책임을 떠안아야 한다는 심리적 중압감 때문일 수도 있고, 그에게 평생 동안 붙어 다니면서 어느덧 그의 잠재의식 속에 각인되어버린 어린 시절의 불행한 경험에서 비롯된 증상 때문일 수도 있었다.

그는 그즈음 자신에게 진지하게 질문하였다. "그런데, 나에게도 평생의 꿈, 희망 같은 것이 있긴 있었나. 진짜, 실현 가능한 꿈 말이야. 경이로운 건축물. 순수한 창작물. 건축가 생애에서 마지막 건축물. 공중정원."

그는 언젠가는 자신의 이름을 걸고 건축설계 사무소를 갖는다는 구체적인 계획을 가지고 있었다. 그 사무소에서 경이로운 건축물을 설계하고 공사 시공을 감리해야 할 것이다. 여의치 않으면 대학 동창이 운영하는 국내에서는 꽤 이름 있는 건축사무소로 옮길 수도 있을 것이다. 그 건축사무소는 확고하게 자리를 잡았고 재정 상태도 건전하였다. 끊임없이 해외 진출을 모색 중에 있었다.

신이철이 말했다.

"우리 쪽에서 함께 일하게 되면 말이지, 네가 가고 싶은 곳은 언제든지 마음대로 가도 좋아. 떠나고 싶어서 온몸이 근질근질 할 테니까, 그걸 어떻게 말려, 상관하지 않을 거야. 모든 경비를 부담해 줄 수도 있어. 하지만 혼신을 다한 건축 작품 몇 개쯤은 남겨야 할 거야. 그걸 설계하는 데는 네가 꼭 필요하지. 모든 여건은 원하는 대로 해줄 수 있어.

우리나라에선 아직도 건축 설계가 예술보다도 산업으로 인식되고 있어서 문제야. 건축은 문화인데 말이지. 네가 그런 인식을 깨는 데 한몫을 해야 될 거야. 그래서, 넌 건축 부문에서 미국의 IDEA 같은 세계적인 디자인상 또는 건축의 노벨상으로 불리는 프리츠커상을 받아야만 되지. 일본 건축계에서는 벌써 여러 사람이 이 상을 받았지. 너는 끊임없이 연구하고, 완벽하게 준비하는 스타일이니까. 무엇보다도 건축 철학이 정립되어 있고, 위대한 건축물에 대한 사명감도 가지고 있지.

그러면, 마케팅 측면에서 너의 이름을 활용하여 회사가 해외로 진출하는 데도 큰 도움이 되겠지. 그것만이 아니야. 우리 회사가 국제적인 건축설계 업체로 성장하기 위해서는 외국 회사와의 합작 또는 중요 설계 공모전에서 컨소시엄 구성이 필수적인데, 너의 국제적인 감각과 탁월한 외국어 능력이 필요하지.

지금 너는 그 회사에서 하루 빨리 벗어나야 돼. 그 회사는 한때는 정상이었지만 지금은 정체되어 있지. 가까운 시일에 무슨 일이 일어날지 어찌 알겠어. 이 바닥이 워낙 경쟁이 심해서 말이야. 그리고…… 그런데 말이야…… 우리 대학 선배 말인데 네가 어떻게 그런 사이코와 같은 회사에서 함께 근무할 수 있겠어? 네 인내심을 칭찬해야만 할까? 시간을 너무 낭비하고 있어. 더 늦으면 안 될 거야. 위대한 승리자가 될 기회를 놓치면 안 되겠지. 그걸 빨리 약속하란 말이야."

그는 그 즈음 자신의 삶에서 중대한 변화의 시기가 도래하고 있음을 감지하고 있었다. 적당한 시기에 회사를 떠나야 할 것이다. 그는 타성에 젖어서 자신의 꿈을 잊어버린 채로 안정된 생활과 그것이 주는 안락함에 도취되어 있었다. 그는 결단을 내리지 못한 채 우물거리고 있었다. 그러나 그런 것들이 그에게 육체적이건, 정신적이건 평화를 안겨주는 것처럼 보였지만, 사실은 실체도 없는 안정된 미래라는 것이 그의 영혼을 심각하게 좀먹고 있었던 것이다.

하지만 그는 평생 동안 무슨 야심 때문에 또는 성공하기 위해서 싸우지는 않았다. 다만 정들었던 회사와 회사 사람들과 헤어지는 일은 감당하기 힘든 일로 느껴졌다. 그 회사는 젊은 시절부터 지금까지 모든 열정을 쏟았던, 그의 삶이 살아 숨 쉬고 펼쳐졌던 터전이었기 때문이다. 그리고 그는 그러한 자신의 삶에 대해 아무런 불만이 없었던 것도 사실이다.

그는 그가 꿈꾸던 경이로운 건축물을 사막의 오아시스, 선과 악을 초월하고, 아름다움과 추함의 구별이 없으며, 희생의 제물이 되는 자와 가해자가 없는 무구한 세계, 법과 분쟁, 재판도, 중상모략도 없고 자연과 함께, 자연에 순응하며 사는 삶만이 존재하는 세계, 아늑한 평화만이 존재하는 세계, 과거 황금시대에 우리가 그렇게 살았고 또다시 그렇게 살아야할 세계인 에덴동산에 세우기로 작정하였다.

그러나 그것은 황무지 속에 숨어있으리라. 그 척박한 황토 빛 대지에 기적처럼 시냇물이 졸졸 흐르고, 바람에 서걱대는 대추야자나무와 무화과나무가 작은 숲을 이루고, 흙벽돌집들이 옹기종기 모여있고, 염소 떼를 몰고 목초지로 가는 아이들과 나귀에 짐을 싣고 가는 노인들이 보이리라. 꿈에서 태어나고 꿈에서 보았던 곳이리라.

건설하는 데만 100년 이상이 걸린 시리아 팔미라의 바알 신전이나, 고대 아랍 민족이었던 나바테안이 와디 무사 계곡에 건설하였던 요르단의 시간의 반만큼 오래된 장밋빛 빨간 도시인 페트라의 폐허는 사막 한가운데에 있는 물이 풍부한 오아시스에 건설된 것들이다. 척박한 사막의 중심부에 존재하면서도 신선한 물이 콸콸 흐르고, 토양이 비옥하여 꽃과 나무, 과일과 야채가 풍성한 오아시스는 사람과 짐승, 새들이 편히 쉴 수 있는 순결한 휴식 공간이었던 것이다.

그것은 사막에 있는 꿈의 왕국이었다. 그는 인생이라는 광활한 사막에서 이 한 줄기 오아시스를 찾아 평생을 헤맨 것이다. 그 오아시스는 인간이 수천 년 동안 찾아내려고 발버둥 쳤던 아틀란티스, 담카르, 샹그릴라, 툴레, 유토피아, 북극 거인들의 땅처럼 비밀의 장소이면서 전설적인 땅이었다.

하지만 인간들은 사바나에서 어린 가젤이 치타에게 쫓기듯이, 지금 시간이라는 괴물에게 치명적으로 쫓기고 있어. 그것은 볼 수도, 들을 수도, 만질 수도 없는데 말이야. 시간은 순간일 뿐인데, 언제나 시간에 쫓기며, 시간을 의식하고 살고 있지. 하긴 시간이 소리로 변하긴 하지, 벽시계가 재깍재깍 소리를 낼 때는 말이지. 그런데 그 소리는 말이지, 단순히 시간의 흐름을 알리는 것뿐만 아니라 다른 중요한 무엇인가를 사람들에게 진지하게 말하고 싶어 하지. 그래서 귀에 거슬리는 거야. 그래, 인간은 평생을 그 시간이라는 무거운 짐을 지고 있어. 시간은 잡을 수가 없는 존재이지. 또 묶어놓을 수도 없고 살다보면, 그것은 허무일 뿐이고, 어리석음에 불과한데도 말이지. 모든 인간은 자기 자신의 시간을 갖게 되는데 말이지. 그 시간이 진정으로 자신의 시간인 한에서 그 시간은 생명을 갖게 되는데 말이지……. 그런데, 일부 오만한 인간들은 시간마저도 다른 모든 것처럼 돈으로 살 수 있다고, 착각하고 있지.

그것뿐만이 아니야, 공간도 문제가 있긴 마찬가지야. 세상은 너무 복잡하여 온통 감옥이야. 단 사막만은 빼 놓고서 말이야. 인간들은 수평선, 지평선도 없는, 질식할 듯한 폐쇄된 공간에 갇혀서 서로 부대끼면서 아등바등 살고 있어. 시간과 공간이라는 인간의 숙명을 초월할 필요가 있어. 그런 거야. 인간은 무한한 시간과 공간의 한 조각 미물에 불과하거늘, 그걸 깨달을 필요가 있는 거야.

그러려면, 영혼의 삶을 살아야 하는 거야. 사막만이 그 모든 것을 허용하고 있어. 사막은 그 무한한 공간과 여백이 본질을 이루고 있으니까. 사막에서 황금 같은 것이 무궁무진한들 무슨 소용인가. 문명시대가 도래하기 이전의, 인류 초기의 황금시대처럼 소유가 필요 없으니 갈등과 대립, 질투 같은 것도 없을 수밖에 …… 그렇다면 사막은 권력과 법률이 필요 없는 인류 최후의 보루가 될 수도 있을 거야. 이 세상에서 유일하게 진정한 자유가 존재하는 환상적인 공간이 되는 것이지. 바로 그거야, 20세기 바빌론의 공중정원을 사막에 건설하는 거야. 옛날 옛적에 신바빌론 왕국의 네부카드네자르 2세처럼 말이지. 그러나 건물의 쓰임새는 그때와는 달라야겠지. 그러니까 '벅시 시걸'처럼 황량한 모하비 사막 한 가운데서 술과 도박, 질펀한 오락, 여자를 결합한 사막의 오아시스, 즉 라스베이거스를 만들려고 해서는 안 되겠지.

그렇다고, 내가, 현실주의자이고 실용주의자인 내가 소위 실험적 건축가들처럼 오직 건축에 대한 집착과 열정 때문에 아무런 제약이 없는 상상력만으로 애시당초부터 지어질 가능성이 전혀 없는 건물을 꿈꾸는 것이 아니다.

나는 지평선에 병적으로 집착해서 길을 걷다가 지치고 발이 부르튼 사람이면, 상처 받은 사람이면 누구든지 편히 쉬어갈 수 있는 안식처를 마련하고 싶은 것이다. 오디세우스처럼 향수병에 걸린 지친 여행자들이 자기 집에 온 것처럼 편히 쉬어갈 수 있는 쉼터를 짓는 거였다. 그곳에서는 향수병을 조금은 치료해줄 것이다. 그래서 그 건물의 입구에는 위대한 모험가이고 심각한 향수병자이고 여행의 신이라고 할 수 있는 오디세우스의 청동 신상을 세워놓아야 한다. 그것은 어떤 상징물이 될 것이다.

아랍의 왕자님이 필요해. 건축비를 마련하기 위해서 돈 많은 아랍의 왕자님을 만나야 될 거야. 그 돈 많은 남자는 아주 거만하게 말하겠지.

"고대 로마 건축물 같은 거를 만들려고? 그러니까 비슷하거나 비슷한 느낌이라도 들게 말이지."

"쓸데없는 장식은 죄악인 거지요. 누군가, 적을수록 더 많다고 했습니다."

"그렇지, 맞는 말이군. 생략이 필요한 거야. 그래야만 단순하고 조용하니까. 하지만 단순한 것 그 자체를 목적으로 삼을 순 없겠지. 사물의 본질에 접근하면 할수록 단순성에 도달하는 거지."

"그렇다고 직선만을 고집할 필요는 없을 것입니다."

"그런데 내가 무엇 때문에 거액의 돈을 투자해야 하는지 설명해보시지. 그대는 그곳이 유토피아인지, 에덴동산인지 증거를 보여줄 수 있어. 그러니까, 그 건물이 정말 역사적인, 세계적인 명물이 될 수 있는 거야? 그래서, 사람들이 건축주인 내 이름을 영원히 기억할 수 있겠느냐 말이야? 그대는 니므롯처럼 바벨탑을 건설하려고 하는 것은 아니겠지? 그건 엉뚱하고 바보스러운 일이고 불경한 짓이었지. 하찮은 인간이 무례한 호기심 때문에 신의 권위에 감히 도전하는 일이었으니까. 그러니 관대한 신께서도 불같이 화를 낼 수밖에 없었겠지. 그리고 고대 이집트의 파라오 부부인 아크나톤과 네페르티티가 깨끗하고 순수한 사막에 세운 아케타텐의 몰락한 운명도 기억해야 할 거야."

그는 다시 말하겠지.

"사막에다 요즘 유행하는 고층 빌딩을 지을 생각인가? 당신은 건축주의 이야기는 무시하고 자신만의 생각을 표현하려고 고집하는 고집불통 건축가이겠지? 그런데 말이지, 그대의 말을 들어 보니까 건물을 위한 건물, 말하자면 예술을 위한 예술을 하겠다는 것이 아닌가? 예술 작품은 존재한다는 그 자체만으로도 의미가 있다는 거지? 그러나 건축물은 그림과는 다른 거야."

그러면 나는 단호히 고개를 흔들어야 하겠지.

"그렇지 않습니다. 건물에는 반드시 용도가 있는 것이지요. 그냥 존재하기 위해 짓는 건물은 상상조차 할 수 없습니다. 어떻게 해서 아무데도 쓸모없는 것을 지을 수 있겠습니까. 그건 낭비에 불과한 것이지요. 그러나 고층 건물은 아닙니다. 사막에서는 절대로 아닙니다……. 전혀 어울리지 않을 것입니다. 고층 건물은 나무젓가락처럼 생겨가지고 수직이고 막다른 골목입니다. 들어왔던 문 이외에는 다른 출구가 없지요. 그래서는 안 되지요. 그 복합 건물은 옆으로 눕혀야 할 것입니다. 그리고 채움과 비움이 적절한 비례를 이루어야 할 것입니다. 또 건축 재료의 경우, 전 유리와 철을 안 쓸 생각입니다. 지나치게 현대적이니까요. 돌과 벽돌을…….

그리고 가급적 화려한 디자인을 무시해야 할 것입니다. 최소한만. 현대에 와서 모두들 디자인, 디자인 하지요. 그러나 그것은 허식에 불과한 것이고 본질이 아닙니다. 그건 장식적 아름다움인 것이지요. 그런데 장식적 아름다움이 건축의 가치나 목적이 될 수는 없겠지요. 요즘 너무 경박스럽습니다. 얄팍하지요."

그가 또다시 묻겠지.

"그대에게 어려운 질문을 해야겠군. 그대는 왜 경이로운 건축물에 집착하는 거지? 왜? 평생을 먹고 살 돈을 벌고 싶은 거야? 아니면 건축가로서 이름을 남기고 싶은 거야?"

"전, 아무것도 원하지 않습니다. 그저 건축물을 그 자리에 세우고 싶을 뿐입니다. 그 어느 것도 모방하지 않은 순수한 창작물인 건축물을 짓고 싶을 뿐입니다. 건축물은 말보다 오래 남지요. 역사는 건축물로 기억됩니다. 그러니 건축물보다 더 중요한 것이 뭐가 있겠습니까."

"건축 양식을 포함한 조형예술은 한 시대의 특징을 고스란히 나타내준다고 할 수 있겠지. 그 시대의 모든 삶의 형태가 양식을 통해 그대로 표출되는 것이거든. 그대는 인도의 **타지마할**을 당연히 알고 있겠지. 인도 사람들은 인간을 두 부류로 분류하는데 타지마할을 본 사람과 보지 않은 사람으로 말이야. 그런데 무굴 왕조의 5대 황제였던 샤 자한, 그게 '세상의 왕'이라는 의미라고 하는데, 그는 건축은 가장 고귀하고 유용한 예술임을 인정했지. 그리고 기념비적 건축물은 많은 국민들에게 왕과 국가를 보여줄 뿐만 아니라 그의 명성에 대한 불멸의 기억을 심어주는 것이라고 여겼지. 그래서 왕은 태양처럼 형형한 마음으로 '진정으로 우리의 기념물이 우리에게 말하노니'라고 생각하고, 영원한 명성을 누릴 우주적 건축물인 타지마할을 건설하였던 거야. 그 건물은 신의 오묘한 법칙인 기하학적 대칭성을 극명하게 구현하였지. 극히 작은 세부 장식에 이르기까지 소재와 형식은 물론이고, 또한 하얀 대리석과 붉은 사암이라는 색채의 구성 역시 동서고금을 통틀어 가장 탁월했던 거야. 지금까지 이 세상에 태어난 건물 중에서 단연 최고 압권이지."

　"하지만 그 타지마할 역시 중앙아시아와 인도, 페르시아, 유럽의 성당이나 궁전의 전통을 모방해서 혼합한 것에 불과하지요. 그 역시 모사품인 것이지요. 분명히 모사품. 물론 위작이라고 까지 말하는 것은 아닙니다. 위작이라고 하기에는 너무 압도적이지요. 그러니까 말입니다, 르네상스 이후 지금까지 이름을 날린 수많은 예술가들, 예컨대 미술가, 조각가, 건축가 모두 모사품만 만들었던 것이지요. 그래서 그들은 쟁이에 불과하였지요. 다시 말씀드리면, 환쟁이, 조각쟁이, 건축쟁이에 불과했지요.

그런데도 왕은 다시는 그와 같은 건물을 지을 수 없도록 건축설계사와 기술자, 인부들 수천 명을 땅속에 파묻어 버렸지요. 우아르 자자테 유적의 왕처럼 말입니다. 저는 왕들의 심정을 충분히 이해합니다. 그게 당연하다고 생각합니다. 왕이니까요. 그리고 그들도 행복하게 죽었다고 볼 수 있겠지요. 그렇지요. 그 건축물이 완성되고 나면 절 잔인하게 죽여도 좋습니다. 차라리 제가 스스로 먼저 죽겠습니다. 꿈을 이루었기 때문이지요. 무얼 더 바랄 수 있겠습니까.

지금 이 말씀을 드리고 싶습니다. 이왕에 죽음의 이야기가 나오고 말았기 때문입니다. 삶도 죽음도 환영에 불과한 것이지요. 생은 다만 그림자, 실낱같은 겨울 태양 아래 어른거리는 하나의 환영이고, 그리고 얼마만큼의 광기이고, 그것이 전부이지요. 전 그렇게 생각하지요. 전 언제든지 죽기를 바라고 있지요. 내가 전부 죽어야만 …… 그때서야 비로소 진리의 빛을 깨달을 수 있을 것이기 때문입니다."

"'그대는 죽을 수 있는 자, 자유롭게 산다.'는 말을 하고 싶은 게야……. 그건 그렇고, 그대는 참으로 한심한 건축가이다. 허영심이 많은 사람이겠지. 아니면 도저히 치료가 불가능한 중증의 과대망상 환자이거나……. 그리스의 위대한 철학자, 지금까지 나온 서양 철학은 그의 이론에 대한 한낱 주석에 불과하다고 하지 않더냐, 플라톤은 그림이나 조각, 건축은 모방에 불과하다는 것을 아주 일찍부터 설파하였다. 그리고 천재 예술가인 레오나르도는 그림은 시보다 위대한데 그 이유인즉 그림은 자연을 표현하기 때문이라고 하였다. 그런데 위대한 조각가인 미켈란젤로는 한 술 더 떠서 그림보다는 조각이 더 위대한데 그것은 조각이 그림보다 자연과 더 밀접하다는 점 때문이라고 하였다. 어디 그 뿐인가. 프랑스에서 백과전서를 만들었던 사람들은 예술을 체계적으로 정의하였는데 그 기준이 바로 자연의 모방이었다.

물론 덜떨어진 일부 작자들, 그러니까 자칭 모더니스트라고 주장하는 자들이, '그렇지, 그래, 자연은 불쾌한 거야. 도저히 참아줄 수가 없어.'라고 말하기는 했었지.

그러니까, 예술가는 오직 모방을 할 뿐인 거다. 모방하고, 모방하고 그대 역시 모방을 하라. 모방의 모방을. 오직 창조적 모방을, 아름다운 모방을 말이다."

그렇지만, 끝까지 상세한 지도, 설계도와 청사진을 보여주고 그를 잘 설득하는 거야. 진실을 보여주는 거지. 진실이 중요해. 과연, 진실이 이 세상에 존재하는지 의문이긴 하지만. 그렇게 해서 투자를 이끌어 내는 것이지.

그에게 알려줄 게 있지, 이 건축물은 너무 단단해서 지진에도 쓰러지지 않고, 대화재에도 끄떡없을 거라구. 그래서, 지구가 멸망할 때까지 그것의 이름과 함께 영원히 살아남을 거라구. 불멸의 존재로 남을 거라구. 건축가도, 건축주도 그 이름은 금방 사라져버리겠지만, 완성된 순수 창작물은 그 자체의 생명력을 가지고 영원히 존속한다는 것을…… 우아르자자테의 폐허처럼 아름다운 유적으로 남을 거라는 것을.

아니면, 천 년이 지나 폐허가 되더라도 그 건물은 여전히 아름답게 보일 거라고, 사람들은 사람이 살지 않는 폐허의 문을 두드리면서 감동을 느낄 거라구, 그에게 한참 동안 설명해야 할 거야. 세상의 것들은 그 무엇도 오래가기가 힘들다고, 그러므로 천 년을 견딘다면 그건 대단한 일이 될 거라고 말이지.

그런데 말이지, 모든 위대한 것, 아름다운 것, 과거의 화려한 영광은 결국 모두 무덤 속으로 사라지지. 시간의 무자비한 유린 때문에…… 파괴된 채로 흙더미 속에 묻혀있는 몇 조각의 파편과 폐허만 남는 거지. 그게 그것들의 정해진 운명인 거지. 그 뒤에는 바빌론의 공중정원처럼 그 순수한 이름, 위대한 이름, 적어도 이름만은 후세에 남긴다는 것을 그가 이해해야 할 거야.

그는 대형 프로젝트의 설계를 맡아 오랜 기간에 걸친 고된 작업이 끝나면 모든 걸 훌훌 털어버리기 위하여, 설계도를 마지막 완성하는 과정에서 한껏 고양된 자기감정에 몰입하였다가 그로부터 벗어나 현실로 복귀하면서 느끼는 허탈감을 극복하기 위하여, 그동안 자제하였던 술을 며칠간 폭음하고 나서, 몇 달이건 장기휴가를 얻어 여행을 떠나곤 하였다. 그는 장기여행을 떠나기 위하여 늘 회사의 인사부 직원들과는 휴가기간을 둘러싸고 어려운 협상을 하여야 하였다. 그는 1년 중 9개월은 설계 작업에 몰두하고, 나머지 3개월은 사막과 밀림 속으로 오지 여행을 떠났다. 또는 1년간은 죽도록 작업을 하고, 다음 해 반년간은 여행을 하였다. (그러나 굳이 분류하자면 그는 분명히 관광객tourist 스타일은 아니고 인류학자처럼 오염되지 않은 사막과 밀림 속으로 들어가는 탐험가 혹은 방랑자, 고행자 유형의 여행자 traveler라고 할 수 있다. 여행travel이란 단어는 오랜 기간 하는 심한 육체적 노동 또는 극심한 고통, 뜻밖의 위험을 의미하지 않는가.)

그는 떠나기 위하여 태어난 사람처럼 보였다. 그는 어느 날 일어서서 떠나야 했다. 쏟아지는 긴장 때문에 당겨진 활시위처럼 팽팽한 신경 줄을 잠시 풀어놓아야만 했다. 단지 낯선 곳으로 떠나는 것만이 의미가 있었다. 떠나지 않고는 배길 수 없었기 때문이다. 아무도 연락할 수 없는 머나만 곳으로 가야만 했다. 핸드폰도 통하지 않고, 팩시밀리도 없으며, 이메일도 배달되지 않는 그곳으로. 잠적 혹은 실종.

김규현은 건축가이다. 그의 건축 미학은 무엇인가. 건축은 예술인가, 아니면 인간이 그 속에서 살아가는 단순한 생활공간에 불과한 것인가. 건축과 그 토대가 되는 대지 또는 자연과의 관계는 어떠한

가. 다시 말하면, 건축은 자연에 대항하는 개념인가, 그래서 자연은 정복과 극복의 대상인가. 아니면 인간이 자연의 일부인 것처럼 건축은 자연과 조화를 이루고 자연에 순응하여만 하는가. 그리고 건축물은 기능적인 목적, 즉 실용성 utilitas과 힘 firmitas이 중요한 것인가, 아니면 우아하고 명쾌한 아름다움 venustas이 더 우선인가. 둘 다인가. 필립 존슨은 '건축은 예술이다. 다른 아무것도 아니다.'라고 말했는데 건축과 예술의 접점이 있을까.

그는 무얼 짓고자 했던 것인가. 그게 그의 평생에 걸친 원대한 꿈이었을까.

건물이 지나치게 웅장해서는 안 될 것이다. 쓸데없이 위압감만 주기 때문이다. 알맞은, 적절한, 평범한 건물 규모와 사막의 모래결을 연상시키는 물결치는 듯한 외관, 질리지 않고 한층 풍부한 표정을 지닌 사막의 색채, 직선과 곡선의 배합, 엄격한 대칭 또는 비대칭이 있어야 할 거야. 그러나…… 인간의 주거는 근본적인 거고, 본질적인 것이기 때문에 형식과 스타일보다는 그것을 걷어내고 공통적으로 남아 있는 건물의 원형…… 건물의 본질이 중요해. 그러므로…… 건물의 외관이 풍기는 분위기라든지, 감동 같은 것은 가면에 불과하니까 무시해야할 거야. 무작정 탐미주의에 빠져서는 안 되겠지.

그런데, 사람들은 침묵을 경청하는 것이 중요하지. 모든 좋은 언어에는 그보다 더 좋은 침묵이 담겨있는 법이니까. 침묵의 소리가 들리는, 시대의 무의식을 반영하는 진공과 같은 공간이 건물에는 필요한 거야…….

　그는 오랫동안 머릿속에 그것을 그리고 있었다. 그가 반평생 추구했던 그 무엇은 건축가의 꿈이었다. 그것은 그의 불멸의 꿈이었지만 지금은 악몽이 되었다. 하지만 그는 죽음을 눈앞에 둔 그 순간에도 예술가적인 창조적 본능에 따라 평생을 추구해온 건축의 생명력에 대해, 미학에 대한 생각을 멈출 수 없었다.

　인간이여, 그대는 자신의 의지와는 상관없이 죽음을 맞이하는구나. 죽는 법을 배우지도 못한 채…….

　나는 여태껏 아무것도…… 도대체 아무것도 이루지 못한 거야. 그런데, 그걸 완공하려면 20년, 30년은 더 살아야 할 텐데? 지금 누구한테 구차하게 목숨을 구걸할 수 있겠어? 사막의 신께? 나는 인간의 구원을, 기적을, 행복이나 천국을 믿은 적이 없었지. 그건 헛된 꿈이거든. 현실을 무시한 채 이상만 쫓던 삶이 실패작이었음을 깨닫고 죽어간 돈키호테의 심정을 지금쯤은 깨달아야겠지만……. 나는 여전히 그 꿈을 버릴 수 없어. 허망한 꿈일망정…….

　그 공사는 아무리 머리를 짜내 공기를 단축해도 십 년, 이십 년쯤은 걸리겠지. 에스코리알을 짓는 데는 20년이 걸렸어. 건축에서 즉흥성은 건축학적 타락일 뿐이야. 요즈음은 모든 공사가 너무 공기에 쫓기는 것이 문제지. 속도만으로는 문제를 해결할 수 없는데 말이지……

그것은 예술적 조형물이어야 할까? 건물 그 자체가 고유한 생명력을 지닌 작품이어야 할까? 건물이 단순히 비바람을 막아주는 존재가 아닌 것은 확실하지만 그러나 예술인지는 모르겠어. 어쨌거나 건축이 예술이라면 실용적인 예술이겠지만. 공간을 창조하는 예술. 그러나 그 건축물이 예술이 되기 위해서는 견고하고 사용하기 편하고 보기 좋은 조건을 충족시켜야만 하지. 나는 그렇게 생각하지……

김규현은 2000년 여름, 사하라 사막의 남쪽을 여행하던 중 길을 잃고 절망적인 상황에서 가쁘게 숨을 몰아쉬고 있다. 그는 지금 죽어가고 있다. 그러나 이 순간에도 다른 건 도대체 머리에 떠오르질 않았다. 과거에 설계했던 건물에 대한 후회 같은 것이 물밀듯이 밀려왔다. 좀 더 더 완벽하게…… 그때 생각을 완전히 비틀어야 했는데…… 그걸 폭파해버리고 다시 짓는다면…… 건축설계사로서 직업의식에 사로잡혀 지치지 않고 건축 설계에 대해 생각했다.

그렇지만, 건물 내부에는 길게 이어진 회랑이 꼭대기 층까지 구불구불 이어져 있어야 할 거야. 인생 자체가 미로이지. 그 미로는 사람들이 현기증을 느끼지 않도록 대신동의 골목길처럼 아늑하게 만들지 않으면 안 될 거야. 사람들은 익숙한 뒷골목에서 안도감을 느끼지. 사람들에게 안식을 제공하는 평화로운 공간이 필요한 거야. 영혼이 머무는 것처럼 평온함을 느껴야 할 거야…….

그러니까, 거대하고 웅장한 유럽의 궁전, 고성, 성당 같은 건물을 모방해서는 안 될 거야……. 왜 유럽의 성당은 값비싼 성화와 조각품, 금박 입힌 성서들로 빈틈없이 꽉 차있어야 하는가? 쓸데없이 스테인드글라스로 장식돼 있어서 지나치게 화려하고 복잡한 것은 흠이지…… 그게 아름다움의 표상은 아닌 거야. 예수님은 누추한 마구간에서 태어나서 평생을 맨발로 걸어 다니며 가난하게 살았고, 벌거벗은 채로 십자가에 못 박혀 죽었는데 말이지, 그를 찬양하는 사람들이 모이는 성당은 왜 그렇게 화려해야 하는지?

한없이 높고 크고 웅대하라. 그리고 정교하고, 화려하라. 신의 위대함과 신의 대리인인 사제들의 권위를 그렇게 건물의 위용이나 내부 치장을 통해 나타내고자 했던 것인가? 이 모든 종류의 거대성과 화려함은 인간의 내적 공허, 한없는 허약함을 감추기 위해 설계된 것이 아닌가? 그들은 그 화려함 속에서 속절없이 들뜨지는 않을까? 아니면 성당의 아주 높고 어두운 천장에서 신에 대한 외경심 대신 무한한 공포심을 느끼지는 않을 것인가? 그러니까, 내부 장식만큼은 아주 단순해야지. 복잡한 것은 비본질적이지. 절제. 간결성. 그러면 아름다움은 자연스럽게 따라오는 거지. 이 복합 건물에 극도의 긴장감을 불어넣는 것은 정말 쓸데없는 일이 될 거야. 눈에 보이지 않는 가치를 살리는 것이 중요해…….

그는 여전히 건물에 대해, 환상에 다름 아닌 영원한 꿈에 대해 생각했다. 그리고 깊은 좌절감을 느꼈다. 그는 그때 자신이 과거에 설계했던 건물들을 하나하나 떠올렸다.

우선 자신의 기억에 남을 만한 건물을 설계한 적이 있었던가? 나의 꿈과 낭만, 건축 미학 등이 모두 용해된 건물을 설계 했던가? 장소와 그 주위의 자연 환경과 풍경을 충분히 이해하고 그것들과 어울리는 설계를 하였던가, 그러면서도 너무 두드러지지 않는 것을 지으려고 노력했던가? 건물의 용도와 관련해서 요구할 권리를 가진 사람들의 모든 적절한 요구를 제대로 수용했었던가? 건축가를 위한 괴상한 건축 이론, 다시 말하면 건축가에 의한, 건축가를 위한 엉뚱한 건축 이론을 신봉하지는 않았던가? 건축주의 요구 사항이 나의 사고체계와 엄청나게 차이가 날 때 과감하게 그 일을 맡지 않겠다고 거절하였던가? 건축 허가의 승인과 거절, 보류를 좌지우지하며 간섭하는 관료주의적 공무원들과 맞서 싸웠던가? 건축가는 설계도면을 그리는 것으로 끝나지 않고 공사가 완공될 때까지 책임을 져야한다는 원칙을 충실하게 이행하였던가? 문득 자식이 보고 싶은 것처럼 보고 싶은 마음이 드는 게 있었던가? 볼수록 만감이 교차하는 게…… 건축 과정에서 건축주와 기술자들을 상대로 그들을 충분히 다루었던가? 건축주의 부당한 간섭 때문에, 적은 공사비와 짧은 공기에 쫓겨서 어쩔 도리가 없었노라고 변명만 늘어놓아도 될까?

별들이 흩뿌려져 반짝이는 하늘. 비현실적인 밤하늘. 상황은 여전히 절망적. 악몽의 연속. 계속 기다리는 수밖에. 무한한 인내심. 모든 것들이 작고 덧없다.

어젯밤 처음으로 모래언덕에서 불을 피웠다. 누가 불빛을 발견할까? 희망이 있을까? 사하라 남쪽 저지대 사막을 건너기 위해서는 자신을 놓아버릴 줄 알아야 한다. 이 지옥의 사막을 건너려는 담대한 방랑자들에게는 이런 극기가 필요할 것이다. 내가 그토록 오랫동안 기다리던 순간이 온 건가. 나는 이 험난한 길을 지나야 한다. 내게 부여된 운명을 알고 있다. 나는 언제나 서슴없이 떠났다. 나는 걷는다. 강의 근원과 하류의 삼각지를 찾아서. 그러므로, 나는 그 옛날 연금술사들이 찾아 헤맸던 '현자의 돌'을 찾으려고 떠나는 것이 아니었지. 그러나, 나에게는 어디에도 최종 목적지는 존재하지 않는다. 내가 돌아가 안주할 곳이 없기 때문이다. 사막의 거친 숨결을 느껴야 한다. 고독은 영원하고 나의 몸과 영혼에 나 있는 상처이자 종양이다. 이 여행은 지금 생각해 보면, 나에게는 인간의 불멸성을 찾아 지옥을 헤매는 길가메쉬의 대담한 모험이고, 율리시스의 험난한 귀향 여행이라고 할 수 있다. 벌거벗은 영혼이 두려움에 떨면서 새로운 허무를 찾아 떠난 모험의 여정.

젠네의 대사원을 찾아서

김규현은 건축가로서, 사막 여행가로서 호기심을 억누르지 못하고 말리의 수도 바마코에서부터 니제르의 수도 니아메까지 노예의 강인 니제르 (또는 나이저) 강 유역을 답사한 적이 있었다.

그때 당시 그 사원에 간 적이 있다.

그곳은 나의 머릿속 지도에서는 이 세상에 남아있는 가장 구석진 곳이었다. 그리고 그 사원은 나의 눈으로 반드시 확인해야 할 마지막 건축물이었다. 내가 평생에 걸쳐 작성하고 수정한, 반드시 자신의 눈으로 직접 확인해야할 건축물들의 목록 중에서 마지막 건축물. 우아르자자테 유적의 향수를 느끼게 해주는 건축물.

젠네의 사원은 흙벽돌로 쌓아 올리고 사이에 진흙 모르타르를 발라 지어진 것이다. 하늘로 치솟은 첨탑과 함께 빛이 바랜 진홍색 벽면에는 야자나무 줄기가 일정한 간격을 두고 촘촘하게 돌출해 있다. 그것은 장식적 효과라기보다는 큰 비가 내린 후에 수시로 하는 보수공사 시 발판으로 이용하기 위한 것이긴 하지만 묘한 기하학적 아름다움을 보여준다.

젠네의 대사원은 유네스코가 세계문화유산으로 지정할 만큼 세계에서 가장 큰 진흙 벽돌로 지은 건축물이다. 말리의 중세 도시인 젠네는 내륙도시라고 할 수 있지만, 그 거대하고 우아한 사원은 니제르 강의 한 지류라고 할 수 있는 바니 강의 작은 섬에 자리 잡고 있다. 그러나 사진작가들이 가장 좋아한다는 코아의 모스크는 말리 쪽 니제르 강의 푸른 수면 위로 가공되지 않은 소박한 아름다움을 그대로 드리우고 있다.

하지만 신전 안은 예전에는 성대한 의식을 거행했을 제단만 덩그러니 놓인 채 온통 텅 비어 있다. 삐쩍 마른 검은 고양이 한 마리가 어슬렁거리고 있을 뿐이다. 무심한 세월과 텅 비어 있는 신전. 인간들이 그 신전을 스스로 차지하기 위해 거기서마저 신을 쫓아버렸던 것일까. 그래서 어두침침한 텅 빈 공간에서 공허감마저 느낀다. 그러나 그곳에는 단순한 검소함이, 절제가 있고, 그리고 장엄한 침묵이 도사리고 있다. 그 공간은 초월적이고 추상적이다. 그러므로 그 건물의 용도가 신을 의심하는 자들에게 과시와 위협을 하기 위해서 쓸데없이 화려한 유럽의 성당과는 너무나 이질적이고 대조적이었다.

말리 중남부의 나이저 강 유역 내륙 삼각주에서는 점과 무당이 성행하였다. 무당과 그들의 점괘는 말리 사람들의 삶에서 빠져서는 안 될 일종의 생활필수품이었다. 그때 젠네에서 만난 도곤족 출신의 늙은 남자 점술가가 자기 종족의 조상신과 위대한 알라신이 함께 내려준 신통한 점괘를 자세히 풀이해 주었다.

돌과 어도비 벽돌로 지은 그의 집은 도곤족 마을에서 몇 그루 바오밥나무가 서있는 언덕을 지나서 가파른 절벽 꼭대기에 있었다. 도곤족들은 단층의 암석지대 절벽에 집을 짓고 독특하고 폐쇄적인 정체성을 유지하였던 것이다. 그 길에는 딱새들이 황토층에 굴을 뚫어 둥지를 틀고 있었고 꿀새는 바오밥나무의 마른 가지로 날아올라 소리치고 날갯짓을 하였다. 그러나 그 집에 가려면 틈틈이 선인장과 가시덤불이 숭숭 자라고 있는 아주 험한 길을 올라가야만 했다.

바람이 일면서 흙먼지가 단조로운 회색 풍경을 연출하였다. 공기는 무겁고 탁했다. 물을 못 마신지 몇 시간이나 지났고 지금 더위를 먹은 상태이다. 콧잔등에서 큰 땀방울이 뚝뚝 떨어진다. 자신은 아주 보잘 것 없고 언제부터인가 인생의 방향 감각을 잃어버린 존재라고 느꼈다. 실체가 없는 두려움과 추상적이고 순순한 공포심이 나를 짓누르고 있다.

그는 80세에 가까운 나이에도 불구하고 허리가 꼿꼿하였다. 차분한 풍채에서 원숙한 우아함마저 느껴진다. 그러나 강렬한 눈빛으로 나를 응시했다. 목에는 유리구슬이 달린 황동 목걸이를 달고 있다. 그것은 단순한 장식일까, 아니면 부적일까, 신에게 바치는 어떤 상징적인 표식일 것인가? 신앙심이 깊은 이 이슬람교도는 온화하고 그윽한 눈을 들어 사람을 쳐다본다. 위엄 있고 관대한 사람이라는 것을 바로 알 수 있다.

코미디의 달인이자 광대이고 마법사이고 예언자인 그가 저음의 부드러운 음성으로 말한다. 프랑스어로 주문을 거는 듯한 낮은 음성으로 아주 느릿느릿 말했다고 해야 할 것이다.

"먼저 말해주겠는데 **내 이름을 알려고는 하지 마.** 나는 이름이 있기도 하고 없기도 하니까. 그러면 이제부터 묻겠어. 여기에 온 이

유는? 그럼 원하는 게 뭔지를 말해보시지. 자신을 속일 생각은 하지 말아야지. 그대가 진정 원하는 게 있을 것 아닌가. 가족을 떠나 모든 위험을 무릅쓰고 여기까지 왔다면…… 가진 돈 모두 털어서 그 먼 거리를 거쳐서 여기까지 왔다면……. 틀림없이 마누라는 질색했을 거야."

"내가 정말 뭘 원하는지는 나도 잘 모르지요. 말로 설명하기가 난감하지요. 막연한 갈망이거나 무의식적인 충동일지 모르겠네요."

"허튼소리. 날 속일 생각은 하지 않는 게 좋을 거야. 그대가 날 속이면 나 역시 그댈 속이게 되는 거지. 그대가 말하는 갈망이라는 것이 공명심이나 명예욕 때문은 아닐 거야. 그러면, 복수심? 누구에 대한? 그게 자신에 대한 터무니없는 복수심 때문이라면? 어쨌거나 그대는 감당할 수 없을 만큼 걱정이 많겠지. 건강에는 문제가 없어 보이지만……. 자식들이나 마누라하고 심각한 문제가 있을 거야? 안 그런가? 그건 누구나 있는 법이니까. 전쟁이 끝나고 돌아오니 마누라는 딴 놈과 눈이 맞아서 어디론가 도망가고 없었어……. 왜? 하필 내 여자를? 그 놈이 멀리 달아나지 않았다면 틀림없이 내가 두 사람 모두 잔인하게 죽였겠지."

"그런데, 세상과의 불화 때문인가?"

"대단한 여행을 계획하고 있는 건 아닙니다. 그냥 어딘지 가고 싶어요. 아무 데도 아닌 곳에서 아무 데도 아닌 곳으로 말이지요. 아직 못 가본 곳이 수두룩하지요. 그러니까 암흑의 심장부에는 그

근처에도 못 가본 것이지요."

"지도에도 나오지 않는 암흑의 대륙 깊은 곳을 말하는 거겠지. 통나무배를 타고 강을 건너고, 늪지대를 거쳐 밀림 속으로 들어가는 거. 거기에 전설의 공룡은 없을 거라고……."

"당신은 모험가도 아니고 탐험가도 아니지 않은가? 그런데 거길 왜 가려고?"

"나도 잘 모르겠어요. 아니에요. 아니……. 그저 뭘 해야 할지 몰라요. 불안하고 혼란스럽거든요."

"그대는 불안으로 빚은 포도주라도 마신 건가. 하지만 종교 재판소의 재판관이 준비해 놓은 고문 중에서 가장 무서운 것이 불안이라네. 그러나, 당신 실수하는 거야. 그건 용기가 아니라 만용에 불과해. 검은 숲에는 악귀가 살고 있거든. 그 악귀는 온몸에 수백 마리의 무서운 살모사와 코브라를 휘감고 있고, 거대한 왕도마뱀과 비단구렁이, 체체파리 떼를 거느리고 있지. 그리고 그녀의 폐에는 에볼라 바이러스가 우글거리는데 숨을 내쉴 때마다 그걸 내뱉는 거야. 그것들이 숲으로 들어오는 침입자를 방어하고 있는 거지.

그나저나 심장부에 들어가기도 전에 피그미가 쏘는 독화살이나 밀렵꾼이 쏘는 칼라슈니코트 총탄…… 수류탄에…… 맞아 죽을 거야. 아니면 날이 넓고 무거운 칼인 마체테가 그대 몸을 난도질을 할 수도 있거든"

"그렇군요. 그래요."

"나는 당신을 이해할 수 있을 것 같기는 하군. 산전수전 다 겪었거든. 그 참혹한 전쟁에도 끌려갔었지. 그 전쟁에서 알게 된 건데 백인들은 참으로 잔인한 악마라고 할 수 있지. 증오와 파괴 욕…… 불바다……. 그들은 인간이 얼마나 잔혹해질 수 있는가를 시험해보는 것 같았어. 서로 죽이기 위해 만나서 수만, 수십만을 죽이고 평생 불구로 만든 뒤, 그렇게 많은 사람을 죽일 수 있게 해주신 은혜에 대해 그들의 하나님께 감사의 예배를 올린 거야. 하나님 감사합니다, 감사합니다. 하나님, 우리 하나님.

물론 나도 죽고 나면 백인이 될 거야. 모든 죽은 자들의 혼령은 하얗거든. 내가 백인들을 부러워하는 게 있는데, 바로 그들의 술과 담배이지. 맛이 최고인 거야.

곰곰이 생각해보면 당신이 찾는 게 뭔지 알 것 같단 말이야. 인생의 비밀 같은 거, 또는 그곳에 정말 신이 있는지를 알고 싶은 거야."

"본론으로 들어가면 어떨까요? 본론으로 말이지요. 신의 말씀을 듣고 싶군요."

"어쨌거나 아주 멀리서 왔구먼. 이 세상의 저쪽 끝에서 온 거야. 신도 동양인은 처음일 거야. 그 신은 흑인이거든. 그렇지만, 신은 시리우스별에서 이 세상 끝까지 구석구석 내려다보고 있으니까, 당신의 운명도 알 수가 있지. 신은 전지전능하시거든. 무슨 말인지 알겠어? 다시 말하자면…… 신은 땅과 하늘, 바다의 주인이시니, 동서고금을 통해 이 세상에 일어난 모든 일을 죄다 알고 계실 뿐더러 지금도 이 세상 구석구석에 일어나는 모든 걸 보시고, 모든 걸 듣고 계신단 말이지. 나는 이븐시나가 아니라 알가잘리를 숭배하거든. 이 븐시나는 신, 당신은 까마득히 높은 곳에 계시기 때문에 인간을 대충 매우 개괄적이고 관념적으로 알고 있을 뿐이라고 주장했었지. 그러나 그건 말도 안 되는 말씀이지. 쿠란을 완전히 곡해하였으니까 결국 알라를 모욕하는 거지. 한 때 신앙의 위기를 겪다가 '전능하신 하나님이 내 가슴에 비추어주신 한 줄기 빛' 덕분에 이를 극복한 알가잘리는 이를 반박했지, 이슬람이 인정하는 하나님은 이 세상에서 일어나는 모든 일을 샅샅이 알고 평가하신다고 했거든.

하지만 요즈음 신도 늙으니까 기억력이 점점 가물가물해지는 것이 아닐까 하고 걱정이 들거든. 신인들 나이를 어쩌겠어. 그래서 어쩔 수 없이 모든 걸 세밀하게 장부에다 기록하고 있을 거라고 그런데 신에게도 성격이 있을까? 신경질적이고 병적으로 질투가 심하거나 지독한 허풍쟁이이거나 또는 심술첨지이겠지.

그렇지만 신은 전지전능하니까. 인간의 생명과 죽음을 손바닥 위에 올려놓고 마음대로 하나를 고를 수 있는 거야. 이게 당신의 이름인가. 신께 당신이 이 성소를 방문한 사실과 당신의 이름을 알려 드려야지. 신께 묻고 싶은 게 많을 테지. 그러나, 신은 전지전능하니까, 전지전능하다니까…… 그렇고말고. 당신의 이름만 알아도 당신이 어디에서 왔는지, 누구인지, 어디로 갈 것인지, 무얼 알고 싶은지 다 알고 있으니까, 염려할 것은 하나도 없어.

여기는 인간의 더러운 손길이 닿지 않는 순수하고 때 묻지 않은 성소야. 여기에 있는 낡은 쿠란에 신의 성령이 강림하지. 조개껍질이나 호리병박, 야자나무 껍질이나 거북이 등껍질을 가지고 점을 치는 것은 완전히 미신이야. 해괴한 미신에 불과하지. 그런 것에 속을 건 없어. 당신만 바보가 되는 거야. 난 오직 신께 정성껏 기도하고 성령을 통해 신과 진지한 대화를 하지. 그러면 위대한 신께서 그의 비밀을 귀띔해 주는 거야. 알겠어?

그런데, 프랑스에는 왜 성직자보다 점성가가 더 많겠어. 너무 많은 돈을 주었어. 하지만 거절하진 않겠어. 신께서도 돈이라면 사족을 못 쓰지. 돈은 많을수록 좋은 거야. 나도 마을에 내려가면 돈 쓸 일이 많아. 요즈음 극심한 가뭄 때문에 시달리고 있지. 모든 게 말라버렸어. 그랬으니 쌀값이 몇 배나 뛰었단 말이지."

그는 몇 시간째 눈을 지그시 감고서 계속 고개를 끄덕이고 가끔 입술을 달그락거리면서 이상한 주문을 외운다. 그는 무릎을 꿇고 기도하는 자세로 접신接神을 하면서 진지하게 신과 대화를 하고 있었다. 그는 무아지경에서 신의 말을 듣고 있었다. 오두막집의 어스름 속에서 그의 신성한 얼굴에 땀이 흐르는 것이 보였다. 마침내 환희에 들떠서 몸을 부르르 떨더니 깊은 신음소리를 토해냈다. 그리고 눈을 떴다. 신이 은유적으로 넌지시 한 말을 알아들은 게 분명하였다.

"조용히, 조용히. 엄숙한 순간이야. 제발 집중해주게. 그래야만 신의 목소리를 들을 수 있으니까. 신의 말씀엔 아무런 논리가 없어, 눈곱만큼의 논리도 없으니까 그냥 믿으라고 믿음이 필요하지. 그런데 당신은 착한 사람이야. 참으로 마음에 드는 사람이지. 얼굴에 그렇게 쓰여 있어. 그건 신께 물어볼 필요도 없어.

하지만, 당신은 여자도 없고 자식도 없어. 스스로 불행을 안고 사는 사람이지. 그래서 외로운 거야. 지금 지독한 외로움을 겪고 있는 거야. 왜 스스로 인생을 즐기지 않나? 삶은 균형이야. 슬픔과 기쁨, 행복과 불행, 선과 악 등. 평생 갈 상처를 안고 있으니, 그러다가 편집증 때문에 자살하거나 미쳐버릴지도 모르겠군. 잊어버리라구.

문제는 당신이야. 그걸 신이 정확히 지적했어. 당신은 만날 여자한테서 도망만 다닌단 말이지. 예쁜 여자인지 못생긴 여자인지 가리지 않고 여자 쪽에서 미쳤다고 도망가는 남자를 쫓아가겠어, 그건 애시당초 도대체 기대하지도 마. 여자에게 거절당하는 것이 두려워서 사랑을 고백조차 못해서야 안 되겠지. 그건 세상을 사는 것 자체를 두려워하는 것과 똑같은 거야. 사랑은 현실이야. 아름답지도 순수하지도 위대하지도 않는 거야. 그런 허황된 말에 속아 넘어 갈 만큼 바보는 아니겠지. 하찮은, 정말 하찮은 게…… 그러니까 여자를 만나거든 겁먹지 말고 끝까지 쫓아가란 말이야. 그러면 진짜 좋은 배필이 찾아와서 당신에게 잘해 줄 거야. 아이도 열 명쯤 낳아주고 말이지. 신이 분명히 그렇게 말했어.

그런데, 당신 직업이 참으로 수상해. 허구한 날 길을 걷다가 지쳐서 쓰러지는 거야. 여기저기 길이 있는 곳마다 막 쏘다니고 있구먼. 그러니까, 도대체 큰돈을 벌 기회가 없는 거야. 그 원대한 꿈을 이룰 수도 없고 그 병을 고치기가 난감해. 당신은 다리가 병나기 전에는 계속 걸을 테니까. 그건 신도 어쩔 수 없다고 하네. 이쯤에서 결론을 내려야겠지. 당신은 멀리서 온 사람이고 또 멀리 갈 사람이야. 그리고 길에서 외롭게 죽을 운명이야.

마지막으로 늙은이가 인간적 충고를 하나 하고 싶군. 그걸 알게나. 늙어가는 사람만큼 인생을 사랑하는 사람은 없는 거라네.

그대는 자신에게 너무 잔인한 거겠지. 스스로에게 얼마나 잔인해지고 싶은 거야. 자기 자신을 적대시하고 있으니까. 지금 당장 필요한 것은 스스로를 위로하고 스스로에게 너그러워지는 거야. 인생에는 두 가지 기본 원칙이 있는 거야. 첫 번째는 사소한 것에 목숨을 걸지 마라, 둘째는 모든 게 사소한 일이다. 하나님은 '뱀같이 지혜롭고 비둘기처럼 순결하라'고 하셨어. 인간에게 중요한 것은 만용이 아니라 지혜인 거야.

그렇다고…… 당신더러 왜 집에 편히 있지 않고 이 세상에서 가장 먼 구석인 사막까지 와서 당신의 뼈를 묻으려고 하는가? 라고 묻지는 않겠어. 쓸데없이, 괜히…….

알라신이여! 위대한 신이시여! 이 사람을 지켜주소서! 이 사람을 보호하소서."

나는 어느 정도 신통한 점괘에 아연실색하였다. 족집게처럼 맞췄다고 할까. 나는 나 자신으로 되돌아오는 것을 느꼈다. 그래서 상당히 많은 돈을 추가로 내밀면서 그 무당에게 행운을 가져다 줄 영험한 부적을 신신당부하였다.

내가 말했다. "나의 적이나 불운, 다른 모든 것으로부터 날 보호해줄게 필요하지요. 나는 보호가 필요하다고요. 그리고 나에게 방향감각을 주고 인생의 목적을 밝혀주는 게 있어야 하지요"

그러나 그 현자는 그 돈을 냉정하게 거절하였다. 나에게는 지금 어떤 부적도 효험을 발휘할 수 없으니 돈을 받을 수가 없다는 것이었다.

그가 말했다. "불가능한 일이야, 부적으로는. 신이 미리 정해놓은 거지. 그건 희생 제물을 바쳐도 소용없을 거야."

푸른빛과 다양한 색채가 오묘하게 결합하여 시시각각 변화하는 아프리카의 하늘을 배경으로 하여 아득히 펼쳐져 있는 저지대의 황량한 황갈색 땅을 무심하게 내려다보며 나는 어느덧 무성하게 자란 검은 턱수염을 쓸었다. 그러나 두 눈에 눈물이 가득 고였다.

그녀와 마주칠 때마다 언제나 모호하고 아득한 어머니의 냄새를 맡을 수 있다. 그녀는 처음이자 마지막이다. 그녀는 존경받는 자이고 멸시받는 자이다. 그녀는 타락한 자이며 거룩한 자이다. 그녀는 아내이고 처녀이다. 그녀는 어머니이며 딸이다…… 그녀는 지식이며 무지이다.

그녀는 압도적인 힘으로 나에게 다가왔었다. 그러나 나는 그럴수록 떠날 수밖에 없었다. 순수한 사랑이었기에⋯⋯. 당신을 영영 떠나지 않겠다고 약속할 수는 없었어. 난 당신을 붙잡을 수 없었던 거지. 그럴 수밖에 없는 걸 이해해줘. 날 내버려둬. 내가 여자를 사랑하는 것은 불가능한 일이었을까.

그리고, 그 날의 일을 떠올렸다. 1998년 늦은 봄. 피부의 혈관이 터져서 피가 콸콸 흐르는 것처럼 하늘이 핏빛으로 붉어지던 토요일 늦은 오후.

황혼의 빛깔은 마치 무지개를 층층이 쌓아 놓은 것처럼 불타는 분홍, 장밋빛 분홍, 짙은 회색 분홍으로 변하고 있었다. 세상의 풍경이 황금빛 석양에 물들고 있다. 세속적인 모든 것이 사라지고 있었다. 그는 믿을 수 없는 하늘을 쳐다본다. 시뻘건 해가 석양 저편 어디론가 떠나고 있었다. 그는 그때 서초동 남부터미널 부근에서 방배동 쪽으로 아주 느릿느릿 길을 걷고 있었다. (그때는 아프리카로 가는 출국 준비가 거의 끝나서 홀가분했다고 할 수 있다. 그는 6월 초순경 출발할 예정이었다.)

그는 그녀와 길에서 갑자기 마주쳤다. 그녀가 먼저 깜짝 놀란다. 나는 **손희승**을 오랫동안 만날 수 없었다. 무슨 일인지, 그녀가 곧 회사를 그만두었기 때문이다. 한참 나중에서야 그녀가 새로 창간한 패션 전문 잡지의 사진기자로 갔다는 이야기를 들었을 뿐이다.

"상무님, 안녕하세요. 오랜만입니다. 죄송해요. 자세한 이야기도 없이…… 그냥 그랬어요."

두 사람은 짧은 거리에서 빤히 처다보면서…… 잠시 환한 미소에 잠긴다. 서로 반가워서 손을 잡을 듯하였다. 그러나 그녀가 주춤거렸다. 그는 그 자리에 꼼짝없이 서 있다. 그는 말 한마디 없이 훌쩍 떠나버린 그녀에게 심술이 나서 빈정대고 싶었지만 꽉 막혀버린 목구멍에서 말이 잘 흘러나오지 않았다.

손희승은 가던 길을 걷는다. 그리고 돌아보았다. 가볍게 손을 흔들더니 계속 걸어갔다. 그녀는 골목길로 꺾어지는 모퉁이에 너무 빨리 도달했다. 거기서 잠깐 멈추었고 그가 서 있는 쪽으로 다시 돌아보았다. 그녀는 환한 미소를 지으려고 하였지만 눈물이 글썽거려서 웃음이 나오지 않았다. 손희승은 뒷골목 길로 빨려 들어가듯이 사라져 버렸다.

그녀가 그때 했던 말이 오랫동안 여운을 남겼다. "참된 사랑은 작별 인사를 하지 않고도 사랑하는 사람과 헤어질 줄 알죠."

사소한 작별 뒤에는 영원한 이별이 뒤따른다.

그 건물, 최고의 걸작품, 경이로운 건물.

그 건물을 설계하기 전, **이도원** 회장님의 주문 사항은, 건물은 안전해야 한다는 것, 첫째도 안전, 둘째도 안전. 그래서 진도 7의 지진에도 끄떡없어야 하고 그 다음에는 내구성 문제인데, 그 건물은 최소 300년 이상, 그 이상으로 1,000년까지라도 온갖 비바람과 풍상

147

에도 견뎌내야 한다. 마지막으로 사람들이 안락함과 아울러 최대한 미적 감각을 느낄 수 있어야 한다.

그래서, 국제적으로 저명한 건축가들이 회장님의 요구 사항에 맞춰서 설계도 초안을 제시했지만 회장님의 까다로운 욕구를 충족시킬 수 없었다. 그런데 어쩐 일인지 회장님은 그 미술관의 설계자로 김규현 부장 (그 당시)을 지목한 것이다. 물론 그는 이 건물의 완성 이전에는 젊은 나이에 그저 평범한 설계사에 불과하였다. (그는 회장님이 어떻게 자신을 지명하였는지, 끝내 이유를 알지 못하였다.)

그 후, 회장님과 수행비서, 계열사인 건설회사의 사장, 그와 그의 부하 직원 1명 등이 함께 회장님의 마음에 드는 건물을 찾기 위해 세계 일주 건축기행을 한 것이다. 그들 일행은 먼저 일본으로 갔다. 그 다음 미국으로 갔고, 남쪽으로 브라질로 갔으며, 다시 유럽으로 건너갔다. 그들이 주로 관찰한 건물은 프리츠커 상을 수상한 수상 자들이 설계한 유명한 미술관이나 박물관이고 또 성당이나 교회, 수도원이 포함되어 있다.

교토의 국립 근대미술관·가와자와의 21세기 현대미술관·시마네의 고대 이지모 박물관·나오시마의 현대미술관·샌프란시스코의 드 영 미술관·세인트루이스의 퓰리처 미술재단·휴스턴의 메닐 컬렉션·휴스턴 미술관의 오드리 존슨 백 빌딩·시애틀 미술관·워싱턴 D.C.의 조지프 H. 허시혼 미술관 및 조각 공원·뉴헤이븐의 바이네커 희귀 서적 및 원고 도서관·신시내티의 로이스 엔드 리처도 로젠탈 기념 현대미술센터·뉴욕 로워 이스트사이드에 있는 신 현대미술관·뉴욕 메트로폴리탄 미술관·뉴욕 구겐하임 미술관· 오클랜드의 캘리포니아 오클랜드 박물관·상파울루의 브라질 조각 미술관·국립 상파울루 박물관·리우데자네이루의 니테로이 현대 미술관·빌바오 구겐하임 미술관·포르투의 세럴비스 현대미술관· 프랑크푸르트의 근대미술관·프랑크푸르트의 장식미술 박물관·뮌 헨글라트바흐의 압타이베르크 박물관·뮌헨의 괴츠 미술관·페터 춤토르가 설계한 스위스 줌비티크의 성 베네딕트 예배당·로마의 아라파치스 박물관·파리의 그랑 루브르, 오르세 미술관, 바스티유 오페라 극장, 국립 성서박물관, 조루주 퐁피두센터.

스페인과 이탈리아, 프랑스의 그 화려한 고딕식 또는 바로크식 궁전, 성당들.

단순한 건물과 검소한 장식이 특징인 칼뱅주의 교회들.

그리고 마지막으로 그리스 북동부에 있는, 동방 정교회의 수많은 수도원이 산재해 있는 아토스 산으로 갔다.

그러나, 어떤 건물도, 지금까지 살펴 본 수백 개의 건물 중에서 어느 것 하나 회장님 마음에 쏙 드는 것은 없었다. 그때까지 일 년 여의 시간이 소요되었다. 그러나 일행은 점점 지치고 싫증이 나고 초조해지기 시작했다. 그래서 마지막으로 가보기로 한 곳이 아프리 카, 그것도 사하라의 사막 지역이었다.

그리고, 모로코의 남쪽 도시 우아르자자테 근처 사막에서 대리석과 사암석으로 된 건물의 잔해를 발견한 것이다. 6각형의 주춧돌과 밑동만 간신히 남아있는 원형 대리석 기둥과 사암석으로 쌓아올린 건물의 외벽 일부가 그 모습을 드러내고 있었다. 그러나 전문가라면 그 건물의 규모와 구조를 어림잡을 수 있었다. 마침내 회장님은 그 건물에 필이 꽂혔다. 그러나 그 건물은 오랫동안 역사에서 사라졌었다. 그 건물은 신의 분노인 지진으로 무너진 후 그 잔해는 사막의 모래더미 속에 파묻힌 채 잊혀졌던 것이다.

그 건물은 풍요로운 오아시스에 건설된 것이다. 그때 수로를 연결하여 운하를 만들고 도시를 건설하였다. 그 도시에서 사막의 부족민들을 통치했던 왕은, 왕의 거처인 궁전과 성대한 의식을 거행했던 제단이 있는 신전, 왕릉 등이 어떤 원대한 계획에 따라 연결되어 있는 일군의 건물들을 축조한 것이다.

건물의 외벽은 원래 짙은 장밋빛이었거나 진홍색이었을 것인데 오랜 세월에 의해 빛이 바래있었다. 그리고 내부에는 거대한 미로의 흔적이 남아있고 이상한 상형 문자가 부조로 새겨진 내부 벽에는 채색 안료의 흔적이 아직도 남아있다. 그들 부족은 색채를 매우 중요시 여긴 것 같다. 그 건물들은 탁월한 설계와 건축 솜씨에 따라 지어진 것이고 그 신전은 성소였으므로 부족민들의 의무적인 순례지였을 것이다.

그러나 기후 급변에 따른 오랜 가뭄과 기근, 엎친 데 덮친다고 지진까지 일어나서 왕국은 몰락하고 지금은 그 폐허의 유적만 사막 한가운데 덩그러니 남아 있는 것이다. 그것도 이천 년 동안 모래언덕 밑에 묻혀있었던 것이다. 어느 날 사막에 모래 폭풍이 맹렬하게 불면서 모래언덕이 날아가자 그 허물어진 유적이 세상에 모습을 드러낸 것이다.

회장님이 말했다.

"이제서야…… 이제 찾은 거라네. 인간은 흙으로 태어났으니 죽으면 흙으로 돌아가는 거라고. 흙의 색깔, 황토색이야 말로 근원적인 색, 신의 색이라고 할 수 있는데 이 건물들은 원래 그 색깔이었던 거야. 나는 오래된 유적을, 잔해를, 그 그림자를 보면서…… 그 희미한 건물의 윤곽과 벽에서 사라져 가는 색채를 바라보며 슬픔을 느끼고 동시에 기쁨을 느끼는 거야. 벽을 구성하고 있는 희끄무레한 돌덩어리에는 영겁처럼 느껴지는 세월의 무게감과 함께 그 어떤 장엄함을 느낄 수 있지. 그것은 가혹한 환경에 대항하고 흘러가는 시간에 저항했던 거야. 예루살렘의 통곡의 벽처럼. 그러나 황량한 사막의 한가운데 쓸쓸하게 방치되어 있어서 슬프고, 하지만 왠지 모르게 마음을 끌면서 영감을 느끼게 해주니까 기쁜 거야.

그리고 말이지, 자연이란 신이 창조한 것이고 건축물의 형태는 자연을 모방한 것에 불과한 거야. 이 건물은 자연을 완벽하게 본 딴 것이고, 그러니까 이 건물을 설계하고 완성한 고대인들은 신을 경배했던 신실한 인간들이었어. 그러나 그들은 천재였어. 그래서 신이 규정한 수학의 법칙과 기하학의 황금비율을 완벽하게 재현하게 되었지. 예술에 있어서 독창성이란 게 있기는 한 거야? 독창성이란 게 태초로, 자연으로 회귀하는 거지.

나는 건축 전문가는 아니지만 건축에는 아주 관심이 많았지. 지금도 말이야. 잘 알고들 있겠지만…… 나는 대학을 안 나왔으니까 건축을 학문적으로 연구할 기회는 없었던 거야. 그러나 나는 원래 건설업으로 시작했고 그곳에서 잔뼈가 굵었거든. 그리고 우리 회사의 본사 건물은 물론이고, 수십 개 계열 회사의 건물, 심지어 전국 곳곳에 있는 수백 개의 공장과 창고를 지으면서 나름대로 연구를 많이 하고 깐깐할 정도로 관여를 많이 했지.

하지만 이번 미술관은 특별한 거야. 아주…… 시대를 초월해야 하니까.

규모가 큰 건물이라고 해서 무조건 멋지고 독특한 것은 아닌 거지. 나는 큰 것에 대해 언제나 의혹을 갖고 있지. 어느 철학자인지 기억나지 않지만 그가 '큰 것' 앞에서는 숭고의 감정을 느낀다고 하였어. 그러나 그가 말한 큰 것은 인간의 이성이나 상상력으로 도저히 측정이 불가능한 절대적인 크기, 다시 말하면 신이나 우주를 말하는 거였어. 건물은 건물일 뿐이야, 때로는 예술품으로 승격할 수도 있겠지만. 건물에서 숭고함까지 느낄 필요는 없겠지.

우리는 중세와 근대의 성당들을 지겹도록 살펴보았지만 지나치게 높고, 길고, 크고, 화려했지. 다른 성당보다 장려하고 웅장하게 보이도록 쓸데없이 경쟁을 하였던 거야. 인간들이란 게 본래 그런 거지만. 그런데 건축계의 루소주의자였던 로지에의 주장이 타당한 거야. 그는 성 베드로 성당도 베르사유 궁도 한심한 건물로 보았거든. 그는 좋은 건물의 기준으로 튼튼하고 살기 편한 것을 첫 손가락으로 꼽았어. 그들 성당 건물에서 조화와 균형이라는 건축의 원칙을 배울 수는 있겠지만 형태나 형식을 복사하는 것에는 찬성할 수 없는 거야. 자연과 일치하지 않을 뿐만 아니라 절제미가 없거든.

모든 게 자연과 부합하여야만 하지. 인간적인 규모를 갖춰야 하므로 알맞고 적당해야만 하는 거야. 그리고 미묘한 윤곽선이 있어야 하지.

안토니 가우디는 세상에는 직선이 아니라 목질이나 근육, 힘줄처럼 곡선 형태가 넘쳐난다고 생각했거든. 그러나 그건 아니야, 곡선만큼이나 직선도 넘쳐나지. 바르셀로나의 경이로운 건축물인 사그라다 파밀리아 성당은 기괴한 건물이라고 할 수 밖에 없어. 그렇다고 프랭크 라이트가 설계한 원 또는 나선형이라고 불리는 원형의 건물, 뉴욕 구겐하임 미술관도 내 마음엔 들지 않아. 또 말이지, 대량 생산한 컴퓨터 모형으로 설계한 빌바오의 구겐하임 미술관도 나는 아니라고 보는 거지. 석유 채취 시설과 같은 외관을 가진 퐁피두 센터도 별로인 거야.

그것들은 약간 창조적 아이디어를 갖고 있기는 하지만 독선과 아집을 가진 인간들이 만든 거지. 모두가 치밀하게 계산된 지나치게 인위적이지, 인위적. 건축의 본질을 외면하고 그건 쓸데없는 허영, 인간의 허영에 불과한 거지.

미술관 설계에서 약간의 새로운 영감과 창조적 모방이 필요하겠지. 그 폐허는 폐허지만 가슴이 뭉클할 만큼 아름답거든. 그러나 그 속에는 우리들이 도저히 보지 못하는 또 다른 아름다움이 꽁꽁 숨어 있을 거야. 건축가는 그걸 찾아내야만 하는 거야. 그러니까…… 뭐지…… 그렇지. 미래주의자들인가, 미래파인가. 달은 과거이고 지구는 현재이고 태양은 미래라고 규정했어. 그들은 달빛이 창백하고 나른하다고 해서 고리타분한 과거의 역사, 전통과 관습을 달빛에 비유하고 달빛 죽이기를 선언했어. 옛것을 완전히 버려야만 새것이 태어날 수 있다고 주장하는 거지. 그러므로 과거에서 온고지신의 정신으로 차근차근 배우는 것이 아니라 옛것을 새것으로 완전히 대체해야 한다는 거지. 그러므로 이 과정은 연속이 아니라 단절에 불과한 것이고, 연장이 아니라 비약이고, 발전이 아니라 혁명이라는 거지. 그들은 아버지를 죽여야 한다고 외쳤어. 참으로 어리석고 잔인한 자들이지. 불효막심한 녀석들 같으니라구.

시간이 인간의 주인이라네. 그래서 인간은 시간에 굴복할 수밖에 없는 거야. 기나긴 시간의 역사에서 찰나에 불과한 현재는 존재하지 않는 거야. 다시 말하면, 현재는 유일한 실재이지만 현재는 곧바로 과거로 돌아가니까 그 실재는 결국 부재라고 할 수 있겠지. 따라서 과거와 미래만이 있는 것이고 과거는 미래의 토대인 거지.

내가 예를 하나 들 수 있지. 레오나르도 다빈치하면 가장 먼저 떠오르는 이미지가 하나 있을 거야. 이탈리아에서 쓰는 1유로 동전의 뒷면에 나오는 벌거벗은 남자의 인체도를 말하는 거야. 그 그림의 제목이 바로 '비트루비우스 인간'이지. 비트루비우스는 다빈치보다는 500년 전 로마 시대 건축가인데 그가 서양 건축학의 고전인 『건축십서』를 썼고, 다빈치의 인체도는, 그가 아무리 천재라고는 하지만 그 책 때문에 가능했던 거야. 인체도는 그 책의 내용과 거의 일치하거든.

그리고 또 하나의 예를 들 수가 있지. 만유인력의 법칙을 발견한 아이작 뉴턴 말이야⋯⋯. 그가 쓴 「자연철학의 수학적 원리」는 근대 과학혁명에서 핵심적인 역할을 한 명저 중에 명저이지. 그러나 뉴턴은 이 책이 고작해야 성경시대에 이미 나온 고대의 지식을 재발견한 것에 불과하다고, 죽을 때까지 확신했던 거야.

그러므로 달빛 죽이기는 자기 아버지를 살해하는 존속 살인인 거지. 달빛은 절대로 죽여서는 안 되는 거야. 그런 거야. 과거란 달처럼 찌그러진 모습이 아닌 거지.

달빛은 태양처럼 눈부시게 빛나지는 않지만 은은하기는 하지. 드루이드교는 은은한 달빛을 사랑했고 달을 숭배하였지.

과거와 현재와 미래는 평화롭게 공존해야만 한다네. 과거와 현재와 미래의 사물들, 인간들, 신들 그러니까 모든 존재들이 서로 순서대로 또는 뒤죽박죽 연결되고 얽혀서 거대한 바퀴가 되고 바퀴는 무한정 굴러가다 다시 원점으로 회귀하며 순환하는 거라고 할 수 있겠지.

하지만 설계도가 완성되면 시공에 대해서는 걱정할 것 없어. 그쪽에서 감리나 감독까지 할 필요는 없다는 거지. 우리 건설회사가 완벽하게 할 거니까. 이미 최고의 기술자들을 교섭해 놓았지."

그들 일행이 귀국한 후 일주일쯤 지나 회장님과 다시 만났다.

회장님의 소박한 집무실에서.

회장님이 말했다.

"아무래도 김 부장이 우리 회사로 옮겨오는 게 좋겠어. 내가, 당신이 설계한 건물들을 모두 자세히 살피고 나서 심사숙고했지. 건설사의 설계 파트 책임자로 말이야. 아니면 설계 사무소를 따로 차릴 수도 있겠지. 당연히 즉시 상무로 승진시켜줄 것이고…… 계속 순조롭게 올라갈 수 있을 거야."

그는 예상 밖의 제안에 두려움을 느끼고 정중하게 거절하기로 마음을 먹었다.

"회장님의 배려는 감사합니다. 정말 감사합니다. 하지만 말입니다, 저는 명성 있는 건축가가 아닙니다. 어떤 경우에도 저희 회사를 떠날 수 없지요. 회사 사람들은 키워줬더니 떠난다고, 배신감을 느낄 것입니다. 제가 지금까지 설계한 것들은 적당한 크기의 아담한 건물들뿐이었습니다. 제 자신의 한계를 잘 알고 있지요. 회장님의 까다로운 주문사항을 소화할 자신이 없습니다.

다시 말씀드리면…… 회장님이 원하시는 건물을 설계할 수 있을지 의문입니다. 완벽한 것은 없습니다. 가장 완벽한 것이란 죽음밖에 없을 것입니다. 다시 한 번 생각해 주십시오."

"의외의 말을 들었구먼. 김 부장은 언제나 자기 생각대로 하는 거야? 신은 신이면서도 가끔은 자신의 뜻대로 하지 못하는 것이 있는 것 같던데."

"제가 이번만, 이번만 하면서 버티다 보니 조금씩 제대로 그리게 된 것입니다. 제가 해야 할 일이 있습니다. 그 일에 집중하는 것이지요."

"나는 타인의 인정에 연연해하지 않는 사람, 연연한다기보다는 오히려 불편해 하는 사람, 칭찬 받으려고 애쓰지 않는 사람을 찾고 있는 거야. 그런 거야. 그런 사람은 아무도 안 보는 곳에서 맡은 일을 묵묵히 완수하고, 다시 말하면 일에 몰입하는 것에서 기쁨을 느끼고 만족감을 느끼는 거야. 그런 사람일수록 아주 세세한 부분까지 꼼꼼하고 완벽하게 해내지. 오직 자기 일에만 아주 강렬한 열망을 갖고 있는 사람이라고 할 수 있지."

그는 부담스러웠는지, 평소에 어떤 질문에도 말을 더듬는 것처럼 신중하게, 느릿느릿 대답하는 그의 대답이 더욱 느려졌다.

"……. 저한테는 해당되지 않는 것 같습니다. ……. 회장님은 사람을 보는 안목이 탁월하다고 정평이 나있습니다만 이번만은 틀린 것 같습니다."

"난생 처음이야. 내 주위에는 잘난 사람이 너무 많다네, 질릴 정도이지. 하지만 오늘은 괜찮은 날, 그렇지 아주 좋은 날인 것은 틀림없구먼. 평생 동안 그런 좋은 기회를 거절하는 사람은 못 봤으니까. 정 그렇다면, 나는 김 부장을 귀찮게 할 생각이 없네. 건물이란 한 요소와 다른 요소가 균형을 맞춰 무너지는 것을 방지하는 것 아니겠나. 나는 아무 조건도 걸지 않겠네. 건축에 관한 한 무조건 김 부장한테 일임하겠네."

그는 설계도를 시작하고 몇 달이 지나서 혼자서 우아르자자테에 다시 갔다. 배낭만 메고 훌쩍 떠났다. 일생일대의 정신의 토목공사를 시작하면서 다시금 시작의 두려움에 사로잡혔던 것이다. 그때는 설계도의 전체적인 윤곽이 꿈속에서처럼 매우 흐리고 불투명했다. 다만 그 건물은 수직으로 세우는 것이 아니라 수평으로 눕혀야 한다는 것만 결정된 상태였다. 형태와 구조, 건물의 질감, 색상은? 그러나 백지의 종이 위에서 어떤 감각적 꿈틀거림도, 충동도, 욕망도, 환상도, 섬광도, 의지도 일어나지 않았다. 그저 무기력하여 막막하고 앞이 캄캄할 뿐이었다. 제도판 앞에만 서면 팔은 돌처럼 굳어서 움직일 수조차 없었다. 그러니까 모든 걸 철저히 파괴하고 해체해야만 할 것이다. 모든 걸 증오하고 왜곡할 수 있어야 한다. 나의 본능이 생생하게 살아나고 보다 더 다르게 생각하고 거기서 한 발 더 나아가야한다. 주제를 찾아야한다. 그리고 보다 분명하게, 보다 정확하게, 보다 격렬하게 다시 만들어야 한다.

……끝까지 오세요 떨어질 것 같아요 끝까지 오세요 너무 높아요 끝까지 오세요 그들은 왔고 우리는 그들을 밀어 버렸다 그렇게 그들은 날기 시작했다……

그는 그 폐허 옆 사막에 마치 고행을 하는 수행자처럼 천막을 치고 물과 빵만 먹으며 한 달을 보냈다. 그 폐허의 영혼과 신과 교감하고 대화를 나누고 싶었던 것일까? 그는 영적 교류를 통해 어떤 영감을 얻고자 했던 것일까? 사막에 파묻혀 있던 폐허를 2,000년 동안이나 지켜온 그 신은 지금 그에게 환영을 보여주고 어떤 계시를, 예언을, 암시를, 예술을, 주술을 내릴 수 있을까? 그 영감은 마법과 같은 힘을 갖고 있을 것인가?

사막에서 바람은 항상 기묘한 조화를 부린다. 지중해의 계절풍은 작은 언덕처럼 쌓여있던 바닥의 모래 무더기를 멀리 날려 보내버렸다. 자신이 수백 년 동안이나 쌓아 놓았던 모래를 말이다. 그래서 폐허의 정면 오른쪽 귀퉁이에 돌바닥이 군데군데 어렴풋하게 들어나 있다. 그는 말할 수 없이 깊은 호기심 때문에 모래를 쓸어내고 돌바닥을 두드려 보았다. 그러자 아래 지하공간으로부터 희미하게 공명하는 소리를 들을 수 있었다. 그는 힘겹게 금이 간 돌바닥을 들어내고 비록 고르지 못하고 여전히 모래가 발밑에서 서걱거리는 완만한 계단을 따라 왼손으로 벽을 더듬으며 조심스럽게 밑으로 내려갔다. 손전등의 불빛 속에서 일직선으로 뻗은 계단을 내려서자 낮은 천장의 긴 터널이 뻗어있고 그 끝에 동굴 같은 것이 보였다. 아직 그렇게 멀리까지 온 것 같지는 않다. 칠흑 같은 어둠 속에서 거리 감각을 잃은 것이다. 그는 암흑의 심연에 빠진 느낌 또는 존재의 공허 속에 빠진 것 같은 느낌을 받았다. 동굴 속은 매우 음산하다. 오싹한 느낌. 깊은 동굴이 내뿜는 공포와 신비감. 천장에는 거미줄이 촘촘하게 얽혀있고 새까만 괴물의 모습을 한 거미들이 가늘고 긴 다리를 건들거리며 느릿느릿 기어 다니고 바닥에는 사막 쥐와 전갈, 지네, 개미 떼 등이 재빠르게 지나다닌다. 벽면에는 온통 빙 둘러서 다양한 동물 조각상들이 부조로 새겨져있다. 그 동굴 속에는 처음에는 뭔지 알 수 없는 하얀 돌무더기들이 모래에 묻혀있는 것처럼 보였지만 자세히 살펴보니 그것들은 수많은 사람 해골과 뼛조각이었다. 손전등의 예리한 불빛이 하얀 해골을 한 망가진 얼굴을 훑었다. 해골들의 눈구멍 속에 있었던 빛났던 눈동자들은 이미 먼지가 되어 사라지고 없었다. 그러나 해골과 뼈에는 예리한 쇠로 찔린 흔적이 남아있다. 그것은 꿈도 아니었고 환상도 아니었다. 그것은 공포도 아니었고 바로 신비한 것이고 신성함이었다. 그는 그때 온몸이 거의 알아채기 어려울 정도로 미세하게 떨리는 것을 느꼈다. 그는 소리 없이 울었다. 그리고 말했다. 2,000년 동안이나 여기 계셨군요. 누굴 기다리고 있었나요. 저 멀리, 이 세상 끝인 동양에서 온 사람을……. 당신들은 불멸성을 획득한 신입니다. 그러므로 죽음은 이제 끝났습니다. 죽음 대신에 빛이 있을 것입니다.

그는 직감적으로 느꼈다. '세상의 왕'도 타지마할의 공사가 끝났을 때 그렇게 하지 않았던가.

그들은 무어인의 조상들이다. 스페인에서 **알람브라** 궁전을 지었던 무어인들의 조상.

그들은 이 폐허의 유적을 설계하고 건축 공사를 담당했던 건축가, 공사현장의 감독관 그리고 공사장 인부, 노예들이었다. 그 건축물이 완공되자마자 왕은 그들 전부를 죽이도록 명령을 내렸을 것이다. 그 건물의 비밀이나 시공기술이 밖으로 새어나가면 안 되기 때문이다. 그건 봉인된 신의 비밀이어야만 했다. 그 건물을 설계하고 총감독했던 위대한 건축가는 아주 흔쾌한 기분으로 집행자의 칼날을 받아들였을 것이다. 그는 말했을 것이다. 폐하, 저는 기쁜 마음으로 먼저 갑니다. 폐하, 우리 폐하, 감사합니다. 저 신성한 것이 마침내 축성을 끝냈지 않았습니까. 그래서 저는 마땅히 죽어야 하지요. 폐하께서는 만수무강하십시오.

이 편집증 환자는 침묵과 명상 속에서 누군가와 대화를 시도하였다. 건축가가 항상 비범한 일을 해야 한다는 강박관념에 사로잡혀서는 안 되지요. 완벽을 추구하는 일은 미친 짓이 아닐까요. 어떻게 대자연의 경이와 아름다움을 그대로 재현할 수 있겠습니까. 하지만 상상력에 제한을 두지 않는 독창적인 건축정신은 반드시 필요한 것이 아닌가요. 예술가적인 영혼과 심장이 있어야 하겠지요. 그러나 저에겐 오래 전에 그것이 고갈되어 버렸던 것이지요. 벌써 말입니다. 저에게 오직 건축의 본질만을, 생명력만을 표현할 수 있는 단순성과 간결성을 가르쳐 주십시오. 저는 지금 기교나 장식, 아름다움을 말하는 것이 아닙니다. 저는 이 프로젝트를 맡으면서 다시 강박증에 시달리고 신경과민이 되었습니다. 저에게 카타르시스와 함께 헌신과 열정을 불러일으켜 주십시오. 제가 이 일을 끝마쳤을 때 가슴이 텅 비고, 슬픈 느낌이면서도, 행복함을 느끼게 해주십시오.

어떤 **장엄한 목소리**가 말했다.

"네가 이것만은 알아야 할 것이다. 지금은 모래에 묻혀서 폐허가 되었지만 그때는 오아시스였었지. 999개의 샘에서 물이 솟구쳐 나와 생명수를 공급했으니 99만 그루의 대추야자나무와 올리브나무들이 녹색의 성벽처럼 오아시스를 두르고 있었고, 울창한 농장에는 무화과, 오렌지, 살구, 포도와 갖가지 열대 채소가 자라고 있었으니 새들과 나비들과 꿀벌들이 끊임없이 날아다녔지. 천국이 따로 없었지. 숭고했고 장엄했고 평화스러웠어.

그 건물의 기초를 쌓을 때 나는 수천 마리의 양들과 낙타들 그리고 수백 명의 인간을 땅속에 매장하였느니라. 건물의 무게를 지탱하려면 땅의 신에게 산 재물을 바쳐야만 하였다. 나는 오직 그 훌륭한 건물이 가혹한 기후를 견뎌내고 끝내 무너지지 않고 영원하길 빌었을 뿐이다. 그러나 그것만으로는 신의 분노를 잠재울 수가 없었으니……

그 성전은 멀리서 보면 우뚝 솟은 사막의 모래언덕처럼 자연스럽게 보였지만…… 그렇지, 너무 자연스러워서 착각을 불러일으킬 만

했었지……. 한낮의 태양 아래서는 눈부시게 하얗고, 해가 지평선 너머로 저물어가는 석양 속에서는 분홍빛이거나 빨간색, 마침내 노란색이거나 푸른색이었고, 저녁 해와 함께 서쪽으로 떠나갈 때 그 색채들은 흐느끼며 환호하고 슬픈 노래를 불렀고, 땅거미가 완전히 질 때부터는 완벽한 암흑이었고, 달이 뜨는 밤이면 창백한 얼굴이었고, 여명의 동이 틀 때 즈음에는 핏빛을 띄었지. 이곳에도 가끔 비가 내리거든…… 정말 가끔. 휘몰아치는 비가 잠깐 동안 소용돌이치며 거친 자갈땅에 쏟아진 거지. 그럴 때는 어두운 뇌운 사이로 희미하게 어른거렸지. 번갯불이라도 번쩍이면 그 불빛에 붉게 타올랐고…….

이 성전은 검게 그을린 주춧돌만 남았으니 어쩌겠느냐. 그 모든 것이 침묵과 고독 속에 남아있었다. 시간이 그렇게 많이 흘러갔으니 나는 그 시간들을 기억조차 할 수 없느니라. 전체적으로 구조물은 돌로 된 둥근 기둥들에 의해 떠받쳐지고 둥근 기둥마다 촘촘한 간격으로 들보가 올려져있었지. 그러나 건물의 구조와 형태에 관해 더 이상 할 말이 없느니라. 그 설계도를 복원하려는 것은 어리석은 짓일 게야. 사색에 몰두하라. 그리고 상상력의 날개를 마음껏 펼쳐라. 그러면 내 가슴 속에 그 넓이와 형태가 환하게 떠오를 것이다. 왜! 아니겠느냐!

그리고 말이다…… 건물이 완공된 후 나는 마지막 희생 제물이 되었느니라. 그게 나의 어쩔 수 없는 운명이었다. 하지만 왕의 지엄하신 분부에 따라 흑인 노예의 빛나는 칼날이 어지럽게 눈앞을 어른거렸던 것만은 어찌 잊어버릴 수 있겠느냐.”

사막의 낮은 지독히도 더웠다. 그는 사막 여행가였으므로 이를 참고 견디는데 익숙하였지만 그러나 사막의 뜨거운 열기 속에서 한 달이 지나자 공포와 두려움에 쌓여서 일시적으로 정신착란에 빠지고 환각과 환상을 보기 시작했다. 하지만 별이 빛나는 아름다운 밤이었다! 축복이 있으라, 축복이. 그날 밤 초승달이 그 모습을 드러내고 있었다. 그리고 뭔가 자신의 가슴을 관통했다. 그는 어떤 신비로운 힘에 이끌려서 최면 상태와 같은 황홀경에 빠졌다. 그는 목구멍에 무슨 덩어리가 걸려 있는 것 같은, 배 속과 모든 내장이 꼬인 것 같은 느낌을 받았으며 가슴이 메어 눈물을 흘렸다. 그리고 그 다음날, 그는 가슴 속에 이루 말할 수 없는 흥분을 간직한 채로 귀국했다.

그는 설계도면에 고도로 정신을 집중해서 세밀한 손놀림으로 자신의 집중력과 인내력을 시험했다. 그리고 다른 곳을, 멀리 있는 것을 바라보고 중요한 것과 그렇지 않은 것을 구분하고 선택했다. 그는 계속적으로 몰입했다. 그 시간 동안 자신이 하는 일을 잊어버렸다. 일종의 무아지경에 빠진 것이다. 자신을 완전히 잊어버린 무아 無我, 망아 忘我, 허심 虛心의 상태가 되었으니 연필을 쥔 손이 전혀 내 몸의 일부가 아닌 것처럼 느껴졌다. 손은 설계도면에서 저절로 혼자 움직이고 있었다. 느리게 빠르게. 때로는 움직임이 너무 빨라서 눈으로 볼 수 없는 지경이었다. 흐뭇한 감정이 온몸을 타고 흘러

내렸다. 하지만 건물이 어느 정도 완성되고 그 모습을 드러냈을 때쯤 그는 아연실색하였다.

그 건물은 그의 독창성인 아이디어에 따라 창조적으로 설계한 것이 아니라 우아르자자테 건물의 완벽한 재현에, 몇십 배로 확대한 것에 불과하였으므로 의문의 여지없이 진정한 모사품이었다. 그러므로 그 폐허의 유적에서 묻어나는 울림이나 감동, 소리, 무게감을 느낄 수는 없었다. 돌이켜보니 그는 자신의 건축 미학에 따라 현대적으로 변형시킨 것에 불과하였던 것이다. 그러니까 그 폐허의 외형과 윤곽선과 이미지와 일치하되 건축 재료는 현대적인 재료를 사용하는 것으로 설계를 한 것이다. 그는 색에 극도로 민감하지만 황토빛 사막색을 특히 좋아했고 건물 내부에는 복잡하게 얽혀있는 미로를 좋아했다. 다만 기술적이고 세부적인 사항은 회장님이 넌지시 요구한 사항을 충분히 반영하였는데 그들 사이에 견해 차이는 아무것도 없었다. 완전한 의견 일치를 본 것이다.

그러므로 아무리 애를 써도 인간은 결국 복제품밖에 만들지 못할 거였다. 어떻게 인간이 무無에서 유有를 만들어 낼 수 있겠는가. 예술이나 문학, 건축에서 순진한 의미의 창작이라는 개념이 있을 수 있는가. 원래 진정한 창조 행위는 신의 영역에 속한 것이어서 오직 신만이 창조할 수 있기 때문이다. 인간은 생산 또는 재생산할 뿐이다. 그래서 솔로몬은 말했다. '*이 세상에 새로운 것은 없다. 모든 새로운 것은 단지 망각의 결과일 뿐이다.*'

165

그런데 신은 그 신비한 비밀을 그대로 내뱉는 법이 없다. 모호하고 다의적인, 설명이 불가능한 그래서 오독할 수밖에 없는 상징과 은유를 사용하기 때문이다.

사막에 밤의 어둠이 내리면서 모래바람이 가볍게 회오리를 일으키며 대지를 휩쓸고 지나가는 소릴 들을 수 있었다. 초저녁 밤하늘에는 어느새 쏟아져 흘러내릴 만큼 무수한 별들이 반짝일 것이다. 밤이 깊으면 금실과 은실의 은하수로 수놓은 하늘에는 노란색인 레몬빛 별들도 있고, 핑크빛이나 초록빛 혹은 파란빛이나 물망초빛을 띠는 별들이 저마다 빛나리라. 지금 모래무덤 속에 누워있어서 그 마지막 별빛을 볼 수 없어서 너무 유감이지만 말이다. 하지만 밤하늘에 빛나는 무수한 별들에게 감사의 말을 전하고 싶었다. 이번 여행에서처럼 그 별들이 그렇게 아름답게 보인 적이 없었다. 밤하늘에서 수많은 작은 미소들이 쏟아져 내렸다. 그는 그들로부터 많은 위안을 얻었다. 자기가 죽으면 그의 영혼이 하늘로 날아가서 티끌처럼 작은 별이 될지도 모른다고 생각하였다. 그 작은 별은 빛이 너무 희미해서 지상에서는 아무도 찾을 수 없을 것이다.

밤의 한기가 담요를 덮고 있는 삐쩍 마른 몸속으로 스며들고 있었다. 이 지독한 추위도 이제 마지막이야. 그는 지금 죽음을 눈앞에 두고 마지막 숨을 가냘프게 호흡하고 있었다. 이 순간 부드러운 모래더미 위에 허깨비 같은 몸을 뉘이고 결국 성취하지 못할 꿈을 되새기고 있는 자신이 한없이 한심하였다.

이곳에 있는 것은 무엇이든지 그곳에 있으리라. 그곳에 있는 것이 마찬가지로 이곳에도 있으리라. 이곳에 있는 것과 그곳에 있는 것이 차이가 있다고 보는 자는 영원히 죽음에서 죽음으로 이르는 길을 걸으리라.

참된 마음만이 이것을 깨달을 수 있으니, 그곳은 이곳과 아무런 차이가 없다.

그러나, 나는 죽기 바로 전에 마침내 깨달은 것이다, 진리의 빛을.
깨달음과 함께 오는 확신의 순간.
자신이 옳다는 절대적 믿음이 불현듯 밀려오는 순간.
순수한 사랑, 순수한 창작물에서 순수란 무엇인가? '순수한'이 이 세상에 있을 수 있는가? 신인들 지고지순하다고 할 수 있을까? 이 혼탁한 인간의 삶에서 그게 어떤 깊은 의미가 있겠는가 말이다. 순수는 실체가 없는 허울이다.
가면. 위선. 자기기만.
사랑이 무엇이었던가? 나는 순수한 사랑에 대한 헌신을 꿈꿨다. 개뿔이나 그게 무슨? 사랑은 그저 현실이다.
그런데 예술가는, 건축가 역시 영원히 지속되는 아름다움의 원천, 실존적 본질인 원형, 만약 신이 존재한다면 그 신이 설계했을 그것을 모방해야만 하는 것이다. 신이 바로 자연이기 때문이다. 자연은 미지의 세계이고, 그러므로 범접할 수 없는 절대적인 권위를 갖고 있는 것이다. 절대선이고 완전함의 표상이다. 예술은 자연의 모방이고, 재현이고, 은유이고, 유추인 것이다. 그래서 인류가 탄생한 이래 수많은 그림과 조각, 건축물은 그것의 모사일 뿐이다.

나는 이제야 어렴풋이 또는 명확히 알게 되었다. 건축가로서 평생 동안 품고 있었던 순수 창작품에 대한 열망, 목마름, 자신의 강박관념을. 나는 오랫동안 그것에 꽁꽁 묶여있었으니…… 거창한 꿈과 노력에도 불구하고 나 역시, 결국 모사품에 불과한 극히 평범한 건물을 설계하고 시공하고 말았지 않은가. 독창성이란 무엇인가? 신중한 모방이외 아무것도 아닌 거야.

회장님의 말씀이 백번 옳았던 거지. 회장님은 그때 논어 論語의 온고지신 溫故知新을 지적한 것이었어. 과거가 없는 현재와 미래는 없는 것이니까. 인생에 있어서나 어떤 앎에 있어서나 중요한 것은 미래가 아니라 과거라고 할 수 있겠지.

과거는 인간의 보물이다. 과거는 현재와 미래의 원천이다. 우리가 가지고 있는 것은 과거뿐이다.

그러니까 달빛을 살해해서는 안 되는 거지. 달빛은 위대한 과거를 상징하는 거고 그러므로 거인인 거지. 나는 건축가로서 난쟁이에 불과했지만 그래도 거인보다 더 멀리 볼 수 있었다면, 그것은 거인들의 어깨 위에 올라섰기 때문이었겠지.

시인의 죽음

시인詩人의 죽음

위대한 시인은 오직 죽음을 통해서만이
온전히 자기 자신이 된다.
— 빅토르 위고

탈북자의 수기

(내 이름은 **김영호**이다. 이 글은 2012년 6월경 북한이탈주민연구학회 주최의 한 모임에서 발표한 내용을 변호사님의 도움을 받아 수기의 형식으로 재정리하여 그 단체 발행의 비정기 간행물에 게재한 것임을 미리 밝혀둔다. 필자는 그 발표 자체를 꺼려했지만 신세를 많이 진 주위의 강력한 권고를 뿌리칠 수 없었다. 그리고 자식에게 신성한 임무를 부과했던 지하에 계시는 나의 아버님께 우여곡절 끝에 그 임무를 완수했음을 말씀드리게 되어 감개무량하다. 나는 남조선에 와서야 그 시인의 죽음과 관련해서 많은 오해가 있었고, 이 때문에 그의 가족들이 오랜 세월동안 말할 수 없는 정신적 고통을 받았음을 알았다. 이제 뒤늦게나마 그 의혹이 해소될 계기가 되었으므로 필자는 안도감을 느낀다.)

나는 남조선 사회에서 소위 탈북자라고 부르는 사람입니다. 북조선을 스스로 탈출한 사람이니 틀린 말은 아닙니다. 그러나 1990년대 중반을 기준으로 삼으면 그 이전에는 귀순용사로 제법 대접을 받았으나, 그 이후 특히 2000년대 들어와서는 탈북자가 귀순할 때마다 언론에 대서특필되는 일이 점점 줄어들다가 지금은 특별한 경우가 아니면 간단이라도 보도조차 되지 않습니다. 탈북자 이야기는 너무나 흔해빠져버린 것입니다. 이제 남조선 사회에서 소수자나 약자를 들먹일 때는 장애인, 비정규직 노동자, 불법체류자, 동남아 출신의 결혼 이주 여성, 다문화가족의 아이들, 외국인 이주 노동자와 함께 탈북자들이 빠지지 않고 거론됩니다. 가끔은 성적 소수자, 동성애자도 소수자에 포함되기도 합니다.

그런데 언제부터인가 정부가 솔선수범해서 '새터민'으로 개칭하였습니다. '새로운 터전에서 희망을 갖고 사는 사람'이라는 뜻이라고 합니다. 또 어떤 탈북자 단체는 '자유 북한인' 아니면 '자유 이주민'으로 불러달라고 했답니다. 그러나 명칭이 바뀐다고 무어가 달라지겠습니까. 남조선 사람들은 탈북자에 대해 동포애로서 차이를 인정하기보다는 가난하고 천덕꾸러기 이웃으로 차별하고 있으니 말입니다. 우리는 공산주의 조국에 침을 뱉고 돌아서서 다시 약육강식의 논리가 지배하는 물질만능의 자본주의 국가에서 이방인 신세가 되어 멸시와 천대를 받는다고 한들 누굴 원망할 수 있겠습니까. 황금만이 최고인 비인간적인 사회에 대해 환멸을 느끼고 자포자기

할 수밖에 더 있겠습니까. 주체할 수 없는 자유가 무언지도 모르겠습니다. 그러므로 솔직히 말씀드리면 여전히 심한 외로움과 고독감, 소외감에 사로잡혀 있어서 인생이 허무하다는 생각을 떨칠 수가 없습니다. 아니면, 스스로 목숨이라도 끊어야만 할까요.

나의 탈북 루트 역시 대부분의 탈북자와 다르지 않습니다. 우선 국경을 넘는 과정은 인민군을 매수해서 뇌물을 주고 그가 눈감아주면 강의 여울목을 건너 중국으로 건너갑니다. 한겨울이면 꽁꽁 언 강을 건너기도 합니다. 그러나 국경을 넘는 것으로 끝나지 않습니다. 그건 첫 단계에 불과하지요. 중국으로 탈출한 탈북자들은 또다시 남조선으로 가기위해 목숨을 걸고 온갖 고난을 겪으면서 라오스, 캄보디아, 베트남, 태국, 몽골의 초원 등을 경유해야 하는 지옥과 같은 여정을 밟아야 합니다. 그리고 탈북 과정에는 반드시 탈북브로커나 선교사, 인신매매조직의 활약이 빠지지 않습니다. 탈북브로커의 횡포는 북조선 땅에서부터 남조선 땅까지 긴밀하게 연결되어 있으니 어찌 그들의 마수에서 벗어날 수 있겠습니까. 나 역시 그랬습니다.

북한에서는 남자라면 대부분 4년제 인민학교를 거쳐 고등중학교를 졸업하고 하전사로 군대에 입대해서 10년을 복무해야 합니다. 그러나 나의 경우 시험점수가 좋았기 때문에 3년간의 군사학교를 거쳐 군관학교로 바로 갈 수 있었습니다. 그런데 나는 중대장을 끝으로 군대를 일찍 제대하였으나, 군사학교와 군관학교의 동기동창

생인 나의 친한 고향 친구는 소좌까지 진급해서 계속 복무 중에 1995년경 고난의 행군 시절에 제대하였습니다. 그 시절에는 인민군도 밥그릇 수를 줄이기 위해 제대를 반 강요하다시피 하였습니다. 그는 제대 직후 흥남17호공장의 직장장으로 발령을 받았으나 아무 소용이 없었습니다. 그 당시 공장은 이미 전력이 끊기고 재료가 없어서 대부분 복무원들이 식량을 구하러 농촌으로 떠나버려서 공장은 사실상 문을 닫은 거나 다름없는 상태였습니다. 그래서 그는 사실상 철직한 상태에서 몹시 궁핍하였습니다. 지금 그 친구의 이름을 공개할 수는 없습니다.

내가 탈출을 결심했을 당시 당연히 그와 긴밀히 상의하였고, 그는 탈북 루트를 잘 알고 있다면서 두만강 초소의 인민군을 매수하기 위해 필요한 거금의 돈을 요구하였습니다. 그 당시 형편에서는 엄청난 거금이었지요.

그가 말했지요.

「넌 순수하지만서두 너무 고디식해서 탈이지. 지금 북조선은 위에서부터 아래까지 두루 썩어버렸디 않겠어. 멕이디 않음 되는 게 없는 세상이야. 내가 인민군 후방 사단에 복무할 당시부터 국경경비대 사람들을 잘 알고 있슴매. 잘 멕일테니까 걱정 말라우.」

그래서 나는 마련한 자금 중에서 거의 반을 그에게 주었고 그 날을 가슴이 터질듯한 심정으로 기다리게 되었습니다.

그 날, 이슥한 밤이어서 그 곳 초소 부근의 지리를 자세히 기억할 수는 없습니다. 늦봄의 밤은 어둠 속에서 아름다웠다는 것만은 기억합니다. 그 친구가 말했습니다. 백두산에 가까운 상류이기 때문에 두만강은 강폭도 좁고 강물은 냇물처럼 적게 흐르며 물이 하도 맑고 깨끗하여 강 속의 조약돌이나 모래알이 밝은 낮이면 보일 정도라고 하였습니다. 그래서 바지를 걷고 걸어서 건너는데 하등 지장이 없다는 것입니다. 강을 건너면 바로 중국의 길림성 연변조선족자치구였습니다.

그리고 친구가 마지막으로 말했었지요

「시름 탁 놓으라. 모든 게 한 오라기 차질 없이 잘 될 테니까. 그쪽 국경연선지대는 경계가 아주 허술한 곳이다.」

친구와 나는 함흥에서 기차를 타고 혜산까지 갔습니다. 그러나 혜산은 승인번호구역 (여행제한지역)이어서 담배 2타스를 주고 혜산 장마당에 가는 것처럼 하여 여행증명서를 만들어서 갔습니다. 혜산에서 보천, 삼포, 삼지연 등으로 목탄차를 타고 또는 걸어서 사흘 만에 목적지에 도착했습니다. 그 지역은 험한 산악지역이어서 교통이 안 좋고 여전히 나무가 풍부하여 목탄차가 달리고 있었습니다. 해가 지고 완전히 어둑해질 무렵 그 초소의 전방 1킬로미터 갈림길에서 친구와는 헤어졌습니다. 나는 그때 몇 번이고 뒤를 돌아봤습니다. 그러나 친구는 쏜살같이 달아났지요 그때 친구는 헤어지면서 제대로 이별의 말도 못하고 웬일인지 허겁지겁 도망치듯 돌아갔습니다. 나는 밤이 더욱 깊어가도록 길섶 늙은 소나무 기둥 밑에서 불안한 마음으로 시간이 흐르기를 기다려야 했습니다. 그리고 나서 초소로 가서 혼자 경비를 서고 있는 하전사를 만나게 되었습니다. 그는 스포츠형 머리에 키는 북조선에서는 평균이라고 할 수 있는 165cm 정도였고 이십대 초반으로 앳돼 보였습니다. 반쯤 눈을 감고 졸고 있었는데 입에는 독하기로 소문난 값싼 중국제 담배가 물려 있었습니다. 어둠 속으로 담배 연기가 흩어지고 있었습니다.

그가 말했습니다. 「드디어 시간에 맞춰서 오셨구만. 돈은?」

「돈은 진즉 충분히 지불했는데, 무시기 소리요」

「무슨, 뚱딴지같은 소릴. 지금 받기루 했다구.」

나는 어렴풋이 사태를 짐작했습니다. 친한 고향 친구의 배신. 나는 분해서 속으로 이를 갈았지만 어쩔 수 없었습니다. 그래서 새까만 하전사에게 애원조로 말했습니다.

「동무, 난 가야하오. 보내주소」

「이 새끼. 쌍 간나 새끼. 사람을 밀루 보구. 널 국경탈출죄로 체포하겠어. 그리구 수용소로 넘길 거라구. 수용소에 가서, 수용소 알고 있디?」

「동무, 도와주시오. 이렇게 사정할게.」

「누구 맘대루. 날 헐하게 보고 이 개간나, 따끔한 맛을 보여주겠어.」

그가 그 즉시 군용 단도를 빼들었습니다. 그때 그의 낡은 AK소총은 탄창이 빠져 있었지요. 아마 탄창이 꽂혀 있어도 녹슨 총은 총알이 발사되지 않을 것처럼 보였습니다. 그가 칼을 들어 찌를 듯이 무섭게 위협하였습니다. 그가 칼을 허공에서 획획 휘두르자 날카로운 칼날이 눈앞에서 번쩍거렸지요. 그러나 나는 재빨리 그의 오른손목을 비틀었고 칼이 바닥에 떨어지기가 무섭게 전광석화처럼 집어서 거의 무의식적으로 그의 목을 찔렀습니다. 그는 신음소리조차 제대로 내지 못하고 붉은 피를 쏟으면서 거꾸러졌지요. 그 모습은 마치 비장한 각오로 스스로 목을 찔러 자살한 것처럼 보였습니다. 그때는 그 재빠른 솜씨에 나 자신도 놀라고 말았습니다. 군관학교 시절과 인민군 시절에 배운 극한의 격투기 훈련이 몸에 밴 탓일 것입니다. 어쨌거나 나는 불가피하게 살인을 하였습니다. 그러나 그건 정당방위라고 할 수 있을 것입니다. 하여간에 이제는 돌이킬 수 없었지요. 경비들의 교대시간 전에 어서 빨리 강을 건너야만 했습니다.

아름다운 밤은 슬프지요. 벌써 새벽이어서 두만강으로부터 물안개가 스멀스멀 피어올랐습니다. 강은 싱겁도록 짧은 거리였습니다. 문득 연변의 농촌 마을에서 개 짖는 소리가 들려왔습니다. 그 순간 아버지의 쇠약해진 얼굴이, 흥남시의 낡고 칙칙한 아파트가, 오랫동안 복무했던 공장의 반쯤 허물어진 회색빛 지붕이, 검푸른 동해바다가 머릿속을 스쳐 지나갔습니다.

나는 다행히도 연변에 도착해서 먼 친척뻘이 되는 조교 (중국에서 살고 있는 북조선 사람)를 만나게 되었고, 1년 동안 그 집에서 눈칫밥을 먹으면서 신세를 지게 되었습니다. 연길시는 남조선식 다방과 음식점, 노래방과 안마시술소, 록상청(비디오 상영실) 그리고 양고기 꿰집 등이 늘어서 있는 거리에 조교, 공민증이 없어 신분이 극도로 불안한 탈북자들, 인신매매단, 탈북브로커들, 선교사, 사기꾼, 중국 공안, 북조선 국가안전보위부의 끄나풀, 남조선 관광객들이 들끓는 퇴폐적인 도시였습니다. 나는 그곳에서 거의 1년 동안을 숨어 지내면서 갖고 있던 돈을 전부 탕진했습니다. 날마다 불안감 때문에 안절부절못하여 밤이면 뒤숭숭한 꿈 때문에 잠을 설치곤 하였습니다.

그 당시 여기저기에 수소문해서 알게 된 사실인즉, 중국을 탈출하는 방법이란, 첫째, 중국에서 외국 공관으로 쳐들어가 난민 신청을 하는 것입니다. 그러나 그 사건 이후 요즈음은 공관에 대한 경비가 삼엄해서 거의 불가능한 방법으로 판명 났습니다. 둘째, 중국 내에서 공민증과 여권 등을 위조해서 밀항하는 방법입니다. 이 방법 역시 너무 많은 경비가 들어가 도저히 엄두를 낼 수 없었습니다. 셋째, 동남아 쪽 주변국, 예컨대 라오스나 캄보디아, 베트남, 미얀마, 태국 등으로 대개 곤명을 거쳐 국경으로 접근해서 강을 건너고 밀림을 헤치며 걸어서 이동하거나 선양이나 하얼빈을 거쳐 몽골 사막으로 이동해서 그 나라 정부 또는 주재하는 남조선 공관의 협조를 얻는 방법이 있었습니다.

그러나 어느 경우에도 탈북브로커나 선교사의 도움 없이는 불가능했습니다. 탈북브로커는 필요악이지요 그러므로 나는 그들을 암암리에 만나 호상 간에 교섭을 할 수 밖에 없었습니다. 그 무렵 선교사인 탈북브로커를 만나게 되었지요. 그는 나이는 오십대 중반쯤으로 보이고, 말끔하게 검정색 양복을 빼입었고, 얼굴과 손이 희멀건하고, 서울 말씨를 쓰고, 매우 거들먹거렸습니다.

그가 말했습니다.

「나는 예수교 선교사이지. 전에는 목사였고 아멘, 아멘. 나는 지금 참으로 좋은 사업을 하고 있지. 기획 탈북을 하고 있는 거야. 알겠어. 하느님, 하느님. 절 도와주소서. 그런데 탈북자는 70~80퍼센트가 여자들이지. 여자들, 그 중에서 어리고 젊은 여자들은 성폭력, 인신매매와 강제결혼, 감금과 폭행, 강제노동이 누워서 떡먹기이니까 브로커들이 아주 좋아하지. 젊은 여자들을 처리하면 돈을 많이 벌 수 있거든. 그중에서도 새가이가 최고이고 안까이는 별로이지.

그러나 남자는 안 되는 거야. 그러니 브로커에게 전혀 인기가 없어. 연변이나 중국 쪽에 조선족 공장은 별로 없어. 있다 해도 중국 공안이나 북한 보위부의 감시가 심하니 금방 들통이 날 수밖에 없어. 그리고 한족 말을 모르는 조선족이 중국 기업소에 들어가면 쉽게 눈에 띠어 여기저기서 수군거리고 그래서 금세 중국 공안이 알게 되고, 그러면 십중팔구 북한으로 넘겨져 수용소 행이 되는 거야. 중국은 탈북자를 비법 월경자로 취급해서 북한 송환을 원칙으로 하고 있기 때문이지. 중국 측에 난민 신청은 어림없는 개수작이니까 생각지도 마라.

마지막으로 연변의 농촌 구석으로 들어가 조족의 농사일을 거들면서 평생을 촌구석에서 썩는 일을 생각해 볼 수 있지. 그러나 말이지. 거기도 이농 현상이 극심하지. 만주 쪽 동북 3성에 사는 조선족들은 대부분 농촌을 떠나고 있지. 여자들이 도시로, 한국으로 떠나 식당이나 술집에서, 노래방에서 종업원으로 일하니까 남자들도 따라서 도시로 떠나 기둥서방 노릇을 하고 있는 거야. 지금 농촌에는 빈 집이 점점 늘어나고 있어. 그런데 농촌에 있는 조선족은 믿을 수 없어. 중국 공안이나 북한 끄나풀과 연결되어 있으니까. 북한은 탈북자 체포에 현상금까지 걸었거든. 그것뿐만이 아니지. 지금은 탈북자를 보호하다가 적발되면 고액의 벌금을 물어야 하니까 더더욱 꺼리고 있어. 그래서 어느 날 쥐도 새도 모르게 잡혀가는 거지.」

「선교사님, 목사님, 선생님, 저는 어떻게 하면 좋습니까.」

「내가 도와줄 수 있을 거야. 대신 돈이 필요하지.」

「제게 무슨 돈이.」

「그렇겠지. 이건 선교사업의 일환이지. 또 어디까지나 자선사업인데, 그러나 너희 쪽에서 최소한 비용만은 부담해야 할 거 아냐. 우리가 쓰는 돈은 한 푼도 없지. 보통은 선금으로 일만에서 이만 위안을 받도록 돼 있어. 잔금은 정착금 받으면 주고. 그런데 넌 선금마저 줄 돈이 없단 말이지. 그래서인데, 너는 남한에 들어가면 우선 통일부가 주관하는 하나원에서 몇 달 동안 교육을 받고 그 후 정착금을 받아 남한 사회에 진출하는데, 선금을 안 받는 대신 그 정착금을 전액 우리에게 넘기는 거야. 그리고 여기 현금차용증에 이름을 쓰고 지장을 찍으면 되지.」

그가 종이를 내밀면서 어서 빨리 지장을 찍을 것을 강요하였습니다. 그러나 난생 처음 보는 것이어서 두려운 나머지 몇 번이고 망설일 수밖에 없었습니다.

그가 역성을 내면서 말했습니다.

「안 찍어도 상관없지. 넌 우리 손아귀에 이미 들어와 있지. 공민증이나 호구가 없으니 어디에도 갈 수 없는 거야. 북한 안전보위부에 넘길 수밖에 없어. 국경 수비는 개들 관할이거든. 북한 공작원은 너의 손바닥 아니면 입술에 철사를 끼워 똥개처럼 질질 끌고 갈 거고, 북한에 가면 수용소에 갇혀서 조국을 배반한 놈이라고 쇠몽둥이로 매일 죽도록 맞다가 결국 얼마 못가서 죽게 될 거야.」

저는 그때 잔뜩 겁에 질려 있어서 대꾸조차 할 수 없었지요.

「그러니까, 빨리 결정을 내려야지.」

나는 그 급박한 상황에서 영문도 모른 채 그 종이쪽지에 이름을 쓰고 지장을 찍을 수밖에 없었습니다. 그리고 무조건 감사합니다. 감사합니다. 이 은혜 죽어도 잊지 않겠습니다. 라고 말했었지요

그 선교사는 비로소 친절한 웃음을 지으며 다시 설명하기 시작했습니다.

「잘했어. 잘하구 말구. 은혜를 잊으면 안 되겠지. 나도 돈이 있어야 사업을 계속 할 거 아냐. 너는 특별히 몽골 사막 쪽이 아니라 새

로 개척한 러시아 블라디보스토크 쪽으로 보내주겠어. 그쪽이 훨씬 수월하지. 몽골까지는 주로 열차와 도보를 이용해서 탈출하고 있지만 중국이 국경에 장애물을 설치하고 있고 열차 내 검열을 강화하고 있지. 또 몽골 사막을 가다가 늑대에 물려 죽을 수도 있거든. 여기서 거리도 멀구 말이야. 그러나 연해주 쪽은 아주 가까워. 그걸 우린 최근에서야 알게 된 거야. 북한과 러시아의 접경지역은 두만강 하류지역이어서 강폭이 넓고 수심이 깊어서 직접 도강하기가 어렵지. 그러나 중국 쪽에서 가는 것은 경비도 심하지 않고 그래서 훨씬 쉽게 갈 수 있을 뿐만 아니라 러시아에서는 유엔난민고등판무관을 통해 합법적으로 한국으로 갈 수가 있지. 그런데 요즘 블라디보스토크에는 한국 관광객들이 제법 많이 오고 있어. 인천 공항까지 직항도 있고. 너는 관광객들 속에 섞이면 되는 거야. 강을 건너면 우리 쪽 사람이 임시 여권을 만들어 줄 거야. 잘 알겠지.

오, 하늘에 계신 거룩하신 주여, 하늘에 계신 하느님 아버지시여. 지금 길을 잃고 헤매는 이 불쌍한 양을 굽어 살피소서. 어린 양이 무사히 따뜻한 남쪽 나라로 갈 수 있도록 도와주소서. 성령이 함께 하도록 하시옵소서. 할렐루야, 아멘.」

아버지는 조국해방전쟁에도 참전한 참전용사이고 하사관 계급 중에는 제일 높은 특무상사까지 진급해서 복무하다가 60세에 퇴직하였습니다. 그 후 연로보장제에 따라 연금으로 생활하면서 79세까지 사셨으니까 그런대로 천수를 누리고 돌아가셨다고 할 수 있습니다. 더욱이 정치보위부에 복무할 동안 국가훈장 3급과 공로메달을 받았기 때문에 은퇴 후에도 생활비와 식량 배급에서 우대를 받았습니다. 나의 경우에도 군관학교를 졸업하고 소위로 임관한 이래 인민군 복무조례와 부대의 일과표에 따라 충실하게 복무하다 중대장을 끝으로 제대하였지요. 제대 후에는 흥남시당 간부과로부터 직장을 배치 받아 연합기업소에서 부지배인으로 일하였습니다. 조선로동당의 정식 당원증을 가지고 있었고, 작업반의 세포위원회 위원이었고, 조선직업총동맹의 고급조직원이었고, 생활총화 시간에도 열심히 참가하였습니다.

그러므로 북조선에서 신분 보장이 확실하였고 경제적으로도 그렇게까지 궁핍한 것이 아니었습니다. 그리고 좋아하는 사람과 열렬한 연애도 하였습니다. 그녀는 출신 성분과 집안 배경도 좋았고 얼굴도 예뻤습니다. 우리는 그 시절에 일부러 휴가를 내서 동평양의 문수유희장에서 하루 종일 데이트를 즐기기도 하였습니다. 북조선에서도 맞혼인 (연애결혼)은 이제 대세가 되었습니다. 부모도 더 이상 만류할 수가 없도록 시대가 변한 것입니다. 그러나 나는 여자의 간절한 애원에도 불구하고 결혼을 포기하였고, 결국 그녀와 헤어지게 되었습니다. 가슴이 갈기갈기 찢어질 듯 아픈 일이었지만 그 당시 나의 신념은 확고하였습니다.

경제난으로 중앙배급체계가 붕괴되었고 식량이 극도로 부족하였으며 국영기업들이 전력난과 자재난으로 활동을 멈추면서 발생한 실직 등이 원인이나 배경이라고 할 수는 없을 것입니다. 주체사상과 유일지도체계가 확립되면서 수령은 신격화되고, 인민과 당은 수령의 일방적 명령과 지시, 통제를 받게 되었습니다. 수령의 절대지배체제가 확립된 것입니다. 그러니 인간 자아의 주체성과 창조적 본능은 말살되었습니다. 당을 위해서, 그것도 오직 한사람을 위해서 북한 인민은 존재하였습니다. 우리 인민은 왕조의 노예가 된 것입니다. 그러니까 이 소좌가 목숨을 바쳐 애써 꿈꿨던 공산주의 지상 낙원은 지옥으로 변해버린 것이죠. 조선인민주주의공화국은 악취가 풍기는 썩은 웅덩이가 된 것입니다. 그러니 내가 결혼해서 자식을 낳고 그 자식을 모든 희망과 꿈이 사라져버린 썩은 웅덩이에 던져 넣는 일은 차마 할 수 없었던 것입니다.

그러나 군관학교와 인민군 대위 출신인 내가 언제부터 이런 극단적인 생각을 품게 되었는지는 잘 모르겠습니다. 매일매일 공화국의 뼈저린 현실을 직접 목격하면서 쌓여간 것이 아니겠습니까. 그것이 북조선에서 어디 나뿐이겠습니까. 그리고 2000년 아버지가 사망한 후 3년여가 지나자 도저히 견딜 수가 없어서 탈출을 결심하기에 이르렀습니다. 어머니는 벌써 10여 년 전에 돌아가셨고 아버지마저 돌아가시자 나는 아무런 장애물이나 부담이 없었습니다. 그렇다고 아버지가 사망하기 전부터 탈출 계획을 미리 치밀하게 세운 것은 아니었습니다.

나는 중국에서 우수리 강을 건너 연해주로 넘어오면서 목숨처럼, 보물처럼 간직하고 있던 당원증을 갈기갈기 찢어 강바람에 날려 보냈습니다. 그래서 조선민주주의인민공화국과 작별하였지요.

그러나 남조선 사회의 편견과 차별행위, 자본주의 사회의 물질만능주의를 보면서 이곳에서 내가 끝까지 살 수 있을는지는 알 수가 없습니다. 나는 또다시 어디로 갈 수 있을까요?

내가 인천 공항에 내렸을 때 늦봄의 토요일 오후였습니다. 내 가벼운 여행 짐짝에는 어떤 시인이 놀랄만한 기억력으로 깨알 같은 글씨로 꼼꼼하게 일자별로 쓴 비망록과 아버지가 그 시인을 조사할 당시 먹지를 대고 구식 타자기로 작성한 심문조서 뭉치가 들어있는 색이 누렇게 바란 낡은 봉투가 고이 간직되어 있었습니다. 나는 그 종이 뭉치들을 정말 소중하게 간직하고 입국한 것입니다.

아버지가 돌아가시기 불과 6개월여 전이었습니다. 1999년 늦가을 경에는 아버지의 기력이 너무 쇠하여서 조만간 운명할지도 모른다는 예감이 들 때였습니다. 그때 아버지는 특별히 어떤 병에 걸린 것은 아니지만 영양실조에 몸이 극도로 쇠약해 있어서 기침마저 끊이질 아니하였습니다.

아버지가 희미한 목소리로 말씀하셨지요.

「나는 그 시인의 비망록과 내가 보위부에서 직접 작성했던 심문조서를 여태껏 아무도 모르게 보관하고 있었구나. 특히 그 조서는 김 중좌가 불태워버리라고 엄중하게 지시하였지만 태우지 않고 보관하였지. 그럴 필요가 있다고 생각했었지. 그러나 그 임무를 지금까지 완수하지 못했지. 이제 그 임무를 늦둥이로 태어난 외아들에게 떠넘기게 되었구나. 그 일이 가능하지 않다고 생각은 하고 있다. 넌들 무슨 방법이 있겠느냐.」

나는 아버지처럼, 시나 시인에 대해서는 무식했지만 남조선에 와서 비로소 그 시인이 꽤 유명한 시인이고 그 수수께끼 같은 죽음에 대해서는 설이 분분하다는 사실을 알게 되었습니다. 그러나 그는 자진 월북했다는 꼬리표 때문에 월북작가 명단에 들어 있었고 그래서 그의 시집은 금서라는 딱지가 붙어 오랫동안 출판과 공개가 금지되었습니다.

그는 감각적 서정시의 새로운 세계를 개척한 대시인이라고 하였습니다. 그는 평소 '옥에 티 하나 미인의 이마에 사마귀 하나야 버리기 아까운 점도 있겠으나 서정시에 말 하나 밉게 놓이는 것은 용서할 수 없다'고 말했답니다.

그러나 그 시인의 최후에 관해서는 자진 월북설과 납치설, 북으로 올라가는 험난한 여정에서 미군 폭격에 사망하였다는 설, 거제도 포로수용소에 수감 중 포로 교환 때 월북을 선택했다는 설, 북에 부역한 죄로 오끼나와 미군 군사법정에서 사형선고를 받고 집행되었다는 설, 평양 감옥에 수감 중 미군 폭격에 폭사 또는 사형이 집행되었다는 설 등이 그것입니다. 특히 미군 군사 법정에서 사형을 선고 받았다는 설은 황당무계하였습니다. 어떤 아동문학가가 그 군사재판을 우연히 참관하였는데 재판장이 사형을 선고하고 나서 '할 말이 없는가?'하고 묻자 그 시인은 '할 말은 없다. 그러나 시 하나를 읽게 해 달라.'라고 간청하면서 자신의 대표시를 나직이 암송했다는 것입니다.

그러나 남조선에 막 도착한 나로서는 그 즉시 그 가족을 수소문해서 전달하는 일은 매우 어려운 일이었습니다. 나는 그 당시 너무나 큰 혼란에 휩싸여 있었습니다. 인천 공항에 내릴 때만 해도 약간의 두려움이 없는 것은 아니었지만 건강한 몸으로 무엇이든지 해낼 자신이 있었습니다. 하지만 남조선에 도착하자마자 국가정보원의 합동신문센터에서 국정원과 군, 경찰로 구성된 조사관으로부터 2개월 동안 북한 내 행적과 탈북 목적에 대해 호된 조사를 받았고, 그 후에는 북한이탈주민대책협의회에서 또 다시 심사를 받았으며, 안성의 하나원에서 다시 3개월여에 걸쳐 빛 좋은 개살구에 불과한 남조선 정착 교육을 받은 후 하나원 제58기로 졸업하였습니다.

그리고 정착금과 임대아파트 우선 입주권을 받았는데 하나원을 졸업하고 나온 바로 그날, 초겨울 날씨는 참으로 온화하였지만 그러나 정문에는 깍두기 머리에 덩치가 크고 손등에까지 뱀 문신을 한 사람들이 나를 기다리고 있었습니다. 그들이 정착금과 입주권을 강제로 빼앗아갔습니다. 자기들은 아무것도 모르고 그 선교사가 보내서 왔다고 하면서 할 말 있으면 그 선교사를 직접 만나서 해결하라고 하였습니다. 그 후 나는 먹고 살기 위해 임시직인 아파트 건설 현장의 야간 경비원이나 막노동, 대형 숯불갈비집의 종업원을 하면서 2년여를 보냈고, 그 후에는 남양주의 박스공장에서 마음씨 좋은 사장님을 만나서 공장의 숙직실에서 기거하며 잡역부로 일하다가 경비원으로 승진하고 다시 정식 직원이 되어 이제는 물류 담당 과장이 되었습니다.

나는 이제서야 피를 토하는 심정으로 썼을 그 비망록을 몇 번이나 꼼꼼하게 읽어보았습니다. 그 비망록에는 몇 번이고 쓰다가 북북 지워버린 몇 줄의 미완성 시도 있었지요. 그러나 그 비망록은 1951년 2월 22일에 끝나 있었습니다. 그 비망록이 2월 22일에 끝난 것은 시인이 자신은 당일 사형선고와 동시에 총살당할 것으로 예상하였고, 따라서 자신은 22일에 이미 죽어서 하늘나라로 날아 올라갔고, 그날 이후 일시적으로 존재하는 육신은 인간으로서 살아 있는 것이 아니라 오직 환영에 불과한 것으로 믿고 있었던 것입니다. 나는 아버지의 말씀을 떠올리며 그렇게 짐작하였습니다.

다시 말씀드리면, 그날은 시인이 오전에 사형선고를 받은 날이었고, 그 당시 전시 상황에서는 그 집행은 바로 당일 오후에 있기 마련인데, 어쩐 일인지 이번만은 1주일여나 집행이 연기되었다고 합니다. 이에 대해 아버지는 그 당시 당의 고위층이 시인의 사형집행을 탐탁지 않게 생각해서 그 집행문에 결제를 하지 않고 1주일간이나 미루었을 거라고 추측하였습니다.

아버지는 정확히 그 날짜를 기억하고 있었습니다. 시인이 평양형무소로 이송된 것은 1951년 1월 24일이었는데 그 날은 겨울 날씨가 많이 풀려서 따뜻했다고 합니다. 그리고 시인의 재판이 있고 그 3일 후인 2월 25일에 다시 평양형무소로 갔다고 합니다. 시인이 자신은 북조선에 연고자가 아무도 없다고 하면서 자신의 사망 후 유품 수령자로 아버지를 지정했기 때문에 그걸 찾으러 간 것이었습니다. 그러나 뜻밖에도 시인은 아직 살아 있었습니다. 아버지의 접견은 즉시 허용되었습니다. 아버지의 경우 시인의 피심자심문조서를 작성한 보위부 소속 수사관이었기 때문에 접견은 상당한 시간 동안 아무런 제약 없이 이루어졌다고 합니다.

그때 시인이 말했다고 합니다.

「웬일인지, 집행이 늦어지고 있구려. 나는 지금 살아있는 것이 아니지요. 환영에 불과하지요. 바로 그렇습니다. 허깨비에 불과할 따름이지요. 지난번에 이미 말씀 드렸습니다. 꼭 들어주십시오. 이 비망록을 잘 간직해서 제 자식들한테 전해주십시오. 들키지 않도록 유품 속에 넣어두었지요. 그 유품이란게 이 소좌가 헤어질 때 남겨준 아무짝에도 쓸모없는 책과 잡동사니들에 불과하지만…… 보위부에서 조사 받을 때에도 신세를 많이 졌는데 면목이 없구려. 하지만 자식들은 애비가 어떻게 죽었는지 알아야 할 것 아니요. 그래야만 이 험한 세상에서 누명이라도 쓰지 않고 살 수 있을 거요」

그때 아버지는 시인과 굳게 약속하였답니다. 그리고 아버지는 그 비망록을 몇 번이고 읽어본 후 감탄하고 고마워했습니다. 그 비망록이 천재적 기억력으로 너무나 정확하게 사실관계를 기록하고 있었기 때문이고, 또한 아버지와의 중요한 대화 내용은 거의 빼놓았기 때문입니다. 이는 만약 이 비망록이 어떤 경우 발각된다면 혹여나 아버지에게 어떤 피해가 미칠까봐 고의적으로 뺀 것이었습니다. 그러나 남북이 영구히 분단되고, 전쟁이 지금도 계속 진행되고 있는 상황에서 일개 하사관 출신인 아버지가 시인의 가족들에게 그 비망록을 전할 방법은 없었습니다. 그러나 온전한 상태로 잘 보관하고는 있었던 것입니다.

그런데 그때 시인은 머뭇머뭇거리면서 이 소좌의 근황이랄까, 안부랄까, 특히 생사 여부에 대해 또다시 물었다고 합니다. 아버지는 한 달여 동안 진행된 심문 과정에서 김 중좌가 상관에서 보고하러 가거나 하면서 잠시 자리를 비우면 아버지가 피우던 담배라든가, 간단한 먹을거리, 물 등을 주면서 위로 아닌 위로를 하였다고 합니다. 그때도 시인은 이 소좌의 안부에 대해 걱정하면서 아버지에게 그 소식을 꼭 알아봐줄 것을 간곡히 부탁했다고 합니다.

아버지가 말씀하셨습니다.

「마지막 면회를 하던 그날, 이 소좌의 소식을 정확히 알고 있었던 게야. 그러나 차마 그대로 전할 수는 없었다. 기래서 본의 아니게 거짓말을 한 거다. 그때 내 목소리가 조금 떨렸으니까 시인이 눈치챌 수두 있겠다구 생각하였디. 하여간에 '이 소좌님은 중국 의용

군사령부에 연락장교로 배속되어 잘 계신답니다.'라고 말해 버렸디. 기랬더니 시인은 더없이 환하게 웃더구만. 죽음을 코앞에 둔 사람이 말이디. 오히려 내가 눈물을 떨굴 뻔했디.」

아버지는 이미 알고 있었습니다. 정치보위부에서는 전선에서 일어난 모든 상황에 관하여 웬만한 정보는 모두 알 수 있었던 것이다. 1951년 1월 중국 의용군의 3차 대공세로 남조선군과 미제국주의 군대는 경기도 오산과 금량장(용인)이 위치한 북위 37도 선까지 밀렸고, 그 당시 이 소좌는 최근 재편성된 북조선군 2개 군단과 중국 의용군의 연락장교로 배속되어 전선에 투입되었고, 미제국주의 군대가 서부전선에서 전개한 선더볼트 작전 당시, 그 절망적인 밤에 눈덮인 황폐한 작은 산등성이에서 앞장서서 돌격하던 중 맹렬히 쏟아지는 기관총 총탄에 사망하였던 것입니다. 사망 일자는 1951년 1월 29일이었습니다.

그녀는 공산주의 여전사답게 장렬히 전사하였습니다. 그녀의 사후 북조선 최고 훈장인 공화국 영웅훈장이 추서되었지만 북조선에는 그녀의 유품을 수령하거나 그 훈장을 대신 받거나 그 훈장의 혜택을 받을 가족은 아무도 없었습니다.

나는 생각했지요. 그녀는 공산주의 대의를 위해 조국해방전쟁에서 장렬하게 산화하였으니 이 얼마나 멋있는 일인가. 그리고 그녀는 참으로 행복하였노라. 그때는 그래도 그 대의가 살아 있었지 않은가. 그녀는 오늘의 북조선 현실을, 그 비극과 참상을 까마득히 모르고 갔으니 얼마나 다행스런 일인가.

마지막으로, 김 중좌의 소식을 전하고 싶습니다.

김 중좌는 그 후 2년쯤 지나서 전쟁이 막바지에 이르렀을 때 대좌로 진급했습니다. 아버지가 알기로는 김 중좌는 박헌영의 직계였고 그의 주선으로 유학을 갔다 온 소련 유학파였습니다. 그런데 정전협정 조인 직후인 1953년 7월 말경에는 조국해방전쟁 승리 경축대회가 북조선 곳곳에서 열리면서 동시에 종파주의자에 대한 혹독한 비판이 시작되었습니다. 그 무렵 박헌영 계열의 남로당계가 몽땅 체포되었습니다. 김 중좌 역시 체포되어 사형에 처해질 운명에 있었습니다. 그리고 1953년 8월 초에 박헌영 일당에 대한 숙청 재판이 있었습니다. 이 재판에 대해 자세한 내용은 8월 10일자 인민일보에 상세히 보도되었고, 조선민주주의인민공화국 최고재판소의 '미제국주의의 고용간첩 박헌영, 리승엽 도당의 조선민주주의인민공화국 정권전복음모와 간첩사건 공판문헌'에 공식적으로 나와 있습니다.

그러나 그 당시 김 중좌는 공화국의 모든 정보를 다루는 보위부에서 계속 복무했기 때문에 몇 달 전에 미리 숙청의 낌새를 알아채고 소련 측 친구들의 도움을 받아 두만강을 넘어 연해주의 우수리스크로 재빨리 달아났다고 합니다. 그 후, 1990년대 중반 이후 일인데 중앙아시아의 어떤 나라인 카자흐스탄의 초원지대에서 제법 규모가 큰 농장 일을 하면서 가족과 함께 편히 살고 있다고 합니다.

그는 계속 독한 보드카를 마시면서 회한에 차서 중얼거리듯 말했다고 합니다. '나는 그때 속은 거야. 모두가 속은 거지.'

나는 얼마 전에 의정부 법원으로부터 한 통의 소장을 접수했습니다. 또 그 한 달여 전에는 나의 월급에 대해 가압류 통지서가 회사로 배달되었습니다. 그 소장은 대여금 반환소송이라고 합니다. 나는 난생 처음 그 소장이라는 것을 받아보고 아연실색하였습니다. 변호사님의 설명에 의하면 그 선교사가 나에게 오천만원을 빌려주었다는 것이고 거기에다 고리의 이자까지 얹어 청구한 것입니다. 그 일자를 살펴보니 내가 연변에서 무슨 종이쪽지에 이름을 쓴 날짜와 일치하였습니다. 그 선교사는 나와는 일면식도 없는 제3자에게 그 채권을 양도하였고 그 채권을 양도 받은 양수인이 나를 상대로 소송을 제기하였다는 것입니다.

변호사님은 탈북자들을 돕는 단체에서 만난 분으로 나의 딱한 사정을 듣고는 친절하게도 자신이 무료로 소송을 맡아 주겠다고 하였습니다. 그러나 소송의 승패 여부에 대해서는 미리 예단할 수는 없는 일이라고 하였고, 현재는 8개월째 소송이 진행 중에 있습니다. 그리고 사기, 폭력 등 전과 12범인 가짜 선교사의 정체도 밝혀졌습니다. 변호사님이 조사한 바에 의하면, 그 자는 대치동의 한 교회 조직과 연결되어 탈북자 돕기 사업을 한 것은 사실이나 곧 본색을 드러내고 교회에서 지불한 막대한 자금을 횡령하였을 뿐만 아니라 그것도 모자라 온갖 수단으로 탈북자들을 등쳐먹다가 발각이 돼서,

교회 쪽에서 형사고소를 하고 지명수배가 내리자 바로 그 무렵 중국 쪽으로 달아났고, 그의 동업자나 하수인들 역시 달아나서 완전히 잠적해버렸다는 것입니다.

나는 이제서야 그 변호사님에게 시인의 비망록과 심문조서 등을 넘겨주면서 가족을 찾아 전달해 달라고 신신당부를 하였습니다. 이 비망록과 심문조서를 꿰맞추어 보면 시인의 진실은 정확히 밝혀질 터였습니다. 나는 그동안 아버지의 간곡한 유언을 지키지 못하였고, 시인의 가족들에게도 미안한 마음을 금할 수 없었던 것입니다. 변호사님은 가족들에게 시인의 비망록 등을 전해주고 나서 시인의 비극적 죽음에 대해서는 많은 사람들이 공개적으로 알고 그 누명을 벗어야 할 필요가 있다면서 설득을 하여 소설의 형식으로 시인의 죽음을 재구성하였는데, 나는 변호사님이 작가적 역량이 있어서 직접 재구성한 것인지, 아니면 잘 아는 다른 작가에게 부탁하였고, 그 작가가 재구성한 것인 여부는 잘 알지 못합니다.

서울, 삼팔선

서대문 형무소에 수감된 지도 얼추 두 달이 되었다. 7월의 무더운 여름날. 녹번리 초당으로 평소 안면이 있던 젊은 시인 몇 명이 찾아왔다.

그들이 말했다

"선생님, 지금 세상이 바뀌었습니다. 인민공화국으로 선생님이 이렇게 두문불출하시면, 은거해 계시면 나중에 무슨 봉변을 당할지 모릅니다. 선생님은 보도연맹에 가입한 전력까지 있지 않습니까. 그러니 출두하셔서 얼굴을 비치시고, 협조를 하시고 안 하시는 것은 선생님의 자유십니다."

시인은 그들의 위협 때문에 서울시 인민위원회에 출두해서 조사를 받았다. 그들은 간단한 조사 끝에 저명한 시인이면서 영문학자이기 때문에 적임자라고 추켜세우며 인민군 총사령부 선전 방송에 나가 미군의 항복을 권유하는 영어 방송을 맡을 것을 종용하였고, 그 다음에는 문화일꾼으로 최전선에 나가 인민군의 용기를 고취하는 역할을 맡을 것을 종용하였다. 마지막으로 자진 월북의 형식으로 월북할 것을 강권하였다. 그러면서 그들은 동무의 과거 죄과를 씻을 좋은 기회임을 역설하였다. 그러나 그는 모두 완강히 거절하였다. 그러자 분위기가 급변하면서 급기야 역시 반동분자라는 말이 튀어나오고 내무서원에 인계되어 형무소에 수감되었던 것이다.

그때는 북조선로동당 중앙위원회 서울 본부가 군사위원회의 작전 명령에 따라 남한의 저명인사들을 끌어들이기 위해 소위 '모시기 작전'을 수행하고 있었다. 이 작전은 1950년 7월 김일성이 주재한 군사위원회 합동연석회의에서 '모시기 작전'이라는 암호명으로 입안되어 치밀하게 진행되고 있었던 것이다. 그러나 그는 그 겉으로는 정중한 모시기 초대에도 끝내 응하지 않았다. 그 혼란한 시기에 그는 집에 숨어 있었다기보다는 여전히 그저 칩거하고 있었던 것이다.

그는 그 시절 슬픔을 이기지 못하고 죽음을 두려워하며 심한 정신적 고통 속에서 살아가는 고단한 삶에서 벗어나지 못하고 있었다. 슬픔을 객관화하고 고통을 냉랭한 태도로 감내하며 죽음마저도 당당하게 마주할 수 있다면. 미래의 불확실성과 절망의 늪에 빠진 인간이 할 수 있는 일이란, 그것이 무엇인가? 자신이 믿고 의지하는 신에게 구원을 갈구하는 일일 것이다. 그러나 신은 여전히 그의 집요한 물음에도 불구하고 침묵하며 오직 듣기만 하였다. 침묵하는 신. 응답하지 않는 신. 암흑 같은 검은 베일에 가려져 보이지 않는 신. 무소부재를 그 속성으로 하는 전지전능한 신은 그를 떠나버린 것일까? 그는 그 즈음 더 이상 시를 쓸 수도 없었다.

9월 22일. 그해 여름이 어느덧 다 지나갔다.

이른 새벽부터 인민군들이 램프 불을 켜들고 고래고래 소릴 지르기 시작하였다.

"동무들, 모두 형무소 마당으로 집합하라우. 빨리, 빨리 서두라우. 만약 꾸물대면 즉결처분 하겠어."

그들은 수감자들을 4열종대로 앉혀 수를 세고 서로의 팔에 밧줄을 연결해 묶어서 도망가지 못하도록 하였다. 그 후 북쪽을 향해 서둘러 걷게 하였다.

그날 서울 북쪽에서는 아직 미군의 모습을 볼 수 없었다. 그러나 남쪽에서는 서울로 진입하려는 미군과 인민군 사이에 격렬한 전투가 벌어지고 있었다. 인민군은 퇴각을 하면서 필사적으로 저항하고 있었다. 그날은 온종일 박격포 소리와 중기관총들이 전차를 향해 불을 뿜는 소리, 미군 쌕쌕이 편대들이 저공비행을 하면서 갈기는 기관총 소리, 수류탄 터지는 소리, 따발총과 카빈의 총알이 교차하면서 날아가는 소리, 군인들이 내지르는 함성과 비명, 온통 시내는 아수라장이었다. 그리고 폐허로 변한 도시의 모습이 가을의 햇빛 속에 드러났다. 곳곳에서 검은 연기가 타오르고, 큰 길에는 교차로마다 바리케이드가 쳐져 있으며, 불타오르는 건물의 잔해에서 벌써 악취가 풍기기 시작한 시체들이 나뒹굴고 있었다. 연이어 터지는 대포 소리에 그나마 남아있는 낡은 건물들이 흔들리면서 깨진 유리창이 공중으로 날아갔다. 고성능 폭약의 역겨운 냄새가 도시의 공기를 오염시키고 있었다. 중앙청 건물이 폭격에 손상된 채 마치 해골처럼 서 있었다. 공포에 질린 시민들은 집안에 숨어서 꼼짝을 못하고 있었다.

따발총을 거머쥔 인민군이 눈에 핏발을 세운 채 죄수들을 북으로 호송하고 있었다. 인민군과 내무성 감시원들이 빨리 가자고 다그치자 죄수들의 발걸음이 빨라지고 발목에 채워진 무거운 쇠사슬이 땅바닥에 끌리면서 부딪치는 소리가 요란하게 났다. 인민군은 부대들이 와해된 가운데 도처에서 무질서하게 북쪽으로 퇴각하고 있었다. 이튿날부터는 폭격을 피해 밤에만 행군을 하였다. 가까이서 폭격소리, 대포소리가 들리고 미군 전투기 편대들이 저공비행을 하면서 끊임없이 기총소사를 하였기 때문이다. 인민군 병사들은 땀에 젖고 먼지를 뒤집어쓴 채 여전히 작은 무리를 지어 지친 표정으로 북을 향해 후퇴하고 있었다. 일행들 중에는 신발이 너덜너덜한 사람이 많았고 맨발로 걸어가는 사람도 있었다. 그렇게 걸어서 우이동에서 의정부 쪽으로 방향을 틀었다. 인민군 군관이 지휘를 하였다.

그런데 우이동 숲속에서 두 사람이 도망치다 붙잡혔다.

인민군 군관이 소리쳤다.

"인민군에게 복종하지 않는 자는 어떤 처벌을 받는 지를 똑똑히 보여주겠어. 도망치면 이렇게 되는 거야. 총살이란 말이야."

그들은 태연하게 공개 총살을 하였다. 군관이 도망자의 머리통에 대고 주저하지 않고 권총의 방아쇠를 당겼다. 피가 사방으로 튀었다. 그때 누군가 눈물을 흘렸다. 뺨에 살짝 칼자국 흔적이 있는 그 군관이 다시 소리쳤다.

"당장 그쳐. 그렇지 않으면 너도 총살하겠어." 그는 총격으로 놀란 사람들을 훑어보면서 매몰차게 말했다. "너희들은 어떤 일이 일어났는지를 똑똑히 보았을 거야."

시인은 일행이 지금 삼팔선을 넘은 것을 알게 되었다. 일행 중에서 누군가 나지막한 목소리로 설명해 주었다.

"여기가 개성 여연이요. 삼팔선이 마을을 관통하지요. 그래서 북쪽은 여연 북면이고 남쪽은 여연 남면인데 우리는 이미 북면의 쏘련군 초소 자리를 지났소 틀림없을 것이요."

구름이 하늘을 뒤덮었고 대기가 흐려지더니 가을비가 내렸다. 여전히 아득히 먼 곳에서 둔중한 포성 소리가 들렸다. 그는 형언하기 어려운 두려움에 사로 잡혔다. 그는 생각했다. '나는 지금 어디로 가고 있는 것인가. 내가 맞서 싸울 적의 정체는 무엇인가? 내게 싸울 힘이 남아 있기는 하는가? 나는 두려움에 떨고 있지. 그래, 이 참혹한 시대에 두렵지 않은 사람이 어디에 있겠는가?'

밤이 깊어지자 어느새 비가 그치고 구름이 말끔히 걷혔다. 시원한 산들바람이 불어왔고, 밤하늘에 아름다운 별이 총총하였다. 논길이 밭두둑으로 바뀌고 벌써 별들이 시야에서 사라지기 시작하였다. 곧 새벽이 올 것이다.

진정한 공산주의자, 이정희 소좌

그날 아침 동이 트면서 그녀가 나타났다. 삼십대 초반으로 보이는 다부진 체격에 중간 키였으며 얼굴은 검게 탄 채 눈만은 밝은 광채와 생기가 감돌고 있었다. 옷은 매우 낡은데다 헤지고 보따리를 등에 메고 있었다. 영락없는 피난민 행색이었다. 비망록에 의하면 시인이 처음 이 소좌를 만난 그날은 1950년 10월 8일이었다.

그녀가 정중하게 말했다.

"선생님의 월북을 진심으로 축하합니다. 저는 문화부 소속 이정희 소좌입니다. 남조선의 위대한 시인을 공화국과 우리 인민들은 환영합니다. 저는 오직 선생님만을 모시기 위해서 특별히 파견되었

199

습니다. 제가 지금부터 선생님을 모시고 평양까지 갈 것이고, 정치 보위부에 인계할 것입니다. 그게 당면한 임무입니다. 보위부로부터 갑작스레 지시를 받았지요."

시인이 무뚝뚝하게 말했다.

"무슨 놈의 축하란 말이요. 저 같은 하찮은 사람을 위해 특별히 당국에서 이 소좌님을 보낼 필요가 있었는지 모르겠습니다. 저가 무슨 소용이 있겠습니까? 저는 장식용 황금도끼가 되기에는 턱없이 미흡하지요. 저는 스스로 죽지는 못할 것입니다만 이 산천을 이리 저리 헤매다보면 곧 굶어죽거나 어디서 날아오는 총알에 맞아 죽게 되겠지요."

이 소좌가 탐탁지 않은 듯한 어투로 말했다. 그녀는 시인의 생김 새나 한심한 꼬락서니가 전혀 마음에 들지 않는 눈치였다.

"다만 정치보위부의 지시를 따를 뿐입니다. 쓸데없는 오해는 삼가시기 바랍니다. 덧붙여 말씀드리자면, 어떤 경우에도 개인적인 행동은 용납되지 않습니다. 여자라고 얕보면 큰코다치겠지요. 저에게 총이 있다는 걸 잊지 말기 바랍니다. 우리는 당분간 부녀간으로 피난민 행세를 해야 합니다. 지금은 아시다시피 준엄한 전시 상황입니다. 미 제국주의자들이 북조선을 집어삼키려고 혈안이 되어 있으니까요. 그들이 북으로 진격하고 있고 폭격이 심합니다. 목숨을 부지하기 위해서는 전선에서 잔뼈가 굵은 저의 지시를 잘 따르는 게 좋을 것입니다."

"이보십시오. 내 한심한 꼴을 보면 모르겠소 내가 이 성치 않는 몸으로 어딜 도망갈 수 있겠소 설령 말이요, 몸이 성해도 도망갈 만한 위인이 못 되오. 도저히 치유가 불가능한 겁쟁이이기 때문이오. 이 소좌에게 내 운명을 맡기겠소"

작은 키가 비쩍 말라있었고, 몸은 상처투성이이고 쇠약한 상태였다. 입은 옷은 땟국이 흐르고 너덜너덜 하였다. 마치 거지 행색이었다. 이제부터 시인은 그의 생사를 그녀에게 전적으로 의존해야 할 형편이었다.

"그런데 궁금합니다. 나와 헤어진 일행들은 어디로 가는 겁니까?"

"저도 자세히는 모르지요. 아마 평양형무소나 아니면 남포의 수용소로 가겠지요. 하지만 여의치 않으면 모두 간단히 즉결처분될 거예요. 저도 즉결처분할 수 있지요 그러나 시인은 제가 보호할 겁니다. 도망치지만 않는다면요. 적어도 굶어죽을 염려는 안 해도 되겠지요 북조선 지폐도 많이 남아 있구요. 여차하면 북조선 어딜 가도 저의 신분을 이용할 수 있지요. 지방 인민위원이나 당세포, 또는 농민동맹원을 통해 식량조달이 가능하니까요. 농가에서 잠을 잘 수도 있구요."

두 사람은 역시 밤에만 이동하였다. 그러나 밤이면 상당히 추웠다. 때로는 강한 바람이 불었다. 낮에는 공습 때문에 농가 건물에 들어가 숨고 밤이 되면 논둑길이나 좁은 길을 따라 움직였다. 어두운 때만 걸었기 때문에 제대로 속도가 나지 않았다. 그는 몸이 몹시 쇠약해지고 발이 퉁퉁 붓고 발바닥에 물집이 흥건했기 때문에 빨리 걸을 수도 없었다. 그녀는 그들이 지금 어느 쪽 방향으로 가는지 자세히 설명해 주지 않았지만, 개성에서 금천과 신막, 사리원을 거쳐서 평양 쪽으로 가는 것만은 확실하였다.

이 소좌는 가끔 방향을 가늠하기 위해 작전지도를 꼼꼼하게 들여다보았다. 그들은 치열한 전투가 벌어지고 있는 전선을 멀리 우회하여 걸었다. 넓은 도로에는 미군들이 패튼 전차를 앞세우고 평양을 향해 진격하고 있었다. 가끔 멀리서 예광탄이 또는 조명탄이 두 발 세 발 연속으로 터지는 것이 보였다. 어둠 속에서 유령처럼 보이는 텅 빈 마을을 지나쳤다. 무수한 말굽자리와 마차의 수레바퀴, 사람의 발자국 자리가 찍혀 있는 넓은 길을 건너서 인적이 드문 낮은 지대를 따라 걸음을 옮겼다. 그러나 외부 세계와는 완전히 단절되어 있었다. 어느 쪽에서건 무슨 일이 일어나고 있는지 전혀 알지 못했다. 숨이 막힐 것 같았다. 그는 무력감을 느꼈고 때때로 참을 수 없는 슬픔이 엄습하였다. 먼 하늘에서 금속성의 굉음이 들려오면서 미군 폭격기들이 율동적인 춤을 추는 것처럼 우아하게 하강하였다. 그때는 날카로운 폭음 소리가 연속해서 들리고 검은 연기가 피어올랐다.

이제 그들 둘은 이미 열흘 가까이 피난민 행세를 하면서 길을 걷고, 음식을 나눠 먹고 함께 행동하면서 일종의 운명공동체가 되었다. 이제 남쪽 시인과 북쪽 군관은 서로 기꺼이 길동무 겸 말동무가 되었다. 다정한 스승과 제자처럼, 오누이처럼, 부녀지간처럼, 연인처럼 자연스럽게 많은 이야기를 나눌 수 있게 된 것이다. 그렇다고 서로에 대한 약간의 경계심마저 완전히 거두어 버린 것은 아니었다. 납치자와 인질 간의 긴장관계, 전쟁의 무서운 공포와 전율이 여전히 그들을 짓누르고 있었기 때문이다.

"그래, 이 소좌께서는, 이 전쟁이, 인간 사회를 갈기갈기 찢어 놓은 이 망할 놈의 동족상잔의 전쟁이 발발하게 된 경위를 설명해 보세요. 그리고 여자의 몸으로 전선에서 무슨 전투를 했는지 이야기해 보세요. 매우 궁금하군요. 나는 지금껏 아무것도 모르고 있어요. 평생을 오로지 원고지에 얽매어 살아왔다오. 그러나 전쟁이 터질 무렵에는 구제 받지 못할 시인으로 몰락해서 칩거하고 있었을 뿐입니다. 그러니 내가 아는 게 무어가 있겠어요. 도저히 주체할 수 없는 무력감을 느꼈지요. 나 자신에게 화가 나요."

밤이 점점 깊어갔다. 부드러운 달빛이 은색의 엷은 천으로 헐벗은 산하를 뒤덮고 있었고, 밤이 이슥하여 달이 이지러지자 달빛 그림자가 점차 더 멀리 뒷산 너머로 물러갔다. 이제 밤의 색깔은 암청색으로 변하였다. 별들이 하늘에서 쏟아져 내렸다. 은하수는 하늘의 이쪽에서 저 건너편으로 강물이 되어 흘렀다. 전쟁이 끝난 것처럼 사위가 죽을 듯이 고요하였다.

그녀가 말했다.

"이 전쟁은, 선생님, 그 진실이 남침이 아니라 북침이라는 사실을 알아야 할 것입니다. 미 제국주의자와 이승만 도당이 합작해서 의도적으로 북조선을 침공했다, 이 말입니다."

"처음 듣는 이야기입니다. 도대체 이 소좌는 지금 이해할 수 없는 말을 하고 있어요. 그날 비가 부슬부슬 내렸는데 빗속을 뚫고 북의 전차들이 남으로 내려오지 않았던가요?"

"잘 들어주십시오. 그날 평양 방송은 11시 방송을 통해 매국 역적 놈인 이승만의 지령을 받은 남조선 괴뢰군이 침공한 결과 공화국 정부가 남조선에 대해 전쟁을 선포했다고 보도했지요. **김일성** 장군님은 6월 25일 오후에는 각료와 당 중앙의 정치위원들이 모인 7자리에서 '38선 전 지역에서 남조선군이 공세에 나섰다는 보고가 있었기 때문에 나는 최고사령관으로서 반격을 명령하였다'고 공식적으로 선언했습니다. 그러니까 우리 인민군은 김일성 장군님의 영도 하에 그 침략자들을 일거에 깨부수고, 이 기회에 조국통일을 하기 위해 내려왔단 말입니다. 북침은 의심의 여지가 없습니다. 이 전쟁은 조국해방전쟁이지요.

그런데 우린 마지막 고비인 낙동강 전투를 승리하지 못했단 말입니다. 그때 우리 13사단은 인천상륙작전 직전 낙동강 교두보에서 왜관 점령을 눈앞에 두고 있었지요. 그런데 미 제국주의자들이 인천상륙작전을 감행했기 때문에 불가능하게 된 것이지요. 그때 전선을 돌파해서 부산까지 진격하여 남조선이 빨리 해방되었으면 그만큼 더 미국의 개입 가능성이 줄었겠지요. 그 철천지원수들 때문에 조국통일을 눈앞에 두고 후퇴를 하였지요."

"전쟁이 북침으로 시작되었다는 말이군요. 북쪽에서 북침이라고 우긴다면 그렇다고 봐야겠지요. 그런데 말이요, 이 소좌는 전쟁이 두렵지 않았나요? 여자의 몸으로 어떻게 낙동강 전선까지?"

"물론, 전 두려웠죠. 연약한 인간이거든요. 전쟁은 남자의 몫인데 여자 몸으로 최전선까지 뛰어들었으니까요. 단지 이론적으로가 아니라 실제로 혁명이 어떻게 이루어지는지가 알고 싶었습니다. 그걸 전쟁을 통해서 알고 싶었던 거죠. 전 부잣집에서 외동딸로 태어나 남부러울 것 없이 자란 규수였죠. 저도 꿈 많은 소녀시절이 있었습니다. 문학소녀였단 말입니다. 그 무렵에 시와 소설을 무척 많이 읽었지요. 닥치는 대로 말이지요. 그때 선생님의 시집에 나오는 시들을 외울 만큼 몇 번이고 읽고 또 읽었지요. 그때 이런 아름다운 시를 쓰는 분은 백마를 타고 다니는 훤칠한 미남 청년일 거라고 상상했지요. 그런데 많이 실망했네요. 선생님을 실제 만나보니 키도 작고 얼굴은 시커멓고 꾀죄죄하고"

"허허, 너무 그러지 마오. 키야 원래 그렇지만, 이 난리 통에 난들 어쩌겠소. 그래도 이화여대 교수할 때 여학생들 사이에서 꽤 인기가 있었다오."

"그리고 좋은 사람, 돈 많은 미남 청년을 만나 결혼해서 아들 딸 낳고 백년해로하길 바랐죠. 그게 어머니의 간절한 바람이기도 하고요. 그러나 공산주의를 알고 나서 깨달았지요. 우리 민족의 비참한 현실을. 전 결혼을 포기했지요. 저는 순수 열정의 대상을 미남 청년에서 공화국으로 바꾼 것이죠. 그런 후 공산주의와 인민을 위해 이 한 몸 바치기로 맹세했습니다. 하지만 이 참혹한 전쟁을 겪으면서 일종의 허무주의에 빠져버린 것 같기도 해요. 그래서 공산주의 사상이 약해지지는 않았나 하고 걱정하고 있죠."

"전선에서 일어난 이야기를 듣고 싶소. 도대체 낙동강 전선에서 무슨 일이 있었던 거요? 왜 북조선군이 갑자기 후퇴하게 된 거였소? 그렇게 기세등등 하더니만……"

"무슨 전쟁이건 전쟁은 인간의 비극이란 사실을 새삼스럽게 깨달았지요. 서로 총부리를 겨누고 사람을 죽여야 하니까요. 더욱이 같은 동족끼리 서로를 죽여야 하는 이 전쟁은 비극 중의 비극이지요. 전쟁은 악몽 그 이상이지요. 포탄이 분노한 듯 쉴 새 없이 참호 속까지 날라들어 굉음을 내며 폭발하면서 아무 거리낌 없이 사람들을 죽였지요. 주위에는 신원을 파악할 수 있도록 온전한 시체가 별로 없었습니다. 제 옆에 가까이 붙어 있던 병사의 머리가 총탄에 맞아 사라지고 머리가 붙어있었던 목구멍에서 검붉은 피가 콸콸 넘쳐흐르던 광경을 잊을 수가 없지요. 전투의 절정에 다다르자 아군과 적군 사이가 숨소리까지 들릴 정도로 가까워졌지요. 이제는 총알보다는 수류탄으로 서로 공격해야 했습니다. 백병전도 벌어졌구요. 전선 이곳저곳에 시체가 산더미처럼 쌓여갔습니다. 아군이나 적군이나 그 시신을 방패삼아 싸우고 또 싸웠지요. 그러나 부패한 시체에서 악취가, 이루 말할 수 없는 지독한 악취가 진동하였습니다. 그 무렵 줄기차게 쏟아지는 여름 막바지 비가 그칠 줄을 몰랐습니다. 물웅덩이에서 시체가 썩기 시작한 것입니다. 코를 틀어 막아야했지요 전선에서는 같은 말, 같은 핏줄, 똑같이 생긴 민족끼리 서로를 살육하는 비참한 광경이 벌어졌습니다. 병사들의 비명, 고함, 욕설, 분노와 공포의 절규, 아우성이 아직도 귓가에 생생하구요……"

"전쟁은 무자비한 폭력이고, 인간 학살인 거요 야만적인 공포이고 인간의 존엄성마저 무참히 파괴 하지요 우리 시대가 전쟁의 운명이라면 그러나 하루 빨리 종식시켜야 하겠지요" 시인이 말했다.

"그렇지요 전쟁은 끝나겠지요 끝없이 계속될 수는 없을 테니까요 모든 일에는 끝이 있는 법이지요"

그녀는 숨을 고르는 듯 잠시 말을 멈췄다. 한쪽 벽과 지붕이 날아가 버린 허물어져가는 헛간에는 아직 잉걸불이 이글거리고 있다. 얼굴 화장은 색조가 균일하지 않아 어딘가 어색해 보였지만 비단결같은 검은 머리는 불빛에 반사되어 빛났다. 그러나 호롱불 불빛 아래서 그의 얼굴은 창백하고 너무 여위였다. 턱과 뺨에 무성한 잿빛 수염과 깊이 골이 팬 주름살은 그를 더욱 늙어 보이게 한다. 그녀는 그 순간 스스럼없이 시인에게 담배를 권하고 자신도 피워 물었다.

그녀가 약간 쉰 목소리로 말했다.

"담배 없이는 살 수 없을 것 같아요. 마음의 고통을 조금은 진정시켜 주니까요 그런데, 술, 독한 술이 있었으면 좋겠네요 사실 그게 지금 필요하지요."

그들은 부엌에 묻어둔 독에서 기어이 술을 찾아냈다. 쌉쌀하고 독한 탁주였다. 술기운은 그녀를 풀어지게 하였고, 곁들여 피운 담배 한 모금 때문에 편안해졌고, 수다스러워졌다. 그리고 그녀는 입 안 가득 담배연기를 머금었다가 허공에 내뱉어 동그란 원을 만들면서, 마치 꿈을 꾸듯이 계속 말했다.

"낙동강 전선에서 최후 전투인 다부동 전투를 잊을 순 없겠지요 지금 돌이켜 생각해보면 그건 꿈속처럼 몽롱하고, 추상적이고, 비현실적이지요. 정말 꿈이었다면 좋겠네요."

시인은 슬픔과 함께 현기증을 느꼈다. 그러나 시간은 아주 더디게 흘러가고 있었다. 부드러운 바람마저 멈췄다. 사그라져 가는 모닥불에서 마지막 회색연기가 가냘프게 피어올랐다. 잠시 침묵이 다가왔다. 하지만 그 밤의 무거운 침묵을 도저히 견딜 수 없었으므로 계속 이야길 들어야 했다. 어차피 오늘 밤도 쉽사리 잠을 이루지 못하고 엎치락뒤치락하다가 아침을 맞게 될 터이다. 그때는 불면증 때문에 밤이 되어도 좀처럼 잠을 이룰 수가 없었던 것이다.

"그런데 말이요 이 소좌가 열렬한 코뮤니스트가 된 게 이해할 수 없소? 왜, 그렇게 머리에 붉은 띠를 두르고 싶었던 거요? 아니면 팔뚝에 붉은 완장을 차고 싶었던 거요? 좋은 집안에서, 부잣집에서 태어나고, 교육도 많이 받았는데. 굶주림이 뭔지 뼈저리게 아는 사람도 아니었고, 인생의 삶이 매우 고달팠던 것도 아니었는데. 나는 해명을 들어야, 진실한 해명을 들어야겠어요"

"정직하게 말씀 드려야겠지요. 그러나 진실이란 커다란 고통이지요. 그래서 두려운 것이지요. 그랬어요. 저는 열렬한 공산주의자가 되고 싶었습니다. 저의 충만한 의지와 양심이 그걸 원하였지요. 칼 맑스는 새로운 메시아였으니까요. 그래서 위대한 공화국 건설에 앞장서고 싶었습니다. 역시 출신 성분이 문제였습니다. 그게 저의 앞날을 턱 가로막고 있었죠. 당시 북조선로동당에는 노동자 출신이나 무산계급 출신만 입당이 우선적으로 인정됐거든요. 두 번이나 입당 원서를 냈지만 받아주지 않았습니다. 오히려 척결의 대상이었지요.

아버지는 지주였고, 그것도 소작농들에게 가혹한 악질 지주였고, 고리대금업자였고, 어머닌 열렬한 기독교 신자였거든요. 어머닌 오로지 가족들의 건강과 그 많은 재산을 지켜달라고 하나님께 열심히 기도하였지요. 무산자들에게는 저주의 대상이었고, 공화국 건설에는 쓸모없는 존재였습니다.

지금 아버지가, 딸을 끔찍이 사랑했던 아버지가 갑자기 생각나는군요. 아버지에 대해 말씀드려야 하겠지요. 아버지 얘기를 하고 나면 당장 속이 후련해질 것 같아요. 그랬습니다. 아버지는 딸을 끔찍이 사랑하였지요. 그러나 그건 비인간적인 위선이라고 생각합니다. 소작인들에게 수전노처럼 한없이 인색하고 가혹했기 때문입니다. 그리고 아버지는 자신에게 가장 귀중한 것들을 빼앗아간 공산주의를 끔찍이 증오했지요. 그 증오심 때문에 심각한 속병까지 났었지요. 그러나 그 딸은 정반대였습니다. 공산주의는 사랑하지만 아버지를 증오에 가까울 만큼 싫어하였습니다. 아버지가 악명 높은 친일파 대지주였기 때문이었지요. 너무 부끄러웠습니다. 해방이 되면서부터 북조선의 사회분위기 탓인지 그 사실이 더욱 치명적인 독처럼 느껴졌지요. 그 사람이 뼈저리게 일깨워 주었습니다. 그 사람은 만경대혁명유자녀학원을 나온 열렬한 혁명 전사였지만…… 미제 원수의 폭격에 온몸이 산산조각이 되어 날아갔지요. 딸은 스스로 아버지를 인민의 적으로 규정하였습니다. 딸은 아버지를 대신하여 인민에게 봉사하고 속죄해야 된다고 생각하였습니다. 아버지와 딸 사이의 관계, 그 검푸른 강물처럼 깊은 간극이, 그게 이율배반인지, 그냥 모순인지, 비극인지 여태까지 모르겠어요.

그런데, 어머니가 다녔던, 어머니는 그때 남쪽으로 내려간 후였는데, 교회의 목사는 당국의 경고에도 불구하고 비밀리에 계속 기도회를 열고, 신자들과 함께 예배를 보았습니다. 저는 그 사실을 알고 있었습니다. 그리고 기회를 엿보고 있었지요. 그래서 제가 인민위원회에다 고발을 하였습니다. 그 후 전 그 일이 상부에 보고되어 당에 대한 충성심이 인정되고 신분의 족쇄가 풀려서 북조선로동당에 입당이 허용되었습니다. 그 며칠 후에는 그 목사와 가족들이 수용소로 끌려갔고, 비밀 교회는 내무서원에 의해 수색을 당한 후 석유가 뿌려지고 불태워졌지요."

시인이 흥분해서 소리쳤다.

"이 소좌는 몹쓸 짓을 한 거요. 잔인하고 비열하지요. 나는 단지 수치심과 끝없는 모멸감을 느낄 뿐이요. 그래 부끄럽지도 않소?"

"어쩔 수 없었지요. 위대한 공화국의 전사가 되기 위해서는 불가피했단 말입니다. 공산주의 대의 앞에서 그런 건 사소한 일에, 아주 사소한 일에 불과하지요. 전 절대로 후회하지 않을 거예요. 후회하면 안 되겠지요. 그때 우리 집 전 재산도, 모든 논밭과 정미소, 대궐 같았던 집까지 몰수되었습니다. 그런 후, 그러니깐 토지개혁 법령이 시행되면서 부친과 모친, 다른 가족들은 감쪽같이 남으로 내려갔습니다. 그들은 절 남기고 갔지요. 어쩔 수 없었을 것입니다. 해방 이후부터 가족과의 관계가 계속 심각하게 삐걱거렸거든요."

그 순간 시인은 그녀를 반박할 수 없으리라는 것을 직감적으로 깨달았다.

"선생님은 시인이지요. 그것도 서정 시인이지요. 지금 우리 현실이 그렇게 한가한 것인가요. 조국의 현실을 직시해야지요. 선생님은 지금 낡아빠진 자본주의 사상에 빠져서 헤어나지 못하고 있습니다. 저는 시인이 아니죠. 공산주의 여전사일 뿐이지요. 그래서, 직설적이고 도전적입니다. 그리고, 열변을 토해내야만 직성이 풀리지요. 그러니까, 반어법과 은유, 섬세함, 의도적인 모호한 대화 같은 것은 저와는 어울리지 않지요."

그녀는 시인으로부터 공감을 얻어내기 위해, 자기 신념의 정당성을 획득하기 위해 안달을 하였다. 그녀는 그 순간 스스로 공산주의의 마술적인 힘을 의식했던 것이다. 그녀는 공산주의 이념의 승리를 쟁취하려는 광신적이고 초조한 욕망에 불타고 있었다. 그녀의 빨간 혀가 쉴 새 없이 나불거렸다.

"다시 본론으로 돌아가야 하겠지요. 본론을 끝내야 합니다. 그리고 나서 결론을. 그런데, 자본주의 사회에서 노동자들의 생활은 어떠했습니까? 참으로 비참하였지요. 자본가들이 그들을 속여먹고 턱없이 낮은 임금을 지불하고 가혹하게 착취하기 때문이었죠. 그러니까 공산주의 혁명과 계급투쟁이 필요하고 자본가들이 완전히 말살될 때까지 임시적으로 프롤레타리아 독재가 필요한 것이지요."

"정말로 일찍이 없었던 태평성대 요순시대가, 지상낙원이 도래한단 말이군요. 그러나 역사의 법칙은 무자비한 것이오. 너무 유토피아적이라고 생각지는 않소? 공산주의자는 전부 낙관주의자이고 신비주의자인가요?"

"말하자면 그렇지요. 자본이 주인이 되는 사회, 돈이 좌지우지하는 사회가 아니라 사람이 진정한 주인이 되는 사회가 되는 거지요. 그래서 계급이 사라지고 결국엔 전쟁이 사라지고, 우리는 모든 사람이 오순도순 즐겁게 잘 사는 아름다운 집을 지을 거예요."

"그러면 뿌리 깊은 자본주의 폐해가 이 지구상에서 일소될 수 있단 말인가요? 그게 정말 가능한 것인가요?"

그녀는 계속해서 연설을 하는 연사처럼 열정적으로 말을 하였다. 사실 지금까지 이 소좌가 말한 내용은 그녀가 학교에서 총화 시간이나 공산주의 윤리 시간이면 열렬히 주장했던 내용이다.

시인이 말했다.

"그렇다면, 공산주의와 종교는 왜 상극인 거요? 공산주의도 사람이 잘 사는 사회를 건설하자는 것인데, 그게 종교를 배척할 이유가 무어란 말이요? 그런 의미에서 보자면 예수님도 공산주의자 아니겠소?"

"그건 선생님이 유물사관을 오해한 것입니다. 공산주의는 하느님은 없다는 무신론입니다. 신은 인간이 만든 관념적 존재로서 지배 계급의 악랄한 도구일 뿐입니다. 그래서 종교는 인민의 아편인 것입니다. 지금 북조선의 유일한 종교는 무신론입니다. 무신론의 성서는 마르크스의 자본론과 공산당 선언이고, 이 종교의 위대한 예언자는 레닌이고, 스탈린이고, 모택동이고, 김일성 장군님입니다."

"이 소좌는 공산주의 귀신에 완전히 홀린 것 같소이다. 영원히 깨어날 것 같지 않소. 진정한 공산주의자란 것을 인정할 수밖에 없소."

"공산주의 사회에 엄청나게 큰 꿈을 갖고 있지요. 장군님이 반드시 그 기초를 닦을 거예요. 어머니가 하나님을 믿듯이 열렬하게 그걸 믿고 있지요."

"이 소좌는 김일성 장군이 구세주나 되는 것처럼 떠받드는군요."

"그렇지요. 장군님은 또 하나의 새로운 구세주이지요."

"진정한 구세주가 될지는, 아니면 새로운 사이비 종교의 창시자가 될지는 두고 봐야겠지요. 환상일지도 모르잖소? 그가 우릴 배반하지 않기를 바랄 뿐이오. 하여간에 말씀을 계속하십시오."

"미래는 불확실한 것이지요. 미래는 알 수가 없지요. 그러나 믿어야 하지요. 믿음이 중요한 것이지요. 철두철미하게 믿어야 하지요. 장군님의 신념과 의지를 믿어야 하지요. 의심하고 회의하고 불신하는 것은 종파 분자들이 하는 짓입니다. 선생님, 이제부터 결론을 내리게 해주세요. 공산주의 사회는 지구 최후의 지상낙원이 될 것입니다. 모두가 평등한 사회에서 행복하게 살게 되는 것이죠."

잠시 침묵이 흘렀다. 술기운은 진즉 멀리 달아나 버린 후였다. 조금 날카로운 얼굴선과 얇고 단단한 입술을 지닌 진지한 공산주의자의 얼굴에는 단단한 각오와 긴장된 의지가 배어있다. 그녀는 당당했다. 이 소좌는 들뜬 기운을 가라앉히기 위해 심호흡을 하였다. 그리고 순간적으로 차가운 미소를 흘렸다.

그녀는 시인에게 쉴 새 없이 얘기를 계속하였고 그는 그녀의 얘기를 처음부터 끝까지 다 들었다. 그러나 시인은 극도로 혼란스러운 상태에 빠져서 할 말을 잊고 아무런 대꾸도 하지 않았다. 그래도 가끔은 무언가 통렬하게 반박하려 하였지만 그녀의 광신적인 신념과 집념이 무서워 그만두었다. 어차피 소용없는 일임을 깨달은 것이다. 그녀는 거침없이 몰아붙이리라. 무력감을 느꼈다. 어떤 알 수 없는 불안감 때문에 신경질적으로 몸을 부르르 떨었을 뿐이다.

그들은 평양 인근에 도착하였다.

날씨는 쾌청했고 하늘은 푸르렀다. 평양까지 허허벌판이 이어지고 있었다. 낮은 구릉이 이곳저곳에 산재해 있을 뿐 시야를 가로막는 큰 산은 없었다. 마침 추수가 끝나서 마른 볏짚단이 여기저기 서 있는 가을 들녘은 엷은 회색이어서 너무 황량하였다. 그러나 대동교 밑으로 대동강 강물은 맑고 푸른 물이 느릿느릿 유장하게 흐르고 있었다. 강 주변의 길과 언덕에서는 노랗고 빨갛게 물든 나뭇잎들이 벌써 낙엽이 되어 떨어지고 있었다. 평양은 아비규환이었다. 미군과 국군은 물밀듯이 진격하고 인민군은 무질서하게 북쪽으로 퇴각하고 있었으며 연일 쏟아지는 미군의 포격과 폭격으로 시내에는 성한 건물이 하나도 남아있지 아니 하였다. 폭격을 당한 건물들은 천장과 벽들이 허물어져 위태롭게 서있었으며 내부가 훤히 들여다보였다. 매일 미군 정찰기가 인민군의 투항을 권유하는 삐라를 평양 시가지에 뿌려댔다.

폐허가 된 거대한 도시.

도시 전체가 잡동사니 쓰레기 더미에 묻혀 있다. 연기가 피어오르고 매캐한 화약 냄새가 진동하였으며, 거리 이곳저곳에는 치우지 못해 썩어가는 시체들이 악취를 내뿜고 있었다. 형체를 알아볼 수 없는 몇 명의 인민군 병사 시신이 무너진 건물의 잔해 속에 누워 있었고 길 아래쪽에는 폭격으로 반 토막이 난 전신주 밑에도 다른 병사의 시신이 깔려있었다. 그러나 이곳저곳 전봇대에는 여전히 '김일성 만세, 인민군 만세' 따위의 글을 휘갈겨 쓴 벽보가 나부끼고 있다.

이제 평양은 연합군의 점령이 시간 문제였다. 평양 방어선은 붕괴되었다. 국군과 연합군이 이미 대동강 남쪽을 점령하고 나서 평양 시내 진입을 서두르고 있었던 것이다. 매일 쉴 새 없이 포격과 폭격이 이어졌다. 섬뜩한 휘파람 소리를 내며 불꽃과 함께 떨어진 포탄들로 인해 거리는 회색 연기가 휘감고 있었다. 밤에는 탐조등 불빛이 예리하게 도시의 하늘을 가르고 있었고, 예광탄이 하늘로 치솟아 올라 하얀 빛을 그리며 떠돌았고, 폭격으로 인한 섬광을 수없이 목격할 수 있었다. 사람들이 도시를 버리고 떠나고 있었다. 북한 최고 당국과 권력층은 진즉 평양을 떠나 압록강을 건너서 중국 땅인 통화로 옮겼다는 확실한 소문이 떠돌고 있었다. 그러므로 그들은 그 상황에서 평양으로 들어갈 수도, 들어갈 필요도 없었다. 정치보위부도 찾을 길이 없었다. 최후까지 평양을 사수하였던 최고사령부 직속 근위여단 역시 북으로 후퇴한 후였다. 근위여단은 얼마나 다급했던지 평양형무소의 양쪽에 감방이 다닥다닥 늘어서 있는 긴 복도에서 포로와 민간인들을 무차별적으로 즉결처분한 후 시체도 치우지 않고 마지막으로 철수하였던 것이다.

그들은 평양 진입을 포기하고 동평양 외곽을 우회하여 순천 쪽으로 방향을 틀었다. 막 넓은 도로를 건너서 논둑길로 접어들 참이었다.

이 소좌가 다급하게 소리쳤다.

"빨리, 이쪽으로 오세요. 엎드려요."

그는 여전히 엉거주춤한 채로 서있다. 정신이 반쯤 나가 있었다. 폭격소리가 들려왔다. 모든 게 한순간이었다. 강렬한 바람이 휘몰아치고 엄청난 폭발음이 들렸다. 화염이 일어나고 땅에 구덩이가 파이고 흙먼지가 풀썩이면서 얼굴을 때렸다. 흙먼지가 솟구치는 곳에서 금속성 파편이 튀어 흩어졌다. 잠시 동안 숨을 쉬려고 해도 제대로 쉴 수가 없었다. 화약 냄새가 진동했다. 폭탄 하나가 소리도 없이 날아와 바로 근처에서 터진 것이다. 두 번째 폭탄은 땅 속으로 처박히면서 먼지더미가 피어올랐지만 불발탄이었다.

다행히 시인은 코피가 터지고 얼굴에 가벼운 찰과상을 입은 것 이외에 큰 부상을 입지는 않았다. 그러나 시인의 얼굴은 공포로 하얗게 질려 있었다. 다리가 눈에 띌 만큼 후들거리며 걸음걸이가 휘청거렸다. 폭탄 연기 때문에 고통스럽게 기침을 하였고 계속 가래를 땅에 뱉어냈다. 폭격기 편대가 하늘을 갈라놓을 듯한 날카로운 굉음을 내며 높은 고도로 치솟더니 남쪽으로 사라졌다. 폭격기는 멀어져 갔지만 윙윙거리는 금속성 굉음은 여전히 귓가에 맴돌았다. 시인은 아직도 가슴이 찢어질 듯 힘겹게 숨을 몰아쉬고, 얼굴과 온몸에는 땀이 흘러 흥건히 젖어 있었다. 시인은 한동안 멍했지만 자신이 죽지 않고 살아남았다는 사실이 놀라웠다. 한순간 모든 것이 비현실적이었지만 다시 모든 것이 현실로 되돌아왔다.

그녀의 손에 어느새 쏘련제 권총이 쥐어져 있었다. 그녀는 유유

217

히 사라져가는 전투기를 향해 권총을 휘두르며 악에 바쳐서 거침없이 소리를 질렀다.

"쌍 간나 새끼들. 개새끼들, 미제 개새끼들. 죽일 놈들."

그리고, 다시 핏발이 선 눈빛으로 시인을 쏘아 보았다.

"폭탄에 사지가 갈기갈기 찢겨 죽지 그랬어요. 차라리 그 편이 나아요. 그렇게 보고만 하면 그만이죠."

한참동안 숨을 고른 후, 이 소좌가 또다시 몹시 재촉하였다.

"그것들이 언제 다시 돌아올지 몰라요. 어서 떠나야 하지요. 몸을 추슬러야 해요."

그들은 논둑을 지나 앙상한 나무들이 서있는 언덕 밑 좁은 길로 들어서서 계속 걸었다. 소나무들이 우거진 가파른 오솔길을 오르면서 거칠게 숨을 내쉬었다. 그들의 얼굴은 땀으로 범벅이 되었다.

다음날은 새벽부터 바람이 거세고 비가 억수같이 쏟아져 내렸다. 이런 날은 폭격기도 쉬었다. 잠시 비가 그치자 강에서부터 피어오른 잿빛 안개가 들판과 산허리를 감쌌다. 안개는 다시 비가 되어 내렸다. 바람은 꽤 가라앉아 있었다. 날이 점점 어두워지고 있다. 밤이 빨리 찾아왔다. 밖에는 계속 안개비가 내리고 있다. 그저 깜깜한 어둠과 가는 빗줄기만 느낄 수 있다. 그들은 비어있는 외딴집에서 며칠을 마냥 보냈다. 그들은 녹초가 된 상태에서 온몸이 쑤시고 아팠고 처량하기 짝이 없는 자신들의 딱한 처지 때문에 말을 할 기분이 아니었던 것이다.

10월 하순이 되자 북쪽에서는 날씨가 벌써 추워지기 시작했다. 그들은 누더기 옷을 걸친 채 매서운 추위를 무릅쓰고 터벅터벅 걸어서 다시 강계 쪽으로 가야 했다. 이 소좌는 처음에는 후퇴하는 인민군은 영변이나 박천으로 집결하라는 최고사령부의 지시에 따라 그 쪽으로 가려고 하였으나 그곳도 미군의 공습이 심해 후방사령부가 있는 강계 쪽으로 방향을 잡은 것이다. 북쪽으로 계속 후퇴하는 인민군 낙오병들이 그러한 사정을 이 소좌에게 알려주었다.

이 소좌가 말했다.

"여기는 평안남도 순천입니다. 안주가 바로 위에 있지요. 우린 지금부터 군우리를 지나서 후방사령부가 있는 자강도 강계 쪽으로 가야만 합니다. 거리가 여기서 300킬로미터 쯤 되겠지요."

"강계에 가면 어떻게 되는 거요?"

그녀가 화가 나서 신경질적으로 대답하였다.

"저도 알 수가 없어요! 아시겠어요? 모든 게 불확실해요! 저는 임무를 수행하고 있을 뿐입니다. 임무를 완수하는 게 중요하지요. 마음이 약해져서 어딘가에서 그냥 주저앉고 싶은 거지요. 도망치고 싶은 거겠지요. 그건 안 되지요. 안전한 곳은 없어요. 지금부터 무엇을 할지는 내가 결정합니다. 내가. 우린 가야만 하지요. 끝까지 걸어야 하지요. 강계로. 그것만은 분명하지요."

"지금도 북조선의 승리를 믿고 있소?"

"쓸데없는 소리 하지마시라요! 전쟁이란 승리 아니면 패배이지요!

하지만 이 전쟁에서 진다면 혁명의 대의도, 공화국도, 저도 사라질 것입니다. 어떤 수단과 방법을 동원해서라도 반드시 이겨야 하겠지요"

"유엔군이 지금 올라오고 있어요. 이 소좌는 잡히면 어떻게 할 생각이요"

"난 잡히지 않아요. 절대로. 그러나 잡히는 찰나에는 총을 쏴 죽여야겠지요. 아시겠어요? 권총과 탄알 20개가 들어 있는 탄창이 있단 말입니다. 다 써야지요"

"왜? 그때는 목사를 직접 집행하지 아니하였소?"

"매우 비꼬시는군요. 그때는 제게 총이 없었지요. 만약 총이 있었다면 단번에 가슴에다 대고 쏘았겠지요. 그러면 목사는 비명을 지르며 땅바닥에 나동그라졌겠지요. 그리고 전 머리통에 대고 최후의 한발을 쏘았겠지요. 확인사살이 필요하니까요. 열렬한 혁명전사이니까요. 아시겠어요!"

순천을 지나서 강계로 가는 도로는 참으로 참혹하였다. 미군의 공습을 당한 인민군 트럭들이 수백 미터 간격으로 불에 타고 있었고, 인간의 뼈와 살이 타는 냄새가 진동하였다. 길바닥에는 팔다리가 끊어지고 창자가 쏟아져 나온 병사들이 버려진 채 쓰러져 있었다. 그들은 "살려 달라"고 허공에 대고 울부짖었다.

이 소좌는 시인을 이끌고 도로를 건너고 폐광촌을 지나서 깊은 산속 길로 접어들었다. 그들은 나무가 우거진 가파른 언덕길을 올라갔다가, 올라갈수록 공기는 점점 더 차가워졌지만, 다시 미끄러지지 않도록 발을 조심스럽게 내디디면서 갈색 솔잎으로 뒤덮인 내리막길을 내려갔다. 소나무의 제일 위쪽 가지에서 다람쥐 한 마리가 찍찍거렸다. 다람쥐는 납작하게 엎드려서 작은 눈을 반짝이며 꼬리를 재빠르게 휘젓고 있었다. 그들은 숲속에서 힘겹게 오르락내리락하며 꾸준히, 천천히 길을 걸었지만, 이젠 길을 걷는 게 너무너무 지긋지긋하였다.

다음날 밤은 하늘은 아주 맑았고 수많은 별들이 반짝이고 있었다. 주위는 어두웠지만 높은 산들은 어둠 속에서 그 윤곽을 드러내고 있었다. 위쪽에는 바람이 불었다. 하늘에는 구름이 흘러갔다. 계곡에서는 조용히 흐르는 물소리가 들렸다. 멀리서, 사람의 애간장을 녹이는 구슬픈 올빼미 울음소리가 끊어질 듯 이어지는 깊은 산골짜기에서 불빛이 희미하게 깜빡거리는 게 보였다. 좁은 길은 계속해서 올라가거나 내려가며 그곳까지 이어져 있었다. 밤길을 더듬어 찾아가보니 다 쓰러져가는 작은 오두막이었다. 늙은 할머니와 반벙어리인 할아버지가 오순도순 살고 있었다.

할머니가 말했다. "여긴 일 년 내내 사람 구경을 할 수가 없디요 그저…… 산삼 캐러 다니는 심마니들이 가끔……. 그런디 행색이 심마니 같디는 않구먼. 이 밤중에 무슨 일루다?"

"할머니…… 전쟁이 일어났어요" 시인이 말했다.

221

"뭐라구 했수?"

"전쟁이……."

"우리네는 그런 것 도재 모르디."

할머니가 근심어린 표정으로 물었다. "그런디…… 배가 고프디는?"

"할머니…… 먹을 게 좀 있나요?"

"드려야디요. 귀한 손님인디…… 근디 쌀밥은 없디요. 우리도 쌀밥은 일 년에 한 번씩…… 설날에만 구경하디요. 보리죽이나 강냉이죽만 먹디요."

할머니는 전쟁이 일어난 것도 전혀 모르고 있었다. 그들이 누구인지, 그들 사이가 어떤 관계인지, 왜 그런 행색으로 도망을 다니는지, 지금 어디로 가고 있는 지도 전혀 묻지 않았다. 그들은 동치미 국물에 꿀맛 같은 강냉이 죽을 배불리 먹었고, 아침이 되자 족히 일주일은 먹을 수 있는 강냉이 가루를 얻어서 다시 길을 나섰다. 상쾌한 아침이었다. 높은 산 위에는 하얀 뭉게구름이 한가하게 떠 있었고 숲속의 대기는 상쾌하고 따뜻하였다. 경치가 너무 아름다웠다. 그들은 모처럼 기분이 좋았고 기운이 넘쳤다. 이제 전쟁은 그들과는 상관이 없는 것처럼, 남의 일처럼 느껴졌다. 소풍이나 나온 것처럼 주변 경치를 음미하며 천천히, 아주 천천히 머나먼 강계를 향해 다시 걷기 시작하였다.

이 소좌가 말했다. "우린, 별세계를 왔다가 가는군요."

"그런 것 같소이다."

시인은 삼팔선을 넘을 무렵부터 벌써 다리의 부종 때문에 심한 고통을 느끼고 있었다. 오랫동안 걸으면서 다리가 심하게 부었고 그 부분에서 피부가 팽팽하게 당겨져 무릎을 제대로 구부리지 못할 정도가 되었다. 신발 속으로 부어오른 발이 들어갈 수도 없었다. 그래서 맨살이 드러난 발은 늘 젖어 있다. 그러나 이 소좌가 응급 구호조치를 취하고 비상용 항생제를 투여해서 그럭저럭 견디고 있었다.

겨울이 닥쳐왔다. 그들은 때 이른 거친 눈보라와 씨름해야 했다. 처음에는 눈발이 조금씩 흩날렸다. 눈은 땅에 닿기를 주저하기라도 하듯 줄곧 머뭇거리다 춤을 추듯 내려왔다. 그러나 늦은 오후가 되면서 눈보라는 강풍을 동반하였다. 대기는 휘날리는 하얀 눈으로 가득 찼다. 대지도 꽁꽁 얼어붙었다. 그러나 시인은 이 소좌가 징발한 두툼한 솜옷으로 몸을 감싸고 있어서 견딜 만했다. 다만 발이 꽁꽁 얼어붙어 감각이 없었다.

중공군의 참전과 기습공격, 인해전술로 인해 전세는 역전되고 있었다. 도로마다 남으로 철수하는 군용 트럭과 온갖 종류의 차량들, 피난민들로 북새통을 이루고 있었다. 트럭들이 가다 서다를 반복했다. 트럭에 타고 있는 병사들의 표정이 피로에 지치고 우울해 보였다. 그들은 압록강까지 진격하였다가 중공군에 밀려서 남으로 후퇴하고 있는 중이었다. 초라한 행색의 피난민들이 그들의 모든 재산을 실은 수레를 끌고 내려갔다. 혼란은 시작도 끝도 없었다. 이제는 중공군이 전선을 장악하고 있었다. 운산과 군우리 전투에서 크게 승리한 중공군은 평양을 회복하고자 남으로 대공세를 취하고 있었다. 밤이면 밤의 정적을 뒤흔드는 중공군의 꽹과리와 피리소리, 호루라기 소리와 나팔소리가 숲속에서 들려왔다. 그 소리들은 깊은 밤 무당집에서 들려오는 굿판의 섬뜩한 분위기를 풍겼다. 그것들은 듣는 사람으로 하여금 말할 수 없는 공포심에 사로잡히게 하였다. 그것은 중공군의 공격 개시 신호였다. 그리고 나서 중공군의 함성소리가 들렸다.

그들은 자주 고류노프 중기관총을 끌고 남으로 밀고 내려가는 인민군과 중공군의 혼성부대와 격자무늬로 두툼하게 누빈 방한복을 입고 수류탄과 따발총으로 무장한 인민군 수색대와 조우하였다. 그들이 험악한 얼굴로 총을 겨누고 위협하였다. 금방 방아쇠를 당길 듯한 기세였다. 그러나 이 소좌의 신분을 확인하고 통과시켜 주었다. 이 소좌는 민족보위성 최고사령부가 발급한 군관 신분증과 비밀경찰인 정치보위부의 신분증, 당원증 등을 가지고 있었다.

그날 밤은 둘 다 몹시 피곤해서 더 이상 걸을 수가 없었다. 중강진에서 다시 평양 외각 북쪽의 원장리로 이동한 후였다. 그들이 처음 목표로 삼았던 강계 역시 미군의 심한 공습에 견디지 못하고 후방사령부가 통화로 옮겨간 것을 알고 강계 근처에서 다시 양강도의 중강진 방면으로 가게 되었던 것이다. 그곳은 심한 산악지역으로 여전히 인민군이 장악하고 있었기 때문이다.

원장리 마을은 농가 대부분이 심한 폭격으로 지붕들이 무너져 있었고, 골목의 나무들마저 폭탄 파편에 나무껍질이 깎여 있었다. 그들은 주인이 피난가고 없는 빈 농가의 천장이 허물어진 헛간에 누워버렸다. 심신은 지칠 대로 지쳐 있었지만 잠은 좀처럼 오지 않는 그런 밤이었다. 잠을 자려고 애쓸수록 더욱 잠을 이룰 수 없었다. 어느새 밤의 정적이 주위를 감쌌다. 그날 밤에는 폭격기의 굉음이나 폭격 소리도 더 이상 들리지 않았다.

부드러운 달빛이 은색의 엷은 천으로 찢겨진 산천을 뒤덮고 있었고, 달이 이지러지면서 달그림자가 점차 더 멀리 산 너머로 물러났다. 밤은 자신의 수많은 별들을 잃어버렸다. 암청색 밤이 흘러가고 있었다. 새벽이 가까워 오면서 살얼음이 얼기 시작한 대동강에서부터 피어오른, 바람에 갈기갈기 찢겨지고 흩어지면서 마치 유령처럼 보이는 밤안개가 어느새 산허리를 휘감고 있었다.

"그 시들은 왜 그렇게 아름다운가요? 지금은 다 잊어버렸지만. 그렇지요. 감상은 혁명에 금물인데 시인을 만나니 어쩔 수 없이 감상주의에 빠져 버렸네요."

그녀의 검게 탄 긴 목이 감각적이었다. 그녀가 구리 반지를 낀 가는 손가락으로 헝클어진 머리카락을 쓸어 올렸다. 그녀의 눈에 맺혀있는 이슬 같은 눈물이 여린 달빛 속에서 보였다.

"곧 헤어져야 할 시간입니다. 삼팔선에서부터 시작하여 두 달 반동안을 함께 이 산천을 헤맸군요. 평양에서 순천, 강계를 거쳐서, 청천강을 건너서 중강진까지, 중강진에서 다시 평양까지는 근 두 달 동안 천릿길을 걸었지요. 드디어 평양에 도착하였네요. 선생님은 말 잘 듣는 착한 학생이었지요. 하지만 저는 때로는 화도 내고 신경질도 부렸지요. 위협하기도 하고 강요하기도 하고 저는 잔인한 납치자의 임무를 수행해야 하였으니까요. 저도 무척 힘들었답니다. 그러나 어려운 고비가 많았지만 천우신조로 우린 살아남았지요. 가끔 밤이면 농가의 헛간에서 불을 활활 지펴 놓고 앉아 많은 얘기, 심각한 얘기, 열띤 얘기를 주고받았지요. 때론 밤을 하얗게 새기도 하였지요. 그땐 선생님이 그랬죠. '벌써 날이 밝았군.' 영영 이별하는 느낌이 드는군요. 건강하시게 오래오래 사시라요. 그리고 말입니다. 정치보위부는 험한 곳이에요. 조사를 잘 받으시고 풀려나시라고요"

그녀가 계속 말했다.

"시인을 호송하는 임무는 썩 내키는 일이 아니었지요. 그것도 몸도 성치 않은 사람을 맨몸으로. 저는 재편성되는 부대와 함께 하루라도 빨리 전선으로 가고 싶었거든요. 하지만 모든 게 엉망진창이었지요. 부대 재편성도 불가능했고, 모두들 북쪽으로 도망가기에 바빴지요. 어쩔 수 없었던 거지요.

이런 밤에는, 이별의 밤에는 이별주를 마시고 담배를 피워야 하는데, 목이 마르군요. 한 잔의 술이 간절하지요. 그러나 어쩌겠어요. 날이 밝으면 떠날 것입니다. 정치보위부가 인수할 거예요. 저는 새

로 편성되는 부대로 가서 다시 전선에 배치되겠지요. 전선에는 총
알이 핑핑 소리 내며 막 날아오지요. 총알이 가슴에 박히면 죽겠죠.
폭탄에 맞아 온몸이 산산조각이 나는 것은 생각만 해도 끔찍하지요.
그러나 혁명의 대의를 위해 죽는다면 영광이죠. 그래도 울고 싶군
요."

그녀가 창백한 얼굴로 달빛 속에서 그를 쳐다보며 씁쓸하게 미소
를 지었다. '언제가 우리 다시 만날 수 있을까요?'라고 묻는 것 같
은 표정이었다.

여인의 육체는 왜 그렇게도 아름다운 것인가! 그녀는 틈나는 대
로 가끔 머리를 매만지고 얼굴에 살짝 분을 바르지 않았던가. 지금
풀어헤친 그녀의 가슴에 얼굴을 파묻으면 여체의 시큼한 체취와 함
께 여인의 짙은 향기를 맡으리라. 나는 도취되어 온몸으로 환희를
느끼리라. 따스한 체온을 느끼리라. 그러면 그 열기 같은 따스함이
내 가슴 속으로 전해지고 내 영혼 전체에 나른하게 퍼지리라.

시인은 그 순간 고달팠던 지난 나날들이 하나씩 하나씩 되살아났
다. 그것들은 자신의 삶 속에서 오랫동안 명멸하다가 언젠가는 먼
과거 속으로 깊이 가라앉을 것이다. 시인은 그만 목이 꽉 메었다.
그는 마음이 갈기갈기 찢어지는 듯했다. 희미한 어둠 속에 눈을 살
포시 감고 누워 있는 그녀의 얼굴을 새삼스럽게 뒤돌아보았다. 그
녀가 돌봐주지 않았다면 그 험난한 여정에서 자신은 지금까지 살아
남지 못했을 터였다. 그녀는 어머니였고, 사철 발 벗은 아내였고,

누나였고, 검은 귀밑머리 날리는 어린 누이였고, 그녀의 아련한 눈빛이 그의 마음을 송두리째 앗아간 연인이었다.

시인은 목이 쉰 것처럼 목구멍 깊은 곳에서 그르렁대는 목소리로 겨우 말했다. "그래 너무 고마워. 내가 더 이상 무슨 말을 할 수 있겠나! 부디 살아남아라! 살다보면 다시 만날 날이 있겠지. ……날러는 엇디 살라하고 바리고 가시리잇고 잡사와 두어리마나난 선하면 아니 올세라……."

더욱 짙어진 안개 위로 검은 실루엣 같은 산봉우리와 하늘이 먼 풍경처럼 아득히 보였다. 바람이 불었다. 안개가 흩어지고 있었다. 곧 새벽이 열리리라. 하늘은 높고 태양은 대지 위에 뜨거운 빛을 쏟으리라. 이 얼어붙은 침묵의 대지는 봄이 오면 다시 만물의 생명을 회생시킬 것이다. 고사목에도 새싹이 돋고 꽃이 만발하고 초록의 세계가 싱그럽게 펼쳐질 것이다. 아무리 잔인한 전쟁도 대지의 생명력을 짓밟을 수는 없기 때문이다. 생명의 부활과 순환. 그러면 인간들의 찢겨진 영혼은 진정되고 육체는 위안을 받을 것이다.

정치보위부, 김규진 중좌

평양 시내는 여전히 공습경보를 알리는 사이렌 소리가 간간이 들려왔다. 폭격기 편대가 은빛 날개를 반짝이며 날아와서 폭탄을 이곳저곳에 쏟아 붓고 사라졌다. 거의 전파되다시피 한 시가지에서 연기와 불길이 타오르고 사람들은 어찌할 바를 모르고 우왕좌왕 하였다. 평양 곳곳에 세워졌던 미군 보급소에서는 퇴각하면서 미처 가져가지 못한 막대한 양의 군수품과 기름들이 불에 활활 타고 있었다. 여기저기에서 피어오르는 매캐한 검은 연기와 화염에 휩싸인 시내는 아수라장이 되었다. 그 무렵 평양 방송국과 조선 로동당보에서는 용맹한 중국 의용군 전사들과 북조선 인민군들이 합세해서 남한의 전 지역으로 다시 물밀듯이 내려가고 있으므로 이제 조국통일은 시간문제라고 끊임없이 선전을 하고 있었다. 그때 평양은 북조선 당국과 인민군이 장악하고 있었다. 국군과 미군은 중공군의 참전에 의해 남으로 밀려나고 있었다. 그러나 평양은 물론이고 북한 전 지역이 폭격과 식량난으로 시달리고 있었고, 설상가상으로 장티푸스가 발생하여 무서운 기세로 번지고 있었지만 평양의 분위기는 더욱 살벌해서 가두검문과 가택수색이 심하였다.

하늘에는 음산하게 보이는 시커먼 구름이 떠다녔다. 그 둔탁한 납빛 구름은 뭉게뭉게 피어오르면서 자꾸만 모습을 바꾸었다. 구름들이 달아나고, 다시 만나서 뭉치고, 또다시 갈라졌다. 춥고 스산한 겨울바람이 한쪽 끝에서 다른 쪽 끝까지 도시를 휩쓸었다. 하늘이 점점 내려앉았다. 어느새 하늘은 완전히 먹구름이 끼었고, 눈발이 흩날리기 시작했다.

1950년 겨울은 잔인한 겨울이었다. 비망록에 의하면 시인이 보위부에 정식 인계된 날짜는 12월 20일이다.

정치보위부 건물은 옛날 일본 헌병대가 평양 분실로 쓰던 낡은

벽돌 건물이었는데 그나마 본관 건물은 끝없는 공습으로 철저히 파괴되어 그 잔해만 남아있어서 옛 모습을 거의 찾아볼 수 없었다. 다만 본관에서 멀리 떨어져 있던 별관과 그 주위 지하실 등은 철저하게 위장을 한 덕분에 미군 폭격을 피하고 있었다. 그리고 그 건물 둘레에는 덤불 속에 숨겨진 채로 이중삼중으로 철조망을 쳐 놓았다. 건물은 낡고 칙칙하였다. 그 건물의 지하실 좁은 독방에 그는 임시로 감금되었다. 두 팔을 쫙 벌리면 양쪽 손가락이 벽에 닿을 만큼의 폭이었고, 바닥에 드러누워 팔을 위로 올리면 손끝이 닿을 정도의 길이였다.

그 독방은 어둡고 우울했다.

벽은 습기에 차있고 사람의 손이 아니라 오랜 시간에 의해 매끈하게 닳아 있었다. 12월 중순에 접어들면서 벌써 한겨울이어서 난방이 되지 않은 지하실 방은 지독히 추웠다. 걸레처럼 너덜거리는 낡은 매트리스 밑에는 물기가 배어 있었고 지독한 곰팡이 냄새가 풍겼다. 모든 게 낯설고 어색하였으며 비현실적이었다. 그는 가슴이 고통스러울 만큼 쿵쾅거리는 것을 느낄 수 있었다. 심한 갈증과 폐쇄공포증이 그를 덮친 것이다. 그는 축축한 냉기 속에서 밤을 지내다가 낮이 되면 그 건물 2층의 심문실에서 조사를 받았다. 그 방은 북쪽으로 작은 창이 나있었고 늘 그늘이 져있어서 벌써 창에는 두껍게 성에가 끼어 희뿌옇게 보였다. 초겨울 내내 햇빛은 오전 잠깐 동안만 비스듬히 비추다가 금세 사라졌다. 그리고 한쪽 벽면에는 스탈린과 김일성의 초상화가 걸려 있다.

처음에는 하급 군관이 매일 비슷비슷한 질문을 하고 그 역시 건성으로 대답을 하였다. 전투기의 폭음 소리는 여전히 간헐적으로 들렸다. 그러자 새로운 군관이 와서 심문을 처음부터 새로 시작하였다. 그는 고위 간부의 분위기를 물씬 풍기고 있었다. 턱이 각진 얼굴은 검은 편이고 살이 쪄서 통통하고, 행동은 유들유들하고 거들먹거리고, 그리고 말쑥하게 인민군 정복을 입었으며 중좌 계급장이 어깨에서 번쩍거렸다. 그가 계속 시인의 얼굴을 날카롭게 뜯어본다. 심문자의 목소리는 정중한 것처럼 들리지만 벌써부터 날이 서 있었다.

"지금부터 본관이 직접 조사할 것이오. 진실만을 말하시오. 그리고 반드시 존칭어를 쓰기 바라오. 공화국 고급 군관에게 최대한 예의를 갖추기 바라오. 나를 먼저 소개하는 것이 순서겠지요. 나는 정치보위부 문화부 소속 김규진 중좌요. 동무를 조사키 위해 특별히 선발되었소. 본인은 로동당 선전선동부에서 남조선의 문화예술인들을 북으로 초대하는 업무를 담당하다가 전쟁 통에 이곳으로 차출되었소. 하여간에 그렇게 되었습니다. 그러니 말입니다, 협조적으로 우리 잘해 봅시다. 내가 오기 전에 하사관들이나 하급 군관들이 동무에게 지나친 행동을 했다면 용서하시오. 그건 공화국의 뜻이 절대 아니었습니다. 나는 동무에 관한 기록을 샅샅이 훑어보았고 지금 북에는 남조선에서 올라온 문인들이 부지기수요. 그들이 이미 많은 증언을 하였소. 단지 그걸 확인하기 위해서 조사하는 것일 뿐이오."

"저는 거대한 음모자가 아닙니다. 제가 숨길 게 무어가 있겠습니까. 오직 성실하게 답변하겠습니다."

"그렇게 해야겠지. 동문서답을 하면 안 되겠지. 그러면 내가 마구 화를 낼 것이오. 동무 담배 한 개비 피우시라요. 그리고 커피도 이 커피가 이 난리 통에 얼마나 귀한지를 동무도 잘 아시겠지요. 커피는 역시 미제가 최고이지요. 동무를 위해 특별히 마련한 것이지요. 그러니 우리 잘 협조해서 조사를 끝마치기로 합시다. 동무, 안 그렇습니까?"

그들은 함께 커피를 마셨다. 얼마만인가. 뜨거운 커피는 진한 회색빛이었고 달콤하고 쓰디 쓴 향내가 코끝을 맴돌았다. 그 씁쓸한 커피가 목구멍을 타고 내려가면서 깊은 여운을 남겼다.

그는 생각했다. '내가 지금 겁을 먹고 있는 건가? 이 미증유의 시련을 견디어낼 수 있을 것인지? 굴복하지 않고 끝까지 버틸 수가 있을 것인가? 피조사자가 스스로를 죄인으로 만드는 스탈린식 조사가 시작되고 있는 거야. 내가 저지르지도 않은 죄에 대해서. 지금부터 상상의 죄를, 자신의 죄를 스스로 찾아내려는 절망적인 노력을 해야만 하는 거야. 오, 하나님, 하나님이시여. 당신은 모든 걸 보고 계시고 모든 걸 듣고 계시고 모든 걸 알고 계신다고 합니다. 당신을 애타게 부르고 싶습니다. 부르고 또 부르고 싶습니다. 저는 당신의 도움이 간절히 필요합니다. 왜 지금 듣지 못하시는 겁니까? 들어도 못들은 척 혹은 일부러 대답을 하지 않으시는 건가요?'

본격적인 심문이 시작되었다.

"먼저, 동무의 친일행적부터 시작하지요. 우리는 충분히 사전 조사를 했으니까 허튼 소리는 하지 않기요. 그런데 조선민족으로서 어찌하여 그런 자에게 빌붙었단 말이요. 동무는 양심도 없었소 동무는 당초 시인으로 출발할 때부터 기타하라 하쿠슈로부터 시를 배웠단 말입니다. 일본 유학시절, 그러니까 동지사대학 시절을 말하는 거요. 동무는 특히 하쿠슈를 동경의 대상으로 삼고 사숙까지 했었지요. 그가 동무에게 절대적인 영향을 끼쳤단 말이지요."

시인이 대꾸하였다. "정치보위부가 무슨 할 일이 없어서 나에 대해서 그렇게까지 조사를 한단 말입니까."

"동무, 쓸데없는 말을 삼가시오. 그 무렵에 동무는 무어라고 말했소. 일본의 피리나 빌려서 연습하겠습니다. 저는 아무래도 피리꾼이 될 것 같습니다. 그건 하쿠슈더러 들으라 한 것 아니었소 그리고 하쿠슈가 애용했던 어휘나 시어, 이미지를 은근슬쩍 빌려서 시를 쓰니 동무의 초기 시에서는 하쿠슈의 냄새가 물씬 풍겼단 말입니다. 그런데 하쿠슈가 누구인가요 그 자는 일본 제국주의자의 앞잡이로 성전을 찬미하며 일본의 민족의식을 고취해서 국민시인이 된 자가 아닙니까. 수많은 전쟁협력시를 발표했어요 그런데도 동무는 배알도 없이 조선민족의 자존심을 저버리고 그런 자에게 빌붙었단 말입니다. 이 얼마나 통탄스러운 일입니까."

시인은 내내 눈을 내리깔고 부드럽고 공손한 태도로 진지하게 말했다. 옆 책상에서는 하사관이 사복을 입은 채 무표정한 얼굴로 구식 타이프라이터로 심문조서를 작성하고 있었다.

김 중좌가 잠시 자리를 비우자 그가 처음으로 말했다.

"난두 무식해서인지 시를 도통 모르디요. 그러나 동무가 시대를 잘못 태어난 것만은 알 수 있디요. 동무가 그 따위 시 좀 썼다고 한들 그게 무슨 죄가 되갔시요. 동무는 지금 잘 하고 있디요. 기래요, 흥분하지 마시라요. 말을 잘 들어야 해요. 성질이 몹시 급하시거든요. 괜히 고생할 거야 없디 않가서요. 그분이 힘이 센 사람입네다. 공화국의 높은 분들과는 두루 잘 통하디요. 내가 전선에서 이곳으로 오게 된 것두 그분이 끌어주신 거라요. 기래니까 반드시 시키는 대루 하시라요. 기래야만 목숨을 부지할 수 있을 것이디요. 그분이 동무의 생사여탈권을 쥐고 있는 셈이디요."

김 중좌는 들어오자마자 다시 진술을 재촉했다.

"그렇지. 계속하시오. 계속해서…… 하사관 동무, 잘 받아 적으시오. 진술의 요점을 놓치면 안 되겠지……."

"하쿠슈의 시는 터무니없이 멜랑콜리하고 센티멘털해서 사회주의 리얼리즘의 관점에서 보면 휴지통에 처박아야할 쓰레기나 다름없는 것이지. 동무 역시 그 사람의 아류라고 할 수 있소. 겉으로는 예술지상주의자인 것처럼 행세하면서 사회성이 결여된 감각적이고 신흥 예술파의 경박한 시만 썼던 것이오.”

“그럴지도 모르오. 내 어찌 부인할 수 있겠습니까. 그러나 한마디 변명을 하자면 순수한 조선어 어휘를 발굴해서 풍부한 표현력으로 시를 쓰고 싶었던 것뿐입니다. 그 동안 우리 시가 음악성만을 중시해 왔지만 새로 시의 공간성이랄까 회화성을 도입하고 싶었던 거지요. 시의 이미지 말입니다. 더욱이 말입니다. 김 중좌님, 저는 원래 사회성이니 사상성이니 같은 것은 잘 알지도 못하고 하여간에 그것들은 저와는 관계없는 공허한 존재들입니다.”

김 중좌의 거무죽죽한 얼굴이 금세 굳어지고, 화가 나서 버릇대로 눈이 뱀눈처럼 되면서 소릴 질렀다.

“입을 닥치시오. 동무는 너무 잘난 체하는 게 탈이오. 프로문학의 동지들을 폄하하지 마시오. 문학은 형식이 아니라 내용이 중요한 것이오. 형식은 껍데기일 뿐이오. 공작새처럼 화려한 장식이나 경박한 가식은 절대적으로 필요 없는 거요.”

젊은 하사관 동무가 그의 진술을 받아 타이프라이터를 치면서 끙끙대고 있었다. 그는 얼굴에 땀을 흘리고 있었다. 그는 긴 진술을 꼬박꼬박 받아 치면서 몹시 힘겨웠던 모양이다. 그러나 김 중좌는 아랑곳 하지 않고 심문을 계속하였다.

건물 밖에서는 여전히 멀리서 폭격기의 굉음과 폭격소리가 들려왔다. 그러나 시인은 전쟁의 진행 상황에 대해 전혀 알 길이 없었다. 완전히 고립되어 있었기 때문이다. 벌써 며칠째 김 중좌의 날카

235

로운 심문이 계속되고 있었다. 그의 질문은 정확하게 핵심을 찔렀고 때로는 시인의 입장을 이해하고 두둔하면서 날선 목소리로 송곳처럼 날카롭게 파고들었기 때문에 시인은 부인할 도리가 없었다. 그러나 그는 길고 끈질긴 심문 탓에 점점 육체적으로, 정신적으로 지쳐가고 있었다. 가끔 꿈에서처럼 아스라하게 소식이 끊긴 가족과 이 소좌의 생사가 궁금하였다.

"문제는 말이요. 동무가 하늘처럼 믿고 있는 그 천주교가 동무의 시적 재능을 앗아갔다는 것이요. 동무는 종교시 편에서 가톨릭의 교리가 절대적이고 영원불변의 진리라고 맹신하여 전지전능한 신에 의지해 구원 받으려는 나약한 태도를 보였단 말이요. 동무는 시인으로서 자신의 주체성을 망각하고 모든 걸 신에게 맡겨 버렸으니. 너절한 신앙고백에 다름 아닌 종교시는 현실을 완전히 외면하고 오직 신만을 우러러 보았지요. 그때 동무의 종교시는 완전히 경직되어 있었소. 현실 도피적이고 관념적이었다는 말이요.

다시 말하면, 그때 동무가 쓴 너절한 종교시는 산만하고 긴장감이 없는 문체로 쓴 거였소. 시인의 개성이나 신선한 이미지는 눈 씻고 찾을 수 없는 것이었단 말이요. 부인할 수 있겠소? 그때부터 동무의 시적 재능이 점점 사라진 것이요. 그것들은 동무의 초기 아름다운 시에 감탄했던 독자들을 배신한 거였소. 그런데 시인에게서 시인의 혼을, 시인의 상상력을 앗아간 신을 그래도 믿고 있는 거요? 그 신이 도대체 누구란 말이요?"

"……."

"다시 말하겠소. 그 신은 동무에게 아무런 도움이 되지 못했소. 당신의 시심을, 시적 재능을 말살했을 뿐이오. 동무는 그때 종교시를 쓰면서 전지전능한 신의 힘으로 구제 받으려고 발버둥을 쳤지만 모든 게 허사였소. 동무는 어려운 현실에서 도피하려고 신을 찾은 거요. 그래서 공허하고 관념적인 종교시에 빠진 것이었소. 내 말이 틀렸소? 그 쓸모없는 신에게 사형선고를 내리시오. 그리고 천주교에 대해 침을 뱉으시오. 동무가 천주교를 고수하는 한 그건 치명적인 독이 될 것이요. 미 제국주의자의 앞잡이로 인정되는 빌미가 된단 말이오. 그 신을 당장 버리시오. 실제 존재하지도 않는 신을 믿는 것은 어리석은 짓이요. 종교는 인간이 만들어낸 관념이란 말입니다. 그것은 유산계급이 무산계급을 지배하기 위해 교묘하게 조작해낸 인민의 아편일 뿐이오. 당장 신을 버리시오! 이건 공화국의 엄숙한 명령이요. 알겠소?"

그가 멈칫거렸다. 그는 잠시 진술을 멈추고 생각에 잠겼다.

"그래요. 신은 저의 울부짖음에도 단 한 번도 대답을 해준 적이 없습니다. 인간 삶의 불가해성을 속 시원히 풀어서 가르쳐주기를 간청했었지요. 그 신이 지금 어디에 계신지 알 수 없구료. 신은 거룩하지만은 않은 것 같습니다. 신은 잔혹하고 무자비하고 야만적일 수 있습니다. 신은 전지전능하지도 않습니다. 무소부재하지도 않습니다. 하지만 신을 떨칠 수는 없을 것 같소이다. 그 무력한 신을 원

망해서 어쩌겠습니까. 그래도 신은 이 순간에도 살아계신다고 믿고
싶습니다."

"동무는 참으로 멍청하오. 그렇게 말귀를 못 알아들으니. 시인이
란 족속들은 참으로 어리석지. 세상 돌아가는 것도 모르고"

그가 웃음을 터뜨렸다. 그 웃음은 이상하고 기분 나쁜 웃음으로
음산하게 심문실에 울려 퍼졌다. 그러나 김 중좌의 얼굴이 일그러
졌다. 지독히 심술궂은 태도로 이죽거리고 주먹으로 책상을 쾅쾅
두드리다 침을 튀기며 다시 심문하였다.

"이 부분이 동무의 범죄혐의와 관련하여 핵심적인데 지금부터 조
사하겠소. 다시 경고하는데 허튼 소리는 용납할 수 없소. 그따위 소
린 집어치우시지. 당장 집어치우라고. 동무는 지금 자기변명이 지나
치다는 것 알고나 있소. 그때 북조선에서는 동무의 변신에 대해 놀
라워하면서도 반신반의했소. 그러다가 동무의 논설이 점점 과격해
지자 이제는 동무를 공화국의 위대한 전사로 간주하기 시작했소.
천군만마를, 문학적 동지를 얻었다고 생각한 거요. 물론 그 후 동무
의 변절을 보고 아연실색했지만 말이요. 동무는 나중에 악질 반동
단체인 보도연맹에 가입하지 않았소. 우리는 동무의 변절에 대해
공화국을 반역한 죄, 미국 제국주의 첩자라는 죄목으로 다스릴 작
정이오."

갑자기 무시무시한 불안이 시인을 덮쳤다. 그의 목을 죄어들고
있었다. 목울대가 경련하고 있다. 그는 온몸에 땀이 흐르는 것을 느

끼면서 공포에 사로잡혔다. 그러나 침착하지 않으면 안 되었다.

시인이 답변하였다.

"김 중좌님이 변절했다고 하니 할 말이 없습니다. 변절이라는 우리말 낱말이 정말 생소하게 들리는 군요. 저에게도 변명거리가 있습니다. 잘 들어주시면 고맙겠습니다. 그때 누가 변절을 하였는지 말씀드리지요. 그 시절에 매일신보나 경성일보 등에 문필가랍시고 자리 잡고 앉아 공출과 징용, 징병을 독려하는 글을 익명으로 매일처럼 써 갈겼던 자들이 해방 후 어떤 행보를 하였는지 알고 계신지요. 그들이 이번에는 파렴치하게도 좌익 지식인 행세를 하면서 우익 타도에 너도나도 앞장섰지요. 또, 어떤 친일파 모리배들은 고고한 민족주의자로 자처하면서 재빨리 친미파로 변신하였지요."

"동무, 세상에는 쓰레기들이, 기회주의자가 언제나 득실거리는 법이요. 그래야만 살아남을 수 있기 때문이겠지요. 동무도 남의 말할 계제가 아닌 것 같소. 하여튼 말이요, 남의 말은 할 것 없소. 동무의 이야기를 진술하시오."

"저의 경우에는 남조선에 단독정부가 들어서면서부터 모든 게 달라진 겁니다. 문맹의 전력을 가지고 있던 저는 단독정부의 수립과 때를 같이 하여 이화여대의 교수직을 사임할 수밖에 없었지요. 보이지 않는 압력이 있었던 것이지요. 그래서 녹번리 초당에서 조용히 서예를 하며 소일할 수밖에 없었습니다. 남한에서 시인으로서 존립 기반이 상실된 거였습니다.

도대체 그때 제가 무얼 할 수 있었겠소. 북에서는 변절자라고 욕하고 남에서는 빨갱이라고 욕하지 않았습니까. 제가 설 땅이 어디에 있었습니까? 제게 이념이 무엇이었습니까? 이념이 무슨 소용이 되었습니까? 저는 이념을 모르오. 제가 누구요? 저는 오로지 시밖에 모르고 오직 시에만 심취한 사람이었습니다. 그러니 다만 시인일 뿐이오. 시인…… 시인…… 시인이란 말입니다. 시인에게 뭘 그렇게 요구하는 게 많단 말입니까. 절, 그냥 내버려 두시오."

"동무는 어두운 현실을 외면하고 계속 도피하고 싶겠지요. 동무는 증오할 능력이 없는 거요. 동무는 치열하게 싸우지도 못해요. 비겁한 놈이니까. 그래서 동무의 시에는 원래부터 사회의식, 사회현실을 분석하고 비판하는 능력이 없었소. 동무가 자칭 시인이라고 할 수 있소? 스스로를 과대평가하고 있는 거요. 동무는 평생을 모더니즘의 기교주의에 빠져서 바닥이 얕은 감각시나 썼으면서 너무 시인, 시인하지 마시오. 그러니까, 동무는 현란한 언어감각만으로 시를 썼던, 두뇌도 없고 심장도 없었던 수공예술의 시인이었을 뿐이오. 그들이 지적이 타당하다고 할 수 있소."

"그래서인지, 저더러 최초의 모더니스트니, 모더니즘의 대표적인 시인이라고 하는 모양인데, 그 지칭을 별로 좋아하지 않습니다. 그들은 그 말끝에 꼭 사상성이니 사회비판성이 없다고 비판하기 때문이지요. 저는 현실 자체를 해부하는 것이 아니라 현실의 배후 또는 이면에 숨어 있는 존재의 본질을 캐내려고 했는데, 아무도 그걸 알지 못했습니다. 그들이야 말로 피상적이었습니다. 시란 말입니다, 긴 서사시가 아닌 바에야 짧은 시행 속에서 사회성이나 사회제도의 모순까지 요령 있게 묘사할 수는 없는 겁니다. 거의 불가능하지요 예를 들자면 카프의 그런 시는 전혀 감동을 주지 못했지요 시에는 고도의 외재율과 내재율이 있어야 하는데 저는 그런 시를 쓰느니 차라리 노골적으로 논설을 써야한다고 생각합니다. 그게 훨씬 쉬운 일이거든요."

김 중좌가 화나가서 낡은 철제 책상을 꽝꽝 내리 쳤다. 그리고 얼굴이 붉으락푸르락해서 일어났다 앉았다를 몇 번이고 반복했다.

"인민해방군의 서울 점령기간 중 동무의 행위는? 그래도 되는 거였소? 동무는 변절한 거요. 배신자! 위대한 공화국과 인민을, 김일성 동지를 배신한……."

김 중좌가 자리에서 벌떡 일어났다. 거만한 자세로 시인을 째려보면서 분명하게 조롱하고, 경멸하고, 욕설을 내뱉었다.

"동무는 지금 자기변명에 너무 급급하고 있소. 그것은 못돼먹은 제국주의 지식인 근성 탓이오. 여태껏 고질적인 회색분자 경향에서 못 벗어났기 때문이란 말이오. 그만 두시오! 변절자가 부끄럽지도 않소! 잘한 게 무어 있다고 큰소리요. 엉터리 시인! 기회주의자! 비겁한 놈! 민족의 반역자! 반동분자! 인민의 적이란 말이오. 적반하장도 유분수지 무슨 할 말이 있단 말이오! 다시 한 번 경고합니다! 부디 자중하시오!"

"······."

"동무는 피조사자라는 신분을 망각하지 마시오. 조사자는 나란 말입니다. 김규진 중좌란 말입니다. 당신의 운명을 내가 쥐고 있어요. 함부로 까불지 말기요"

그가 거친 호흡을 가다듬기 위해 담배를 꺼내 한 개비를 피웠다. 그리고 담배꽁초를 바닥에 아무렇게나 내뱉어 발로 문지르면서 또 한 개비를 피울 것인지 망설인다. 그가 준엄한 눈초리를 던지며 단호하게 말했다.

"내가 동무에게 다시없는 기회를 주겠어. 자수할 기회를 주겠다는 말이오. 잘 들으라우. 반성문 겸 전향서를 쓰시오. 그래서 자신의 과오를 인정하고 진심으로 뉘우치란 말이오. 그러고 나서 공화국과 북조선 인민, 위대한 김일성 장군님을 향해 용서를 비는 거요. 마지막으로 김일성 장군님의 항일유격전을, 경애하는 김일성 동지를 찬양하는, 마음속에서 우러나오는 칭송하는 시를 당장 몇 편 쓰시오. 우리는 지금 혁명을 하고 있는 거요. 혁명이란 바로 서정시인 거요. 혁명이나 시나 그것들은 인간의 열정이 필요하거든. 당신은 이제부터 혁명가가 되는 거요. 위대한 혁명 전사 말이오. 러시아 혁명이 낳은 최대의 시인은 바로 블라디미르 마야코프스키이오. 그 시인은 거칠고 강렬한 언어로 자본주의적 현실에 대한 증오심을, 압제자와 적극적 투쟁에 나선 인간의 모습을 묘사했소. 사회주의 사실주의적 시를 쓰면서 그 시인을 참고하도록 하시오.

그러면 내가 책임지고 상부에 보고하여 동무가 북조선에서 영화를 누리고 편안하게 살 수 있도록 조치를 취할 것이오. 동시에 남쪽에서 월북한 동무들에게는 필수적인 사상검토사업이나 동무의 과거 과오에 대한 엄중한 자아비판을 면제시켜 주겠소. 자아비판이란 자기굴종인 거야. 자신의 자아를 스스로 포기하는 행위인 거지. 알겠소? 스스로 자기 자신을 포기한단 말이오. 이런 잔인한 행위를 시인에게 강요하지는 않겠어. 엄청난 시혜인 거지. 며칠간 말미를 주겠소. 잘 생각해 보시오."

그가 멸시에 가득찬 웃음을 지었다.

"다시 말하지만, 나는 동무에게 가혹한 고문을 할 수도 있지. 원하는 것을 획득하려면 고문을 해야만 하는 거지. 고문은 결국 승리한다는 게 나의 확고한 신념이지. 인간은 하찮은 존재, 짐승, 벌레 같은 것이니까 채찍질로 다스려야만 하는 거야. 나는 많은 경험을 통해 잘 알고 있지. 희생자는 결국 굴복하고 스스로 자신의 인간성과 자신의 신념을 부정하고 가해자의 공범이 되고야 말지. 그건 자진해서 타락하는 거라고 봐야겠지. 그러나 시인에게 시를 쓰라고 고문을 할 수는 없을 거야. 나는 마지못해서 하는 복종에는 만족할 수가 없지. 그건 비열한 굴종에 불과하거든. 시인이 우리에게 항복하게 될 때 그것은 자유의지로 하는 것이어야만 하지. 시란 그런 식으로 쓸 수는 없는 거니까. 시는 자유의지에 따라 가슴으로 써야만 하지. 그래서 이번만은 예외로 하는 거야."

김 중좌가 철제 책상의 맞은편 회전의자에 뚱뚱한 상체를 비스듬히 뉘이고 긴장한 채로 앉아 있었다. 그 방이 새삼스럽게 생소하게 느껴진다. 지난밤에는 한숨도 자지 못했다. 밤새 호흡곤란 증세가 점점 심해지고 자꾸 기침이 나왔었다. 그는 자신을 진정시키기 위해 심호흡을 하였다. 그리고 담담하게 말했다.

"무릇 인간들이, 잘못이 없는, 실수가 없는 인간들이 이 세상 어디에 있겠소? 인간은 신이 아니니까요. 그러나 저는 북조선 인민들이나 김일성 장군에게 크게 잘못한 것은 없는 것 같소. 그러니 무슨 반성문 같은 것을 쓸 수 있겠소? 아무리 생각해봐도 그렇소. 제가 이 비열한 동족상잔의 전쟁을 겪으면서 심사숙고 했지요. 공산주의 사상에 대해서 말입니다. 결국 그것 역시 야만적인 파시즘이라고 결론을 내렸습니다. 달리 생각할 수가 없었지요.

그리고 저는 근 30여 년 동안 고작 126편의 시를 썼을 뿐이요. 시인을 자처하면서도 그 정도이지요. 시는 충분히 숙성되어야 하는 법이요. 시인은 인내심이 필요하지요. 한 줄의 시를 위해서는 끈기 있게 기다려야 하지요. 추억과 기억을 망각 속에 집어넣고 다시 돌아오기를 기다려야만 하지요. 시인은 시를 창조하는 것이 아니지요. 시는 저 먼 뒤쪽 어딘가에 있는 것이지요. 그것은 오랫동안 거기에 숨어 있지요. 시인은 오로지 그것을 찾아내는 것일 뿐입니다. 지금 이 지경에 무슨 수로 시를 쓸 수 있단 말이요. 그건 도대체 불가능한 일이요. 아무리 해도 갑작스럽게 너절한 시를 쓸 수 없는 일이지요."

시인은 다음 순간 그 냉혹한 심문자의 뒤틀린 입술을 쳐다보았다. 그가 무시무시한 말을 내뱉으려고 벼르고 있는 것처럼 보였다. 시인은 그 순간에 전선에 감전된 것처럼 몸속의 모든 신경세포가 전율하고 있었다. 그러나 김 중좌는 몇 분 동안이나 아무 말 없이 꼼짝없이 앉아서 망연자실한 표정으로 시인을 바라보았다. 그리고 폭발하였다. 그는 벌떡 일어나더니 화풀이하듯 물컵을 바닥에 내동댕이쳤다. 컵이 박살나면서 날카롭게 깨진 유리 조각들이 이곳저곳에 튀어 올랐다. 그는 극도로 격앙해 있었다.

"뭐가 어째! 이 간나새끼! 배은망덕도 유분수이지! 지금까지 잘 대해주니까, 정말 형편없구먼! 은혜를 원수로 갚는다 이거지! 넌 사형감이야! 사형이라구! 미 제국주의자 앞잡이! 반동분자 새끼! 날 원망할 필요는 없겠지! 자업자득인 거야! 어이, 하사관! 이 자를 정식 재판에 넘길 테니까, 준비하라우. 그리고 평양형무소로 이송해. 빨리 서둘러. 동무를 미 제국주의자의 첩자로, 민족 반역자로 기소할 것이오. 공화국 법정에서 재판을 받으시오."

시인이 대항하였다. 슬픔과 분노가 뒤섞인 목소리로 단호하게 말한다.

"그건 요식행위일 뿐이오. 그런 요식행위가 왜 필요한지를 알 수가 없구려. 비밀 법정에서 감쪽같이 진행될 재판이 무슨 의미가 있는 거요? 나를 조롱하고 괴롭히기 위한 잔인한 짓일 뿐이오. 우리

간단히, 김 중좌의 권총으로 즉시 집행하시오. 뭘 꾸물거리는 거요!"

귤껍질처럼 울퉁불퉁하여 매끄럽지 못하고 가무잡잡한 그의 얼굴이 분노로 일그러졌다. 그가 시인을 쏘아 보면서 다시 격렬하게 외쳤다.

"그렇게 할 순 없어! 동무를 단순하게 처리할 순 없지! 이 간나새끼! 내가 최대한 예의를 갖춰 대했는데 말이지. 동무는 나의 호의와 충고를 완전히 묵살 하였어. 스스로 절호의 기회를 차버린 거지. 그리고 나의 입지까지 곤란하게 만들어 버렸어. 모시기 작전이 실패했으니까, 상부에서 호된 질책이 있겠지. 나는 동무를 굴복시키지 못했어. 내가 패배한 거지. 그러나 동무는 충분한 대가를 치러야 할 거야! 내가 복수를 하는 거지! 반드시 엄정한 재판을 받고 사형선고를 받아야만 해! 그래서 죽음의 끈덕진 악몽 속에서, 죽음의 공포 속에서 고통을, 지옥의 고통을, 겪어야만 할 거야! 그래야만 하지!"

"……."

"공화국 법을 우습게보지 마시오. 우리는 법에 따라 재판을 할 것이오. 동무는 반드시 재판을 받아야만 하오. 그러나 너무 걱정 마오. 공화국 최고재판소의 재판관들이 현명하게 재판을 할 것이오."

둥근 갓을 씌운 전등불이 생생하게 드리운 원 안에 갇혀 있는 그의 얼굴은 의심할 여지없이 늙은 남자의 초췌한 얼굴이었다. 하지만 그 표정에는 파괴할 수 없는 엄숙성이 깃들어 있었다.

"그렇겠지요. 은혜를 베풀겠지요. 그래서 현명하게도 죽음을 내리겠지요."

"음…… 김 동무, 내 말 잘 듣고 조서에 적으란 말이야. 이 자는 누가 뭐래도 진정한 대시인이지. 조선민족이 멸망하지 않는 한 조선어가 말살되지 않는 한 그의 시는 민족의 가슴 속에서 영원히 살아 숨 쉬겠지. 그의 시는 이미 불멸성을 획득한 거야. 그런데 동무 동두천이 38선 이남인거 맞지? 그리고 말이야 지도에서 동두천 근처에 무슨 야산이 있는지 찾아봐."

"군관님, 동두천 북쪽으로 고도가 560미터인 소요산이 있디요. 그 산에서 퇴각하던 인민군이 많이 죽었답니다. 미군 폭격이 심했다고 하디요. 김기림 시인도 월북하다가 미군기에 폭사했다고 하디요."

"우리가 그를 죽였다고 공식 문서에 남길 수는 없어. 그러니 말이야, 언제쯤이 좋을까? 그렇지, 1950년 9월 25일 자진 월북하던 중 동두천 근처 소요산에서 미군 전투기의 기총소사에 맞아 즉사한 것으로 기록하란 말이야. 알겠어? 동두천은 38선 이남이니까 그는 남조선에서 미국 놈의 손에 죽은 셈이 되는 거지. 그리고 조사기록과 재판기록은 집행이 끝난 즉시 태워버리라고 잘 알겠지."

1953년 11월 18일 북한이 판문점 군사정전위원회에서 제시한 민간인 납치자 명단에 의하면, 학자로는 현상윤, 정인보, 문인으로 이

광수, 김진섭, 김동환, 이재순, 박승호 등이 들어있었지만 그는 빠져 있었다. 최근 북한이 펴낸 '조선대백과사전'에는 그가 1950년 9월 25일 사망했다고 기록되어 있으나 더 이상 구체적인 내용은 없다.

평양형무소, 지상에서 마지막 밤

낮이면 햇빛은 오후 느지막하게 잠깐 동안 건너편 건물의 벽을 비추다가 이내 짙은 먹구름처럼 검은 어둠 속으로 사라졌다. 격자무늬의 쇠창살이 달린 작은 창문은 세상을 향해 열려 있는 유일한 통로였다. 가끔 그 창문을 통해 하늘을 가로질러 나지막하게 떠가는 조각구름을 볼 수 있었다. 아직도 멀리서 터지는 폭격소리를, 밤이면 낮은 하늘을 찢을 듯한 올빼미 울음소리를, 겨울바람 소리를 들을 수 있고, 도시가 불타는 매캐한 냄새를 맡을 수 있었다. 감방 벽 위쪽에 붙은 두껍게 성에가 낀 그 창문에 달빛이 어린다. ……차디찬 밤이다. 환한 눈이 곱게 빛난다. 강물도 달빛 아래 언다. 어쩌면 밤이 이처럼 차고 흴까.

어스름한 어둠 속이다.

어둠과 정적이 추상적인 분위기를 드러낸다. 가끔 그들의 군화가 복도를 저벅저벅 밟는 소리가 들린다. 그러나 나를 에워싸고 있는 이 밤은 영원히 계속되어 결코 깨어나지 않을 것처럼 보인다. 암흑의 중압감이 나를 억누르고 질식시킬 것 같다. 감방의 공기는 견디기 힘들 만큼 축축하고 답답하다. 그러나 나는 죽음에 대한 불안과 공포의 감정을 느끼기 보다는 오히려 고결한 영혼의 안식과 고요를 느낄 수 있다. 시간이 흐르고 어둠이 나를 따뜻하게 감싸 안으면서 절망과 두려움을 느끼지 않도록 해준다. 마음이 편안하게 가라앉았다. 다만 밤이면 꿈결에서 그녀의 환영이 가끔 나타났던 일이 새삼 기억이 난다. 안도의 눈물이 뺨을 타고 흘러내린다. 축축한 밤. 나는 매트리스에 누운 채로 하염없이 고향 마을을 생각했다. 그 순간 갑자기 향수병에 걸린 것일까. 죽음을 눈앞에 두고 나는 오직 어린 시절의 희미한 기억을 떠올리려고 무진 애를 쓴다. 다시는 돌아갈 수 없는 그곳을. 하계리 봄 풍경은 먹물로 그려진 동양화처럼 한가하다. 봄이 오면, 동네 어귀에는 셀 수 없을 만큼 많은 아카시아 꽃이 피고, 집집마다 얕은 담벼락에는 철 이른 붉은 줄장미가 아름답게 피었다. 붉은 꽃잎은 골목길에 붉은 피를 쏟아붓는다. 꽃잎은 매일 아침마다 농염하게 자신을 화장하였다. 꽃잎의 육감적인 냄새가 사람의 숨을 막히게 하였다. 그리고 겨우내 살얼음이 얼어있던 실개천은 옛 이야기를 지즐대며 청석교 다리 밑을 졸졸 흐른다. 밤새 별똥별이 솔숲으로 떨어지고, 은고리 같은 새벽달이 서쪽으로 지고, 그리고 동이 틀 무렵이면, 동네는 잠에서 깨어나고 있었다. 암탉이, 늙은 수탉이 서로 가슴을 펴고 날개를 퍼덕이며 연호하듯 울기 시작했다. 신이 닭에게 밤과 낮을 구분할 수 있는 머리를 주었기 때문이다. 그때쯤이면 동네 사람들이 부스스 일어나 하품을 하고, 기침을 하고, 졸음에 겨워 눈을 비비며 기지개를 켰다. 그때쯤이면 하늘이 환하게 홍조를 띠었다. 동네의 삽살개들이 서로에게 짖어대기 시작하였다. 개들은 한동안 쉬지 않고 짖어댔다. 이윽고 개들은 차츰 조용해졌으며 울부짖던 소리가 어느새 끊겼다. 그것들이 골목길을 누비며 배회하였다. 삽살개들은 골목에서 담벼락에 한쪽 다리를 들고 오줌을 누었다. 날이 환하게 밝아오면, 그제서야 헛간에 매어둔 얼룩백이 황소는 길게 하품을 하다 말고 금빛 게으른 울음을 울고, 이따금씩 향기롭고 노란 꽃을 꽂은 아카시아의 나뭇가지에 앉은 제비들이 사이좋게 두런거리는 소리가 들려왔다. 전설바다에 춤추는 밤물결처럼 숱 많은 머리카락을 쓸어 올리며 어머니는 그 꽃향기를, 그 꽃이 피는 봄날을 얼마나 좋아했던가. 그때 우리들이 흐릿한 불빛에 돌아앉아 도란도란거렸던 초라한 초가집은 얼마나 아늑하고 평온했던가. 그리고 마당가 늙은 감나무의 잔가지에 모여 앉은 참새들이 날카롭게 짹짹거리는 소리가 들리지 않았던가. 촉새들은 아랑곳하지 않고 끊임없이 여기저기 나뭇가지를 옮겨 다니며 나불거리지 않았던가. 서늘한 봄바람이 나뭇가지 사이로 이리저리 헤엄쳐 다니지 않았던가. 그때 경부선 슬픈 기차는 바다에 대한 향수를 안고 시커먼 연기와 불을 배트며 길게 기적 소릴 울리고 마성산 기슭을 돌아 남쪽으로 달려갔다. 형용할 수 없는 긴 여운을 끌면서…… 칙칙폭폭…… 칙칙폭폭……. 그러나 나는 비극의 흰 얼굴은, 가난과 헐벗은 삶에 대해서는 기억하지 않으리라.

겨울이라 날이 빨리 어두워진다.

어느새 이승에서 마지막 밤이 될지도 모르는 밤이 깊어가고 있다. 그러나 밤은 영원히 끝나지 않을 것처럼 보였다. 어찌 이 밤에 잠을 이룰 수 있겠는가. 어디선가 틈새로 차가운 바람이 스며들고 있다. 그리고, 밖으로부터 희미하게 후드득거리며 떨어지는 빗소리가 들린다. 그러나 그것은 환상일 뿐이다. 가는 눈발이 흩날리고 있는 것이다. 시계의 초침처럼 규칙적으로 들리는 경비병들의 음산한 구두 발자국 소리는 아득히 먼 곳에서부터 무채색 복도를 따라 뚜벅뚜벅 걸어오는 저승사자의 소리를 연상케 한다. 곧 날이 밝으면 그가 날 데리러 오리라. 그 요식행위가 내일, 간단히…… 아주 간단히 치러질 거야. 최후의 심판이. 총살형을 당하는 것은 무섭지 않겠지만 참수형이나 교수형, 화형은 견딜 수 없으리라. 그러나 틀림없이 총살형이겠지. 지금은 전시이고 그들도 간단히 집행할 수 있을 것이니까. 아니면 성질 급한 열혈 공산당원인 판사가 법정에서 직접 집행할 수도 있겠지. 그가 외칠 거야. 이 남조선 시인 버러지야, 이 정의의 총알을 가슴으로 받아라. 그러나 그건 말이 안 되지. 소심한 판사가 직접 집행하는 경우는 동서고금을 통해 그 예가 없으니까. 어쨌거나 나는 정식으로 집행 당하기를 원하지. 그러니까, 분대가 정렬하고, 하사관이 '사수 준비' 하고 메마른 목소리로 외칠 것이고, 총알을 장전하는 차가운 금속성 소리가 메아리치면 하사관은 마지막 발사명령을 내리겠지. 아니지, 그 하사관이 친절하다면 마지막으로 나에게 담배 한 개비를 물려주고 그걸 다 피울 때까지 기다려줄 지도 모르지. 그리고 나의 간절한 요청을, 눈가리개를 벗겨달라는 요청을 들어줄지도 모르지. 나는 그 순간 푸른 하늘을 보고 싶으니까. 그러나 발사명령이 떨어지면 그 순간, 단 몇 초 만에 총알 여러 발이 나의 가슴팍에 무자비하게 박힐 것이고, 피가, 검붉은 피가 흘러내리고, 초라한 몸뚱이가 거꾸러지겠지. 그때 세계는 정지될 것이다. 그리고 영혼은 나비처럼 훨훨 날아올라갈 것이다.

　나의 운명은 현재 진행 중에 있고, 그건 과거에, 아주 오래 전에 내가 태어난 그 순간부터 이미 예정되어 있었고, 미래에 일어날 모든 일은 과거와 현재 일어난 일들과 무한정 서로 연결되어 있지. 많은 시인들이 역사 속에서 이미 죽었지. 태어나고, 죽었던 거야. 그래서 순환의 연속인 거야. 그러니까 세상에는 반복과 순환의 과정이 있는 거지. 지금 죽음은 불가피한 것이고, 고통스러운 것도 아닌 거지. 내가 죽어야만 비로소 구원이, 참다운 구원이 이루어지는 거지. 그러므로 이 죽음이야말로 나를 구원해주는 신성한 행위이지. 지금 죽음은 은총인 거야. 김 중좌의 바람대로 죽음의 공포 속에서 고통을 받을 필요는 없는 거지. 그가 오해한 거였어. 그를 용서해야만 할까. 그러나 육체는 죽음과 함께 파괴되고 죽음에 의해 흩어지겠지만, 영혼은 생명의 근원이기에 소멸되거나 파괴될 수 없는 것이 아닐까? 그리고 나의 시, 고결한 영혼이 천국의 환희 혹은 지옥의 공포와 두려움 속에 고뇌하며 쓴 그 시들은 나와 함께 무덤 속에 묻히고 말까, 아니면 살아남아 생생히 기억될 수 있을까? 지금

섬망과 같은 혼란스러운 상황에서 기억나는 시가 있을까? 짧은 시한 편이라도……. 그런데, 생의 마지막 순간, 이 엄숙한 순간에 자신에게만은 솔직해야겠지. 나는 나름대로 시의 길을 개척하려고 노력했다고 할 수 있겠지. 시들에게서 강렬한 혈연의식을 느꼈기 때문이지. 그러나 반드시 성공했다고 말하기는 어려울 거야. 시의 세계는 너무 신비하거든. 감각적 신비의 세계가. 그러니까 지금껏 백지 위에다 일종의 가식의 언어를 늘어놓은 게 아닐까? 완벽한 표현을 위해서 고치고 또 고쳤지만 다 소용없는 일이 아니었을까? 내시에는 독자들이, 예리한 평론가들까지도 눈치 채지 못할 만큼 분리시키기가 불가능한 진실과 거짓이 뒤섞여있는 것은 아닐까? 가장아름다운 시라고 입에서 침이 마르도록 칭찬을 받았던 작품에도 언제나 뭔가 부족했었지. 그 아름다운 시도 그 무엇을 부분적으로만 포착했기 때문에 더 총체적인 완벽성이 필요했던 거야. 완벽성에관한 한 나는 비타협적이었지. 도저히 관대할 수가 없었던 거야. 내가 시인으로 떠받들어지는 게 부담스러웠고, 일종의 무력감 때문에 너무 짜증스러웠지. 작가의 숙명처럼 항상 실패할 것이라는 느낌에 사로잡혀 있었으니까. 초조하고 공허했지. 언제나 회의감이 물밀듯이 밀려들었지. 진정한 한 줄. 진실. 그 진실을 썼는지 알 수가 없기 때문이지.

그날 밤, 지상에서 마지막 밤, 가장 잔혹한 밤. ……하늘의 거리를 밤이 걷는다. 시를 뿌리면서……. 나는 끝없이 이어지는 이 생각저 생각에 끝내 잠을 이루지 못하였다. 나는 결코 다시 쓰지 못할 시들을 생각했다. 비록 나에게 죄가 없다 해도 나는 나를 꾸짖어야 하고, 비록 내가 흠이 없다고 해도 나는 나를 죄인이라고 인정해야 할 것인가. 내가 여위어서 뼈와 가죽만 남아있으니 이것이 나의 죄를 증거하고 있는 것일까. 나는 참혹하도록 명증한 의식 속에서 이 혼란한 세상을 바람에 나부끼는 갈대처럼 우왕좌왕하며 우유부단하게 살았음을, 그래서 지금 그 대가를 치르고 있음을 마침내 깨달았다.

평양 군사법정, 사형선고

이 비망록은 오늘로서 끝이다. 내일부터 나는 더 이상 존재할 수 없으리라. 몇 줄의 아름다운 시를 쓸 수 있었더라면…….

오늘 무슨 일인지 집행이 되지 않고 이 감방으로 되돌아 왔다. 다만 오늘 재판과정만은 나에게는 중요한 일이니까 역사적 흔적을 자세히 남기고 싶다.

엎치락뒤치락하다 아침이 밝아왔다. 오전 9시 30분. 멀리서부터 다가오는 저벅저벅 발자국 소리가 내 감방 문 앞에서 멈춰서는 게 느껴진다. 그리고 자물쇠 속에서 열쇠가 찰칵거리는 소리가 났고 귀에 익은 삐걱거리는 소리와 함께 철제문이 열렸다.

그때 나는 갑자기 눈앞이 캄캄해지면서 암흑 속인 것처럼 아무것도 볼 수 없었고 갑자기 머리카락이 쭈뼛 서며 땀이 흘러내렸다.

아, 얼마나 두려운가. 그러나 왜 눈물이 나오지 않는가. 그렇다면 얼마나 역겨운 광경인가. 왜 그때 구리 반지가 생각났을까. 두 명의 정복을 입은 군인이 어깨에 따발총을 메고 감방 안으로 들어왔고, 두 손에 수갑을 채우자 차갑고 거친 쇠의 감촉이 느껴졌고, 양옆에서 나를 붙잡고 끌고 나갔다. 나는 침착해지려고 애를 썼지만 발이 질질 끌리자 그들의 부축을 받아야만 했다. 나는 감방 문 밖으로 나와 계단들과 긴 복도를 지나왔다. 나는 법정에 출두하였다.

순서가 바뀌었지만 법정에서 있었던 재판 이야기에 앞서 이 이야기를 먼저 쓰고 싶다. 다시 말하지만 법정에서 사형선고를 언도 받은 후 그날 오후에 집행되지 않고 다시 감방으로 돌아온 일 말이다. 어찐 영문인지 모르겠지만 재판이 끝난 후 다시 돌아온 것이다.

법정을 나서서 감방 건물로 들어서기 전 눈에 덮인 뜰을 지났다. 약간 추운 날이지만 하늘은 맑다. 아침이면 대동강에서부터 피어오르는 안개는 말끔히 걷혀있다. 조각구름이 북풍에 떠밀려 하늘을 질주하고 있었고 구름을 막 뚫고 나온 태양이 밝게 빛났다. 한 무리 참새 떼가 날아오른다. 나는 굳은 땅속에서부터 피어나는 꽃들의 향기를 맡고 그 밀어를 들을 수 있다. 아 아름다운 세상이여. 아름다운……

그때 호송하는 앳된 얼굴의 하급 전사가 가만히 귀띔을 해주었다.

"오늘 오후에 있을 사형집행은 연기되었지요"

255

그 순간 내 눈가에 눈물이 고이더니 뺨을 타고 흘러내렸다. 소리 죽여 울다가 염치불구하고 이제는 걷잡을 수 없이 온몸을 들썩이며 흐느꼈다. 그러고 나서 정신을 차렸다.

"무슨 일인가요? 혹시 사면령이라도?"

"나도 모르디요."

"그럼 언제?"

"모르디오, 내일이 마지막일 수도 있겠디요. 총알이 가슴을 뚫어 버리겠디요."

그런 후 나는 정들었던 내 방으로 돌아왔던 것이다.

나는 생각했다. 그래, 그렇지. 그렇다니까. 그들은 도대체 뭘 재판 하고자 했던가? 누구를? 재판이 무슨 의미가 있었던가? 나에게는 단지 또 하나의 무자비한 시련과 고뇌와 굴욕의 시간이었을 뿐이다. 죽음의 지연, 일시적 삶의 연장. 아, 언젠가 반드시 오고야 만다. 인 간이여, 너는 흙이다. 흙으로 다시 돌아갈 것임을 기억하라. 치욕과 눈물과 회환으로 얼룩진 이승을 떠나면 하나님은 어떤 명령을 내리 게 될까. 낙원으로 가거라? 연옥으로? 지옥으로? 나에게 선택의 여 지는 없으니까.

지금 그녀는 어디에 있을까? 그녀는 누구인가? 왜 내 인생에 난 데없이 불쑥 나타났던가. 잊을 수 없다. 잊고 싶지 않다. 그녀가 눈 에 어른거린다. 강렬한 눈길. 그녀가 웃을 때면 그 눈빛이 얼마나 빛났던지. 그때 밤이 깊어갔다. 그녀의 눈이 희미한 등잔불 불빛을 받아 밝게 빛나고 있었다. 우리는 그때 서로의 존재를 의식하고 있었던가. 내가 그녀의 몸을 알고 있었던가. 내 몸이 그녀의 몸을 느끼고, 피의 온기를 느끼고, 그녀의 심장박동 소리를 들을 수 있었던가. 내 심장이 요동치고, 손바닥과 겨드랑이에서 땀이 배어나왔던가. 내 위장과 내장이 뒤틀리고 있었던가. 내가 말없이 그녀의 활짝 핀 얼굴을, 뺨과 입술을 어루만질 수 있었던가. 서로 몸을 부벼댈 수 있었던가.

오늘이 마지막 날이 아닌 거야. 나는 아직 살아있기 때문에 이 순간 시간이 멈추기라도 한 것처럼 느껴지는 거야. 죽음은 나중 일이야. 아주 먼 훗날. 파스칼이 말했었거든, 인간들이란 자신의 형 집행일을 모른 채 쇠사슬에 묶여있는 사형수들이라고. 욥은 알고 있었지, 사람은 모태로 내려가게 되어있고, 그에게는 주어진 날이 정해져 있고, 그는 결국 죽어서 소멸되어 버릴 것이라는 사실을. 나는 들뜨고 편안한 기분이었다. 그랬으니 나는 어리둥절했지만 안도의 한숨을 내쉰다. 나는 슬펐지만 행복했다. 곧 봄이 찾아올 것이다. ……*종달새처럼 분방하게 아침 하늘에 날아오르는 자는 행복하여라…… 이 세상 하늘 위를 날아다니며 피어나는 꽃과 소리 없는 것들의 밀어를 쉽사리 이해할 수 있는 자는 행복하여라.*

평양 군사법정.
엄숙하고 팽팽한 긴장감이 감돌았다. 정면에는 붉은 바탕에 실물

보다 더 큰 스탈린과 김일성 장군의 초상화가 걸려 있고 좌우 벽면에는 흰 바탕에 붉은 글씨로 '인민의 법원은 인민을 위해 정의를 집행한다.', '인민 만세, 위대한 공화국이여 영원하라.'라고 큼지막하게 쓰여 있다.

고급장교의 정복을 차려입은 판사가 말했다. 그의 목소리에는 힘이 들어가 있고 온 법정이 울릴 만큼 쩌렁쩌렁하였다.

"지금부터 조선민주주의인민공화국 최고재판소의 재판을 개시한다. 최고검찰소의 검사가 기소한 내용에 의하면, 피고인이 중대한 범죄를 범하였으므로 즉결처분이나 인민재판에 회부할 수도 있지만 특별히 정식재판으로 재판을 하는 바이다. 그러므로 피고인은 썩어빠진 낡은 법체계가 아니라 새롭고 혁명적인 절차에 따라 재판을 받을 것이다. 그러니까 자본주의의 낡은 법 원리인 적법절차니, 죄형법정주의는 결코 적용되지 않을 것이다. 그런 쓰레기 법 이론은 쓰레기통에 쑤셔 박아야 마땅하지. 따라서 판사는 법조문에 얽매이지 않고 오직 인민과 공화국을 위해 양심이 지시하는 대로 재판을 할 것이다. 다만 이 재판은 대다수 인민들이 참여한 가운데 공개재판으로 열려야 마땅할 것이나 지금이 준엄한 전시상황임을 감안하여 비공개로 개정할 것을 선언한다.

기소 사실은 다음과 같다. 첫째, 피고인은 매국적인 괴뢰정권인 이승만 도당의 역적들과 모의하여 공화국 정부를 전복시키기 위해 국민보도연맹에 가입하여 주요 간부로 활동하였고, 둘째, 인민군의 서울 점령기간 중에는 문화일꾼으로서 전선에 나가 인민군을 격려하라는 거역할 수 없는 지상명령에 불복종하고, 또한 미군의 투항을 권유하는 영어 방송의 신성한 임무도 수행치 아니하는 등 조선민족에 반역한 반동분자였고, 셋째, 피고인은 열렬한 천주교도이면서 영어에 능통한 자로서 미제국주의자의 식민지화정책에 동조하여 미제의 간첩이 되었는바, 미제의 첩보기관에 제공하기 위해 공화국의 군사, 정치, 문화 사업에 관한 중요한 기밀을 탐지하려고 평양에 잠입하여 간첩으로 활동하였고, 넷째, 피고인에게 수차례에 걸쳐 자신의 과오를 인정하고 통렬히 반성하여 공화국을 위해서 봉사할 기회를 부여하였음에도 이를 완강히 거절하였다. 이는 우리 인민과 위대한 공화국을 감히 모욕하는 패륜적 반역행위인 것으로 도저히 용서받을 수 없는 것이다.

공화국의 충성스러운 조사관은 수고스럽게도 피고인이 태어난 순간부터 지금까지 모든 주요 행적과 언행을 빠짐없이 조사하였고, 특별히 피고인이 쓴 모든 시, 수필, 기행문, 논설 등을 치밀하게 분석하였으며, 관련 문서, 증언 등을 취합해서 증거자료를 제시하였다. 그러므로 기소 사실은 검사가 제시한 명명백백한 증거에 의해 완벽하게, 의심의 여지없이 증명되었다. 피고인은 악랄하기 짝이 없는 반민족적 범죄사실을 모두 인정하는가? 증거조사에 대해서는 이의가 없는가? 큰 소리로 대답하라!"

"……."

"침묵은 금이고, 침묵은 명백한 긍정을 의미한다. 이제부터 이 판사가 형을 언도할 차례이다."

그 소름 끼치는 판사의 말은 꿈처럼 모호하게 나의 귀에 웅성거림으로 밖에는 들리지 않았다. 나는 그 순간 그 판사의 뒤틀린 입술을 쳐다보았다. 그 입술이 무시무시한 말을 내뱉고 있었다. 그의 입은 저주와 거짓, 사악한 속임수로 가득 차 있었다. 나의 심장이 그 순간 방망이질치고 그 고동 소리가 들린다.

나를 둘러싼 모든 것이 정지하였다.

"마지막으로 피고인에게 묻겠다. 그대의 신은 지금 어디에 있는가? 그대가 반평생을 바쳐 숭앙했던 신 말이다. 그 신이 그렇게 갈망했던 구원을 해주었던가? 그 신은 우상이었을 뿐이다. 그대 말처럼 슬픈 우상이었다. 한갓 우상, 우상이었단 말이다. 위대한 공화국은 그대에게 은혜를, 커다란 은혜를 베풀기로 이미 결정하였다. 그대의 우상이 기다리는 곳으로 보내주겠다. 동무에게 조선인민민주주의공화국 형법 제63조 조국반역죄, 제64조 간첩죄를 각 적용해서 사형을 언도한다. 사형은 즉시 총살형으로 집행될 것이다."

공화국의 준엄한 판사는 금테 안경 너머로 나를 빤히 내려다보면서 말한다. 그는 거만하고 자부심에 차있다.

"동무, 할 말 있으면 하시오. 다 들어줄 것이오. 최후진술을 하시오."

나는 그때 굽실거리지 않고 당당하였던가. 목숨만은 살려달라고 애원하지 않았다. 공화국의 만수무강을 빌지도 않았다. 김일성 만세를 부르지도 않았다. 평안하고 태연해 보이도록 바른 태도를 취했다. 이미 예상했던 만큼 눈물이 나오지 않았고 미소를 짓지도 않았다. 나는 눈부신 미광이 어려 있는 얼굴로 겸허하게 말했다고 믿는다.

"여러분! 부디 여러분이 단죄하고자 하는 매국역적놈의 비참한 말로를 똑똑히 지켜보아주시기 바랍니다. 나는 저지르지도 않은 죄로 기소되었습니다. 네 죄를 네가 알 게 아니냐고, 지금 추궁하고 있지 않습니까. 자비를 구걸하지는 않겠소 무슨 소용이 있겠소 허수아비는 바람에 나부낄 뿐 아니겠소 그러나 이 세상을 잘못 산 죄를 스스로 책임져야하겠지요 나는 오직 시인입니다. 다른 아무것도 아니고 시인입니다. 태어날 때부터 미리 예정되어 있었지요 그러나, 단 한 줄, 궁극의 진실을 쓰지는 못했지요 그건 가장 깊은 비밀, 우주의 언어이기 때문입니다. 아마 신만은 알고 있을 겁니다. 그가 태초에 흙을 빚어 이 세상을 창조하였고, 최초로 말씀을 하셨지 않습니까. 나는 여러분이 지금 대단한 인내심의 소유자라고 생각지 않습니다. 그러니 긴 시를 읊지는 않을 것입니다. 짧은 시를, 나비를. 나는 나비처럼 훨훨 날아서 하늘나라로 올라갈 것이요. 그곳에서 나의 위대한 신이 날 기다리고 있을 거요. 신만이 오직 위대한 분이요

내가 인제 나비 같이 죽겠기로…… 나비 같이 날라 왔다…… 검

정 비단 네 옷 가에 앉았다가…… 창 훤하니 날라 간다."

죽음에 대한 단상

죽음에 대한 단상 – 메멘토 모리*memento mori*

죽음이야말로 가장 궁극적인 이별이다.

죽음이란 사전적으로는 생물의 생명이 없어지는 것을 말한다. 그런데 생명의 탄생과 죽음은 불가분의 관계에 있다. 그러나 생명의 기원이 언제부터인가는 아직도 여전히 수수께끼로 남아 있지만 죽음의 기원은 명백하다. 죽음은 생명과 함께 시작된 것이다.

문학적으로는 죽음이란 모든 것이 무너지거나 사라지는 고통과 허무함을 상징한다.

1768년에 발행된 브리태니커 백과사전의 초판에서는 죽음에 대해 (영혼의 존재와 그 불멸성을 전제로) '영혼과 육신의 분리'로 정의했지만 2007년 판에서는 '모든 생물이 종국에 경험하게 되는 생명이 완전히 중단되는 현상'이라고 정의하였다.

그러면 언제 생명이 완전히 중단되는가? 이 문제는 죽음의 본질과 관련해서 죽음이란 신체적 기능이 완전히 정지되었을 때인가 아니면 인지적 (또는 인격적) 기능이 완전히 정지되어 있을 때인가의 문제라고 할 수 있는데, 대부분의 경우에는 양자는 일치하지만 양자의 시간이 어긋났을 때 쟁점이 되는 것이다. 정통파 유대인이나 독실한 기독교 근본주의자 등은 생명을 연장하는 보조 장치의 이용 여부와 상관없이 심장이 멈춰야만 죽음을 인정하는데 반해서, 오늘날은 뇌사 상태, 즉 재생이 불가능한 혼수상태를 사망의 새로운 기준으로 삼고 있다.

죽음과 자살

자발적 죽음. 자기 살해. 자신을 없애는 행위. 자신을 살인하는 행위. 자살보다 인간에게 고유한 것은 없다. 스스로 목숨을 끊는다는 행위는 시련에 대해 굴복한 때문인가, 아니면 자신의 인생에 대한 인간의 궁극적 지배 또는 자유의 가장 지고한 형식이라고 할 수 있는가. 그러므로 자살은 존엄한 죽음의 상징이 될 수 있을 것인가.

(우리는 가끔 자살을 생각한다. 우리가 종종 마음에 품었던 자살의 충동이란 게 사실은 삶을 더욱 충만하게, 더욱 잘 살고 싶다는 필사적인 희망이 아니고 무엇이겠는가. 또 복수심 때문에 화가 나서 자살을 하는 경우가 있다. 그런 자살은 자신의 분노와 복수심을 보여주는 하나의 방식이다. 누군가에게 죄책감을 느끼게 하려고 그러나 그 자살은 어리석은 짓이다. 누군가는 죄책감은커녕 내심 얼

마나 고소해할 것인가.)

자살은 타살과 마찬가지로 인간의 죽음과 깊은 관계가 있다. 이에 관한 그들의 성찰을 살펴보자.

고대 그리스의 비극작가인 소포클레스는 말했다. '이 세상에서 태어나지 않는 것이야 말로 최선이다. 만약 태어났다면 하루라도 빨리 원래의 장소로 돌아갈 수 있기를 바라는 것이 좋다.'

로마의 작가 리바니오스는 자살에 대해 노골적으로 권유했다. '더 이상 생을 지속하고 싶지 않은 자는 원로원에 사유를 고지하고 허가를 받은 후 생을 저버릴 수 있다. 자신의 존재가 저주스러운 자여, 운명과 술, 독이 당신을 압도한다면, 죽음을 택하라. 비탄에 빠진 자여, 생을 포기하라. 불행한 자는 그의 불운을 털어놓아도 재판관은 구제책을 내놓지 못할 것이니 그의 비참한 삶은 종말을 맞이하리라.'

개인의 지고한 가치를 인정하고 인간의 자유의지는 스스로 생사를 결정할 수 있다고 본 스토아학파, 삶이 참을 수 없을 만큼 지겨워지면 조용히 자살하는 것이 차라리 낫다고 한 에피쿠로스학파, 기타 키레네학파, 키니코스학파는 자기 살해에 동의하였다. 그리고 스토아학파의 강한 영향력 아래 있던 고대 로마사회는 개인의 반사회적 행동을 엄격하게 금기시하면서도 개인의 자유표현을 찬양했기 때문에 자살에 아주 호의적이었다.

반면에 피타고라스학파는 영혼은 원죄의 결과 육신에 갇혔기 때문에 끝까지 살아서 속죄를 하여야만 한다고 주장하며 자살에 이의를 제기하였고, 플라톤 역시 그걸 부정하였다. 그가 말했다. '사람은 자신이 갇힌 감옥의 문을 열고 달아날 권리가 없는 죄수다. 그는 신이 부를 때까지 스스로 목숨을 끊지 말고 기다려야 한다.' 또, 아리스토텔레스도 자살에 대해 부정적으로 말했다. '어려움으로부터 도피하는 것은 아주 비겁한 짓이다. 자살이 죽음을 무릅쓰는 것은 사실이지만 어려움으로부터 도피하는 것일 뿐이다.' 의사인 히포크라테스는 말했다. '의사는 환자가 요청하더라도 치사 약물을 처방하지 말아야 할 것이며 그러한 약물을 권해서도 안 된다.' 하지만 그리스나 로마의 의사들은 이에 개의치 않았으니 자살과 안락사가 그 시절 널리 유행하였다.

자살이나 안락사는 4세기경에서야 기독교 시대가 도래 하면서 신성 모독으로 간주되었다. 신약이건 구약이건 어디에도 자살을 금지하는 규정은 없다. 로마법도 자살을 단죄하지 않았다. 그런데 성 아우구스티누스의 『신국론』은 '살인하지 말라'는 제5 계명은 신성 불가침한 것으로 자기 살해에도 적용된다고 규정하고 절대적 자살 금지를 엄격한 교리로 만들어 기독교 사상의 근본 구조 속에 통합시켰다. 그 후 1,000여 년이 지난 중세 중기 스콜라 학자들도 자살은 극악무도한 살인 행위로 간주하였다. 그러므로 자살은 가톨릭이나 루터교, 영국 국교, 칼뱅교, 동방 정교회 모두에게 악마의 소행에 다름 아니었고, 그들은 심각한 종교적 갈등의 와중에도 그 점에서는 완전히 의견 일치를 보았다.

자살은 동성애와 근친상간과 함께 인류의 가장 오래 지속된 금기 사항이었다. 그랬으니 자살 탄압법 또는 자살 처벌법은 그토록 오랫동안 생명을 유지하고 프랑스 대혁명 이후 20세기에 이르러서야 폐지되었다. 비로소 인간은 자기 자신에 대한 재량권이라는 기본권을, 자신의 생명에 대한 자기 결정권이라는 기본권을 회복한 것이다. 그러나 오늘날 문명국가에서도 여전히 자살 교사 또는 방조는 형법으로 처벌 받는다. (우리 형법 제252조 제2항)

자살을 죄악시하는 이 오랜 전통은 중세를 거쳐 현대까지 끊임없이 이어지고 있다. 현대 사회는 여전히 자살을 혐오스럽고 무서운 행동으로 여기고 있다. 자살은 비도덕적인 행동인 것이다. 다시 말해서 자살은 도덕적으로 절대 용납할 수 없는 행동으로 간주되는 것이다.

단테는 자살을 인간에 대한 폭력으로, 스스로의 몸을 해치는, 자신의 육신에게 포악을 저지르는 폭력으로 보았다. 그것은 옳지 못한 행동이었다. 그래서 자살한 영혼들은 지옥 중에서도 푸른 잎이 아니라 불길 같은 색깔의 잎이 매달려 있고 가지들은 구부러져 온통 매듭투성이이며 열매는 맺지 않고 독성이 있는 가시들만 박혀 있는 나무들이 우거져 있는 숲 속에서 이상한 몰골을 하고 나무 가지들에 매달린 채 괴상한 통곡 소리만 지르고 있다. 이 영혼들은 최후의 심판이 오더라도 그 나무들은 자살자의 육신으로 싹이 돋았기 때문에 육신을 다시 취하지 못하므로 그곳에 그대로 남아있어야 하는 저주스러운 망령들이었다.

역시 우토푸스의 유토피아에서는 안락사는 명예로운 죽음으로 여겨졌지만 자살한 사람은 화장도 매장도 할 수 없었고, 그들의 시신은 아무런 예식 절차 없이 강물에 그대로 던져 고기밥이 되게 하였다.

안락사의 경우에도 그렇다. 과연 안락사는 자비로운 행위인가? 우리가 사랑하는 사람을 안락사시킨다면 그 행위는 그의 고통을 줄여주기 위한 것일까? 아니면 당신의 고통을 덜기 위한 것인가? 안락사는 불치병을 앓는 이에게 자살을 방조한 행위가 아닌가. 또는 촉탁이나 승낙에 의한 살인행위가 아닐까. 우리 형법 제252조는 이러한 행위를 처벌한다. (의사는 당초 약속했던 대로 그에게 고통을 종결시켜 줄 고농도 모르핀을 가져다주었다. 그토록 강력한 의지를 가진, 그러나 운명은 결코 극복될 수 없다고 믿은 염세주의자, '성욕에 관한 세 편의 에세이'를 쓰고 삶의 충동과 죽음의 충동이라는 개념을 제시한 인간, 종교란 결국 강박관념에 의한 신경증의 결과물이라고 단정하고 무신론을 공공연하게 주장하고, 죽음의 순간을 맞이할 때에도 자신은 태연하게 죽음을 받아들일 것이라고 자신한, 정신분석학의 창시자인 프로이트는 암이 악화되었을 때 안락사를 선택했다.)

그래서 반대론자들은 그 누구도, 그 무슨 이유에서도 무고한 사람, 배아 또는 태아, 노인, 치유 불가능한 환자, 이미 죽어가는 환자의 주검을 용인해서는 안 된다고 한다. 이러한 행위는 신과 인간의 존엄성을 훼손하고, 생명 존중에 반하고, 인류에 대한 테러 행위이기 때문이라고 주장한다.

암흑의 세기인 중세 1,000여 년 동안 교회법과 세속법은 자살에 대해, 인간의 생명은 신에게 속하므로 인간이 자유롭게 처분할 수 없다는 신법과 생존본능이라는 인간의 본성을 파괴해서는 안 된다는 자연법을 거역한 중대한 범죄로 간주하고, 자살자의 그리스도식 장례를 금했을 뿐만 아니라 사탄의 순교자들은 지옥에 떨어져 영벌을 받는다고 선언하고 또한 실제 끔찍한 시체모독형과 재산몰수형을 선고받았다.

그런데 누구인들 인생의 어느 고비에서 그것을 한번쯤 심각하게 생각해 보지 않을 수 있을 것인가. 너무나 오랫동안, 무려 400년 동안이나 인류가 우려먹었기 때문에 너무 진부하지만, 햄릿은 '*사느냐 죽느냐 그것이 문제로다. (혹은 있음이냐 없음이냐, 존재하느냐 마느냐, 삶이냐 죽음이냐, 살아 부지할 것인가 죽어 없어질 것인가, 과연 인생이란 살 가치가 있느냐 없느냐, 그것이 문제로다.)*'라는 인간 실존의 근원적 물음을 던지지 않았던가.

우리는 그들의 자살 혹은 미묘한 죽음을 역사적으로 성찰해 보아야 하리라.

스토아학파의 창시자였던 제논, 유물론자 에피쿠로스, 디오게네스의 철학적 자살. 자살을 극력 반대했던 피타고라스학파의 피타고라스가 삶에 염증을 느끼고 단행한 단식 자살. 엠페도클레스는 불을 찬양했고 스스로 신으로 자처하였으니 에트나 화산의 불구덩이 속으로 몸을 던져서 영원히 신으로 남으려 했다. 마지막 영혼의 정화.

논란의 여지가 있기는 하나 (자살인지 아닌지) 재판 과정에서 의식적으로 도발하고 제자들의 권유에도 불구하고 도주를 거부하며 독배를 마신 소크라테스의 죽음.

독배를 마시고나자 그의 다리에서 죽음의 장미가 파랗게 피어났다.

테르모필레에서 스파르타 전사들의 죽음.

공화국에 대한 절망, 자유의 상실에 상심한 위대한 시민 카토의 자살. 카시우스 브루투스의 자살. 안토니우스와 클레오파트라의 자살. 종교는 미신과 미망의 원천이라고 한 고독한 시인, 철학자 루크레티우스의 자살. 카토의 자살을 지상에서 가장 아름다운 것으로 의지적 죽음이라고 찬양했던 스토아학파 철학자, 세네카의 강요된 자살. 스스로 위대한 시인으로 자처했던, 그래서 '*아아, 위대한 예술가가 이렇게 사라지는구나!*'라고 외치고 자살했던 네로 황제.

단테가 지옥에서 만났을 때 그가 이 세상 끝에 있는 바다에서 죽었다고 고백한 오디세우스의 죽음.

삼손의 자기 살해. 사울 왕의 자결. 아비멜렉의 자살.

예수는 종말론적 예언자이었기에 유월절 행사를 위해 예루살렘에 들어가면서 이미 자신의 운명을 알고 있었으니, "*나는 내 양들을 위해서 목숨을 바치리라. 그러므로 누가 나에게서 목숨을 빼앗아 가는 것이 아니다. 내가 스스로 바치는 것이다.*"라고 말했다. (그래서 오리게네스는 "*우리가 두려워하지 않고 말을 한다면 예수께서 거룩하게 자살하였다고 해야 할 것이다.*"라고 하였다.)

(예수를 죽인 악마라고 보는 신실한 기독교도들이 지어낸 것으로 보이는, 출처가 미심쩍은) 빌라도의 자살. 마테오가 스스로 무화과나무에 목을 맸다고 기록한 저주 받을 자의 원형 가롯 유다의 자살. 악의 표상이었던 폭군 헤롯왕의 자살. 그리고 이후 헤아릴 수 없을 만큼 수많은 순교자들.

서기 67년 로마 장군 베스파시아누스의 갈릴리 점령과 유대인의 집단 자살, 그때 요세푸스의 자살 거부. 서기 73년의 유대인의 마사다 항전과 집단 자살, 그 당시 유대인들의 우두머리였던 엘레아잘의 죽음. 십자군 원정시기인 1065년과 1069년에 일어난 유대인의 집단 자살. 12세기 영국에서, 그 후 1320년과 1321년의 집단 자살. 제2차 세계대전 중 아우슈비츠에서 집단 죽음.

로미오와 줄리엣이라는 연인들의 자살. (매우 우유부단하며, 그 당시 자살금지 법칙에 얽매어 결코 자살할 수 없었던 중세적 인물인)햄릿이 느꼈던 자살의 유혹. 비극적 인물들인 맥베스와 오셀로의 자살. 질풍노도 시대, 낭만주의 시대 젊은 베르테르의 자살. 달리는 기차에 몸을 던진 톨스토이의 안나 카레니나. 쿠오 바디스의 페트로니우스와 그의 연인 에우니케의 자살. 합리주의자이고 이성주의자이고 자신의 철학을 완성시키는 최종 단계로 자살을 선택한 페르난두 페소아의 테이브 남작.

그가 19세 때 앞으로 10년만 더 살 것이라고 스스로에게 다짐하고 나서 29세 때 자신의 약속을 충실하게 지키기 위해 정해진 날 권총으로 자살을 한 프랑스의 무명 허무주의자 시인이었던 자크 미코.

마지막 순간까지 기다려보자. 그는 삶을 사랑했으므로 정말로 죽고 싶지 않았다. 그 순간 햇빛이 찬란했다. 산다는 것은 좋은 일이었다. 인간들은, 그들은 대체 뭘 원하는 걸까? 그러나 버지니아 울프의 셉티머스 워렌 스미스는 1925년 5월 그 찬란한 계절에 창문을 뛰어내렸다.

현대 세계에서 빈센트 반 고흐, 프리디히 니체, 기 드 모파상, 제라르 드 네르발, 슈테판 츠파이크의 자살. 자신이 남들에게 무익하고, 자신에게도 위험하기 때문에 자살을 기도했던 보들레르. (*'나는 정말로 다시 미쳐가는 것이지요……. 다시는 그 끔찍한 시련을 이*

*겨내지 못할 거예요…… 환청이 들리기 시작해서 집중할 수 없지요 그래서 나는 지금 최선이라고 생각되는 길을 선택하려고 해요 당신은 제게 다시 얻을 수 없는 가장 큰 행복을 가져다주었지요…… 나는 당신의 삶을 더 이상 망칠 수 없어요'*라는 마지막 편지를 남기고) 암울한 시기였던 제2차 세계대전 기간 중에 외투 주머니에 돌멩이를 가득 집어넣고 우즈 강에 들어가 자살한 버지니아 울프. 나치에 쫓겨 스페인으로 향하던 중 피레네 산맥에서 스스로 목숨을 끊은 발터 벤야민. 1950년 그의 문학의 절정기에 자살한 세자르 파베세. 1951년 7월 채 서른이 안 된 나이에 홀로코스트의 악몽을 극복하지 못하고, 또 공산주의 체제에 대한 환멸 때문에 갑작스레 가스 자살한 타데우쉬 보로프스키. 현대 컴퓨터의 아버지라고 불렸던 천재 수학자 앨런 튜링. 그는 1953년 자신의 남자 친구를 사랑하는 동성애자임을 고백하고 '중대 외설행위'라는 죄목으로 징역 2년형을 선고 받았다. 그러나 그는 징역형 대신 화학적 거세를 선택했으나 그 고통을 이겨내지 못하고 일 년 뒤 청산가리가 묻은 사과를 한 조각 베어 먹고 자살하였다. 그 시대의 한계와 폭력성이란. 2009년 그 당시 영국 총리는 튜링의 재판에 대해 사과문을 발표하였고 2013년 여왕은 특별 사면을 선포하였으나, 멀쩡한 인간을 살해해놓고 뒤늦게 이게 무슨 짓이람. 러시아의 세르게이 예세닌, 미국 여류 시인 실비아 플레스의 자살. 아나바시스의 시인 파울 첼란의 자살. 마릴린 먼로, 헤밍웨이, 진 세버그, 로맹 가리 (또는 에

밀 아자르)의 자살. 아우슈비츠 수용소에서 살아남았지만, 그러나 살아남았다는 그 사실만으로 평생 수치심과 죄책감을 안고 살아가다가 40년이 지나서 결국 토리노의 아파트 건물 4층에서 투신하여 자살한 이탈리아의 유대계 작가 프리모 레비. 그는 자살이란 우리 모두가 지닌 일종의 권리라고 하였다.

인간의 존엄성을 지키기 위해 자살이 널리 용인되고 죽음의 미학으로까지 승화되었던 일본에서, 자신의 생존 자체를 부담스러워 했던가, '어떻게 살 것인가'라는 명제와 함께 '어떻게 죽을 것인가'라는 명제에 집착하여 자살로 생을 마감한 일군의 일본 작가들, 기타무라 도코쿠, 가와카미 비잔, 아리시마 다케오, 아쿠타가와 류노스케, 마키노 신이치, 다자이 오사무, 다나카 히데미쓰, 하라 다미키, 구사카 요코, 미시마 유키오, 가와바타 야스나리, 에토 준. '인간 실격'의 작가 다자이 오사무는 다섯 번 자살을 시도하여 마침내 정부와 함께 동반 자살에 성공하였으니.

12월 18일 독일 군함 그라프 슈페호가 몬테비데오를 떠나 죽음의 바다로 출항한 사건과 그 선장 한스 랑스도르프의 죽음. 10월 14일 나치 영웅 롬멜의 자살. (1945년 4월 30일의 총소리와 함께) 히틀러와 에바 브라운의 자살. 5월 1일 여섯 아이와 함께 요제프 괴벨스 부부의 자살 (그러나 여섯 아이에 대한 마그디 괴벨스의 행위는 살인이었으니 12살 미만의 어린아이들이 죽음의 의미를 알 수 있었고, 무슨 의지의 힘이 작용했으며, 무슨 의사 결정을 할 수 있었겠는가). 1945년 2월에서 5월 사이 지속된 베를린의 자살 전염병.

독일의 적군파 혁명가 울리케 마인호프의 감옥에서 자살.

가미가제 특공대. 체첸에서, 중동에서 자폭 테러.

'*나보기가 역겨워 가실 때에는 말없이 고이 보내드리오리다.*' (일제 암울한 시절에 천재 시인 이상은 27세 때 유명을 달리했고 윤동주 시인은 28세 때 세상을 떠났지만) 진달래꽃의 시인 김소월은 32세 때 아편을 마시고 음독자살했다. 그리고 우리는 1990년대의 봄을 생생히 기억해야 한다. 5월 정국의 수많은 분신과 투신을, (최근 조작된 것으로 판명된) 강기훈의 유서 대필 사건을. 또한 그 이전 전태일의 분신자살을, 그 이후 노무현의 자살을.

그런데 수천억 원을 갈취해서 염치도 없이 떵떵거리고 사는 파렴치한 전직 대통령들보다는 훨씬 양심적이고 그 이상의 의미를 가졌던 그의 죽음을 우리는 가슴 깊이 기억해야 할 것이다.

그러나 헤밍웨이는 말했다. '세상을 떠난 사람들이 항상 더 사랑을 받는다. 왜냐하면 서로 인정사정 봐주지 않고, 길게 지루하게 싸우는 모습을 아무한테도 보여주지 않아도 되기 때문이다. 죽은 사람들, 갖가지 사유로 일찌감치 삶을 포기한 사람들은 공감을 얻을 수 있고 인간적이라는 이유로 사람들이 더 선호한다.'

그리고 공권력의 폭력에 희생당한 것인지, 자살인지, 알 수 없는 억울한 죽음의 의문사 희생자들, 생활고에 못이긴 수많은 필부, 필부들의 자살을. 그 암울한 시대의 한계와 폭력성이란.

그러나, 데카르트는 '어떤 여행자도 돌아오지 못하는 수수께끼의 고장에 가는 게 마땅한 일인가.' 또한 '……나는 우리가 진정으로 죽음을 두려워해서는 안 되지만 죽음을 추구해서도 안 된다.'고 하였고, 몽테뉴는 약간 애매한 입장에서 망설였지만 파스칼은 그러한 태도에 경악하며 이교도적인 생각은 용납될 수 없다고 하였으며, 디드로는 '백과전서'에서 자살에 대해 적대적으로 설명했고, 몽테스키외는 자살을 옹호하지는 않았지만 자살에 대한 법적 탄압만은 신랄하게 비판하였다. 볼테르는 '자살은 상냥한 사람들이 할 짓이 아니다'라고 했고, 칼 야스퍼스는 '자살은 생을 위반하는 적대적 행위'라고 했으며, 장 폴 사르트르는 자살은 자유의 포기로 보았으며, 알베르 카뮈는 '난 죽고 싶지 않아요.'라고 했다.

그랬으니 그들과 거의 모든 염세주의 철학자들과 자살을 미화하고 찬미한 작가들, 시인들, 신비주의자들, 냉소주의자들, 극단주의자들, 세속주의자들, 햄릿과 파우스트, 스탈린과 모택동을 열렬히 숭배했던 파리 센 강 좌안의 지식인들은 결코 자살하지 않았다.

'배반의 장미'에서 박△△은 산악반 반장으로 명예를 중시했기 때문에 고대 로마인들의 명예로운 자살처럼 손쉽게 강물에 투신하거나 목을 매지 않고 칼로 그어 자살했고 (이 사실은 그의 절친한 친구였던 김규현이 잘 알고 있다.), '사랑'에서 비체는 역시 자살을 하려고 했지만 육체와 정신이 망가질 대로 망가진 그는 용기가 부족했기 때문에 자력으로 죽지 못하고 (성명불상의) 그가 자살 교사나 방조죄, 또는 촉탁이나 승낙 살인죄의 처벌을 각오하고 그 죽음을 도와주었다. (그런데 성명불상자는 그때 스스로에게 증오의 감정을 가지고 있었던 것일까. 그는 그 순간에 비체와 자신을 완전히 동일시하였고, 그를 죽게 함으로서 그 자신을 처벌하길 원했던 것인가.)

그러나 비체는 알고 있었다. 삶의 전부를 잃었을 때, 희망이 더는 없을 때, 삶은 무의미하고 죽음은 의무가 된다는 것을.

'인간의 초상에서' 김재수 병장은 동성애자였고, 그는 스스로 그걸 중대한 정신병으로 간주하였으며, 그 정신병을 치료하기 위해 인육을 먹어야 했으니 끝내 자살을 선택했고, 진정한 휴머니스트로 결코 인간을 향해 총을 쏠 수 없었으나 자신을 향해 총을 쏠 수는 있었던, 그러나 사랑을 위해 탈영했던 김정현 병장은 영원히 행방불명되었다.

그리고 '사하라'에서 김규현의 죽음을 어떻게 보아야만 할까? 진실은 무엇인가? 건축 설계사로서 그의 강박관념은? 그의 꿈은 실현 가능성이 있었던가? 그는 좌절하여 스스로 죽음을 선택했던 것인가? 다만 그는 마지막 죽는 순간 마침내 자신의 신을 찾았던 것이 아닐까?

그들은 '나는, 나를 파괴할 권리가 있다.'고 말하는 것 같다. 그러나 자살은 불가사의하다. 죽음은 신성한 것일까? 이보게 신성한 건

삶이야. 내가 지금 더 이상 무엇을 덧붙이겠는가. 배반의 장미에서 이미 '배반'이라고 하지 않았던가.

영혼의 불멸성

물질주의자 (또는 물리주의자)는 육체만 인정한다. 그러나 이원론자는 육체의 존재는 물론이고 영혼의 존재도 인정한다. 그들은 영혼이란 단지 몸의 배출물이거나 몸의 분비물 정도로 생각하지 않는다. 물론 물질주의자는 영혼의 존재를 인정할 만한 타당한 근거가 없다고 주장한다. 그래서 현대의 심리학과 정신의학, 생물물리학은 인간의 내면세계를 가리켜 생각, 마음, 의식, 정신이라고 한다. 그들은 영혼이란 과학적으로 증명이 불가능해서 개인적이고 주관적이라고 주장하며 영혼이라는 용어의 사용을 적극 기피한다.

현대의 뇌신경학이 인간의 뇌 속에는 1,000억 개의 신경세포 (뉴런)가 들어있고 이를 연결하는 네트워크의 회선 수만 150조 개를 넘을 것이라는 사실을 발견하였는데, 1,000억 개의 뉴런 개수는 우리 은하계의 별의 숫자와 일치한다. 결국 인간의 뇌는 소우주에 다름 아닌 것이다. 그러나 우주에 미만해 있는 암흑물질 중에서 대략 4% 정도만 현대 과학으로 규명이 가능하다고 하는데 어떻게 이 소우주를 과학적으로 증명할 수 있을 것인가. 영원히 불가능할 것이다.

그렇다면 그들은 영혼의 부존재를 증명하기는 한 것인가. 그들은 오로지 과학 만능에 집착하고 있는 것이다. 그런데 과학이란 측정과 증명이 가능한 것만 다룬다. 하지만 이 광활한 우주, 이 복잡한 인간 세계를 과학으로만 이해와 설명이 가능하겠는가. 과학이 전부가 아니다. 그래서 철학과 종교가 존재하는 것이다. 철학과 종교는 경험적으로 검증할 수 없는 생각과 영혼, 가치를 다루는 것이다. 그러므로 감히 누가 영혼의 존재를 부정할 수 있겠는가. 살과 뼈를 가진 인간의 육체 속에는 이 육체가 소멸된 후에도 여전히 존재하는 심령적이고 활동적인 어떤 미묘한 요소가 있는 것이다. 그것은 영원한 실체인 진아眞我이고 영혼인 것이다. 그러므로 죽음은 영혼이 육체를 벗는 것이고 탄생은 육체를 입는 것이다.

영혼은 형체도 없고 소리도 없고 만질 수도 없으며 사라지지도 않으며 냄새도 없고 맛도 없으며 시작도 없고 끝도 없다.

……*영혼은 위대한 광명의 본체와 떨어질 수 없으며 태어나지도 죽지도 않는 불변하고 무한한 빛이다.* (티베트 사자의 서)

……*'영혼은 밝은 빛'이라고 우리는 말하지만 그것은 모든 언어와 상징 너머에 있네. 영혼은 원래 비어있지만 모든 것을 수용하고 포함하네.* (마하무드라의 노래)

나는 바로 나다. 내가 태초의 시작이고 끝이다. 영혼은 자아의 본질이다. 영혼은 나를 대체 불가능한 실재로 만든다. 신을 믿건 아니건 영혼이란 인간에 내재하는 불멸의 존재이다. 나는 항상 내 영혼이 나와 함께 존재하고 나와 함께 삶의 여정을 걸어가고 있음을 믿는다. (그런데 내 영혼은 언제부터 내 육체 속에 깃들었을까? 창세기에 의하면 야훼 신께서 진흙으로 사람을 빚어 만드시고 입에 입김을 불어 넣으시니 사람이 되어 숨을 쉬었다고 했다. 그렇다면 신은 먼저 육체를 만들고 이후 거기에 영혼을 불어 넣었던 것이니, 즉 먼저 육체가 있어야 영혼이 깃들 수 있다는 것이다. 그러므로 나의 경우에도 기독교적 영혼창조론이나 영혼유전설을 도외시하기로 하고 나의 영혼은 내가 성체가 된 후에, 그것도 인간으로서 이성적 사고를 할 수 있었을 때부터 내 몸에 깃들었다고 생각한다.)

그러나 나는 유일신 종교들이 말하는 천국과 지옥을 믿지 않는다. 터무니없는 소리 아닌가. 그러므로 내가 죽으면 천국이나 지옥 중 한 곳에 가야한다고 생각하지 않는다.

내가 죽으면 육체는 무덤 속에서 썩어갈 것이지만, 그 전에, 프랑스의 물리학자이자 심리학자인 바라뒤크의 주장처럼 또는 할리우드의 영화 '사랑과 영혼'에서처럼, 죽는 순간 영혼은 몸 밖으로 빠져나와 육체에서 분리될 것이다. 그러므로 영혼은 육체에 깃들었다가 육체가 죽을 때 함께 죽는 것이 아니다. 그러나 영혼은 유령이 아니다. 그러니까 나는 단지 시적 표현으로 영혼이란 말을 사용하는 것이 아니다. 영혼은 우리가 가지고 있는 불멸의 본질이다. 로마의 시인 오비디우스는 '영혼은 영원히 변함없으며 다만 옮겨 다니는 가운데 끊임없이 변화하는 형상을 취할 따름'이라고 하였다.

그런데 내 영혼이 그때 유체이탈하면서 공중 부양하는 중에 죽어 있는 내 초라한 육체를 내려다보며 무슨 생각을 할지는, 지금 어떻게 짐작이나 할 수 있겠는가. 그러나 내 영혼은 내 육신을 떠난 후 나비처럼 날개를 펄럭이며 여기저기 훨훨 날아다닐 것이다. 그리고 하늘 높이 올라갈 것이다.

그러므로 플라톤이 '파이돈'에서, 그 후 데카르트가 '성찰'에서 영혼의 존재와 그 불멸성에 대해 논리적 증명을 시도했으나 만족스럽지 못하다고 해서, 그래서 영혼의 존재를 확실하게 증명할 수 없다고 해서 영혼이 존재하지 않는 것은 아니다. 영혼은 물질적인 존재가 아니기 때문에 외적 감각으로 인식할 수 없지만 내적 감각, 즉 마음의 눈으로 얼마든지 확인할 수 있는 것이다. 일원론적 견해는 일종의 인과관계와 결정론에 근거하고 있지만, 이 세상만사가 결정론에 의해서 해결될 수 있는 것은 아니다. 그건 독자적인 이론에 불과한 것이다. 데카르트는 육체와 정신 곧 육체와 영혼은 이론적인 차원에서 서로 다른 존재라고 주장하면서 영혼은 육체와는 다른 것으로 육체를 초월한 존재로 보았다. 유토피아에서도 모두가 받아들이는 두 가지 엄숙한 신조가 있었으니, 인간의 영혼은 육신처럼 소멸하지 않는다는 것과 이 우주는 목적 없이 표류하는 피조물이 아니라 이를 다스리는 섭리가 있다는 것이다.

그런데 영혼이 존재하지 않는다면 당연히 영혼의 불멸성은 논할 필요도 없을 것이다. 그러나 영혼이 존재한다고 믿는다면 당연히 영혼의 불멸성 여부가 문제가 되겠지만 (그래서 에피쿠로스는 영혼의 존재는 인정했지만 자연의 다른 모든 존재들처럼 소멸하는 존재, 즉 일시적으로만 존재한다고 하였다.), 그런데 영혼이 필멸한다면 영혼의 존재가 왜 필요하겠는가. 영혼은 반드시 불멸의 존재인 것이다. 그러므로 육체적 죽음 후에도 살아남아 영혼이 불멸의 존재로 남아 있는 것이다. 그러나 독자들이여, 그 입증을 요구하지는 말라. 그건 참으로 어리석은 짓이다. 그렇게 궁금하거든 스스로 자신에게 물어보길. 영혼은 그것을 믿는 사람이 아니라면 결코 입증할 수 없기 때문이다.

모든 종교 (배화교, 힌두교, 불교, 자니교, 유대교, 그리스도교, 마호메트교 등은 물론이고 심지어 그게 종교인지 의심받고 있는 유교, 아프리카 원시 부족의 애니미즘 신앙까지 모두)는 영혼의 존재와 그 불멸성을 신앙의 기초로 삼고 있다. 그러면 세계의 종교 인구를 고려해보라. 영혼불멸설은 틀림없이 세계적으로 다수설이라고 할 수 있다.

그리스의 오르페우스파와 피타고라스학파는 영혼의 불멸을 믿었고 영혼윤회설을 주장했다. 이 영혼불멸설은 그 후 소크라테스를 거쳐 플라톤으로 계승되었고 플라톤의 관념론과 신비주의는 기독교의 탄생과 더불어 하늘로의 도피를 주장하는 그 교리 속으로 깊이 스며들었다. 파스칼은 말했다. "기독교를 준비하기 위한 플라톤."

그러나 기독교는 윤회설을 부정한다. 제2차 콘스탄티노플 종교회의는 선언하였다. "영혼이 전생에도 존재한다는 미신적인 교리나 영혼이 환생한다는 이상야릇한 의견을 지지하는 자는 누구든지 파문당할 것이다." 하지만 유대교 금욕주의 에세네파와 바울이 이끌었던 정통 기독교가 이단으로 몰아붙였던 초기 기독교의 그노시스파는 틀림없이 윤회론자들이었고, 그들은 예수 그리스도도 윤회 철학을 받아들였다고 주장하였다.

그런데 영혼이 윤회한다면 사람들이 이전의 삶을 기억하지 못하는 까닭은 무엇일까? 플라톤이 말했다. "인간이 죽으면 지하세계의 왕국인 하데스로 가서 심판을 받고 윤회하는데, 그전에 망각의 강인 레테 강을 건너면서 망각의 물을 마시기 때문에 기억을 잃는다."

그러나 나는 깨달음이 부족해서인지 영혼불멸설을 확고하게 믿고 있기는 하지만 환생의 개념이나 원리에 대해서는 잘 이해하지는 못한다. 그건 영혼 또는 영혼의 불멸성과는 직접적인 연관성이 없기는 하다. 다만 북방 불교의 심원한 원리는, 만일 우리가 삶과 죽음에 대한 올바른 이해를 갖고 있다면 우리는 이 무한한 우주의 모든 구석을 지배하는 '완전한 법칙'이 존재함을 깨달을 수 있다고 주장한다. 이 완전한 법칙을 켈트 족의 드루이드 사제들은 '존재의 순환'이라고 불렀고, 또 다른 윤회론자들은 '필연적인 순환'이나 '생과 사의 원'이라고 하였다.

그러나 내가 선택의 순간을 맞는다면 그때 윤회를 운명으로 받아들일지 아니면 영면을 선택할 수 있을지는 지금으로선 알 수가 없다. 그런데 카르마란 결국 인과응보의 법칙 아니겠는가. 나는 이승에서 좋은 업을 쌓아서 지렁이, 벌레 같은 하등 동물로 환생하기를 바라지는 않는다. 어느 어머니의 자궁 속으로 들어가서 장차 건축가가 될 남자 아이로 태어나길 바랄 뿐이다. 정녕 그럴 수만 있다면 말이다. (나는 건축설계사가 되지 못하는 것을 평생의 한으로 여기고 있으니까.)

분별력이 없는 사람, 마음이 불안정하고 가슴이 순결하지 못한 사람은 결코 목적지에 이르지 못하고 다시 또다시 생과 사의 수레바퀴인 이 끝없는 고통의 세계에 태어날 것이다. 그러나 분별력을 가진 사람, 마음이 안정되고 가슴이 순결한 사람은 목적지에 도달할 것이며 다시 태어남이 없는 세계에 도달할 것이다.

— 카타 우파니샤드

그런데 소크라테스는 죽음이 찾아와 마음과 몸이 분리될 때 순수해진 영혼은 육체적 욕망의 속박에서 벗어나 천국을 향해 자유롭게 날아갈 것이라고 확신했을까. 그래서 소크라테스는 기원전 399년 독약과 불의가 마지막 숨결을 앗아갈 때 의연할 수 있었을까. 그는 자진해서 죽었던 것일까. 자신의 고결한 영혼이 불멸하다는 사실에서 얼마나 큰 위안을 받았겠는가. 소크라테스는 제자들이 지켜보는 가운데 놀라운 평정심으로 독약을 마시고 태연하게 죽음을 맞이하였다. 이는 인류 역사상 위대한 죽음의 장면 중 하나다.

몽테스키외는 말했다. "나는 불멸을 구한다. 그 불멸은 내 안에 있다. 내 영혼아, 드넓어지라. 광대한 영역으로 뛰어들어라. 위대한 존재로 돌아가라."

김규현의 영혼은 지금도 광대한 사하라에서 떠돌고 있다.

죽음과 운명

기원전 44년 3월 15일. 음모자들은 재빨리 행동하기로 모의하였다. 그날 카스카가 단검을 꺼내 제일 먼저 카이사르를 찔렀다. 하지만 긴장한 때문인지 카이사르의 목 또는 어깨를 스치는데 그쳤다. 그러자 다른 암살자들이 달려들어 카이사르를 무참히 찔렀다. 그들은 광란 상태에서 마구 칼을 휘두르고 찔러댔기 때문에 암살자가 혼란한 와중에서 다른 암살자의 팔을 찌르기도 했다. 독재관의 몸에는 칼에 찔려 스물세 군데의 상처가 났다.

카이사르는 그가 사랑했던 정부 세르빌리아의 아들이자 그의 양아들이었던 마르쿠스 브루투스를 보자 절망한 나머지 마지막 저항을 포기하고 말했다. "*브루투스, 너마저 (et tu Brute)*" 그리고 독재관은 토가로 머리를 감싸고 쓰러졌다.

그러므로 카이사르의 아내 칼푸르니아가 꾼 악몽, 3월 15일을 조심하라는 점쟁이 푸리나의 예언, 그날 새벽에 로마를 덮친 폭풍우, 수많은 새떼의 비상과 같은 전조도 그의 죽음을 막을 수는 없었다. 그의 죽음은 운명에 의해 예정되어 있었기 때문이다.

셰익스피어는 브루투스가 면피용으로 "카이사르에 대한 나의 사랑이 부족해서가 아니라 내가 로마를 한층 더 사랑했기 때문이다."라고 변명했으리라고 추측했다.

서기 30년 4월 5일 (수요일) 밤. 가룻 유다는 바리세파 제사장들을 만나자 곧바로 말했다. *"내가 그를 넘겨주면 얼마를?"* 대제사장이 대답했다. *"은화 30개"* 유다와 대제사장 가야바는 거래를 성사시켰고 유다는 즉시 예수를 넘길 장소를 알려주겠다고 약속했다. 그리고 예수와 제자들이 기다리고 있는 베다니로 돌아갔다. 4월 7일 (목요일) 예수는 제자들을 데리고 예루살렘으로 향했고 그곳에서 제자들에게 작별 인사를 하기 위해 그날 밤 최후의 만찬을 마련했다.

한창 만찬이 진행되던 중에 예수가 말했다. *"나는 분명히 말할 수 있다. 너희들 가운데 한 사람이 나를 배반할 것이다."* 예수는 만찬이 끝나고 밤이 깊어지자 다시 제자들을 이끌고 키드론 계곡 건너편 올리브 산 아래 겟세마네 동산으로 갔다. 밤이 더욱 깊어졌다. 굳어버린 고체처럼 짙은 어둠이 온 사방을 가득 채우고 있다. 그때 배신자 유다가 성전 경비대를 이끌고 그 동산으로 올라왔다. 그들은 횃불과 등불을 흔들어서 어둠을 해치고 올라왔고 곤봉과 칼로 무장하고 있었다.

유다가 냉담하게 말했다. *"나사렛 예수는 안녕하신가?"* 그리고 예수의 볼에 입을 맞추었다. 그것은 일종의 (역사상 가장 극적인) 신호였다. 내가 입을 맞추는 자가 예수이니 그를 체포하라고 경비 대원들과 사전 약속이 되어있던 것이다.

4월 7일 (금요일) 예수는 해골 (라틴어로 칼바리아 또는 갈보리, 아람어로 굴갈타, 그리스어로 골고다, 세 단어 모두 해골 또는 두개골이라는 의미를 갖고 있다.) 언덕에서, 2천년 동안이나 인류에게 회자되었으니 우리 모두가 너무나 잘 알고 있는 바와 같이, 바라바 (또는 바라빠)라는 이름의 살인범과 그 공범과 함께 십자가형에 처해졌던 것이다.

이건 아르헨티나 맹인 작가인 호르헤 루이스 보르헤스로부터 들은 이야기이다. 19세기의 시간이 지난 후, 부에노스아이레스 지방의 남부에서, 한 늙은 가우초 (목동)가 다른 가우초 일당에 의해 공격을 받게 되고 그는 쓰러지면서 그 암살자들 중에서 자신의 양아들을 발견한다. 그는 은근한 경외심과 아련한 놀라움 속에서 그에게 말한다. *"그렇지만 이 녀석아!"*

샤를 드 푸코는 시토회 중에서도 엄격한 계율과 청빈, 영원한 침묵을 유난히 강조하는 트라피스트 수도회에서 사제 서품을 받았다. 그 수도회의 수사들은 **죽음을 기억하라** memento mori'라는 말로 인사를 대신한다.

그는 복음을 알지 못하는 가장 버림받은 사막 부족민들에게 기독교를 열심히 전파하여 그들을 천국으로 인도하고자 열망하였다. 그 자신은 척박한 사막에서 예수의 삶을 사는 유일한 증거자가 되고자 하였다.

1916년 12월 1일 (그날은 금요일이었다.)

그는, 그날 아침 드 봉디 부인에게 '우리들의 무화, 자기 부정은 우리를 예수님과 결합시키고 영혼에 선을 행하기 위한 가장 강력한 방법입니다.'라고 편지를 써서 보냈다. 그리고 오후 7시경 그는 침입한 투아레그족 일당에게 은둔소 바깥 자갈밭으로 강제로 끌려 나갔다. 거기에서 무릎 꿇고 등 뒤로 묶인 손은 끈으로 발목뼈에 비끄러매어졌다. 그는 그러한 상태에서 움직이지 않고 계속 기도만 하고 있었다. 암살자들은 그를 심문했으나 그는 아무 말도 하지 않았다. 어느 일순간 그를 지키고 있던 애송이가 발작적으로 그를 겨누고 방아쇠를 당겼다. 그의 몸은 조용히 기울어져 옆으로 쓰러졌다.

그 순간 그는 애송이의 애처로운 얼굴을 쳐다보면서 기도하였다. "저의 목숨을 바칩니다. 당신께서 제일 좋다고 생각하는 대로 저를 살리시거나 죽이시거나 뜻대로 하시옵소서. 당신 안에서, 당신을 위해서, 당신을 통해서, 성모 마리아, 성 요셉, 성 마리아 막달레나, 저를 구해주소서. 저의 하느님, 저의 적을 용서해주십시오. 그들에게 구원을 주소서. 아멘."

그는 죽었다. 세누시스트의 투아레그인들은 그의 소지품을 빼앗고, 은둔소 둘레에 있던 개천 속에 그를 던져버렸다.

암살자들은 배신자였다. 배신자. 샤를이 신앙이 없는 사막의 무뢰한이었던 그들의 영혼을 구제하기 위해서 그 자신을 잊어버리고 역사했는데도 말이다.

오오! 신이여! 간디가 암살자로부터 세 발의 총알을 맞고 쓰러지며 중얼거렸다. 그게 신에게 살려달라고 기도하기 위해서였는지, 아니면 적을 용서해달라고 신께 비는 말이었는지는 지금까지도 수수께끼이지만 말이다.

(……알리기에리 단테는 배신자를 가장 중죄인으로 취급하였다. 인류 최초의 배신자는 카인이었다. 그러나 단테는 배신자의 전형으로 카이사르를 배반한 브루투스와 예수를 배반한 유다를 들었다. 그래서 배신자들의 영혼은 어둠과 증오와 영원한 저주의 지하 세계인 지옥에서도 가장 낮고 깊숙한 곳인 '주테카'에서 지옥의 마왕인 루시페르에게 가장 엄중한 벌을 받아야 했다. 그런데 루시페르 역시 하나님을 배반했다가 천국에서 쫓겨난 천사들의 우두머리로 지옥의 상징이다.)

보르헤스는 말한다. 죽음은 운명이고, 운명은 반복되고, 변형되고,

병립되기도 하면서 계속 확장된다고. 늙은 가우초도, 샤를 신부도 2,000년 전의 하나의 장면이 되풀이되도록 하기 위해 자신이 죽고 있다는 것을 모른 채 죽었다.

그리고 가장 최근의 일로 대한민국이라는 나라에서도 1979년 10월 19일 밤 그 장면은 또다시 재현되었다. 그날 밤 궁정동 안가에서는 무슨 일이 일어났는가. 장군은 쓰러지면서 "재규야, 너마저(et tu Jekuya)"라고 중얼거렸을까?

(장편소설 「사하라」의 주인공인) (주)공간의 김규현 상무는 누구보다 더 많이 사막을 사랑했고, 투아레그인 이브라함은 뼛속까지 사막의 아들이었다. 그러나 2000년 여름 운명이 그들을 사막의 시커먼 구멍 속으로 끌고 갔다. 그들은 가혹한 운명에 맞서 싸웠던가 아니면 굴복해버렸던가. 김규현은 자기 살해를 하였던 것일까.

죽음의 필연성, 예측불가능성

인간은 모두 죽는다는 것은 엄연한 사실이다. 인간의 죽음은 필연적이어서 누구도 그 사실을 피할 수 없다. (에덴동산에서 인류의 조상이 지혜의 나무에 열린 선악과를 따먹고 타락하면서부터 죄악이 이 세상을 덮쳤고, 완벽했던 세계에 질병과 죽음이 생겨났다. 우리가 죽는 이유는 우리가 죄인이기 때문이다. 기독교에서는 그렇게 죽음의 필연성을 설명했다.) 그리고 인간은 언제 죽을지, 어디서 어떻게 죽을지 도무지 예측이 불가능하다. 결국 그 모든 것은 운명이 결정한다. 그래서 이것은 수학적 문제가 아니라 철학적 사색의 대상이 되고 종교의 문제가 된다.

그들은 죽음의 본질적 특성인 죽음의 불가피성, 예측불가능성, 편재성을 전제로 말했다. 그리스 정치가였던 크리티아스는 말했다. "이 세상에 태어난 이상 죽지 않을 수 없다. 그리고 살고 있는 이상 불행으로부터 벗어날 수는 없다. 사람에게 확실한 것은 아무것도 없다."

그리스 철학자 에피쿠로스는 인간의 가장 본질적인 두려움은 죽음에 대한 두려움인 것을 냉철하게 간파했다. 그래서 무지한 인간들을 설득하고 위로하고자 하였다. 그는 이렇게 말했다. "삶은 죽음의 시작이다. 삶은 죽음을 위해 존재한다. 죽음은 끝이면서 시작이고, 분리이면서 한층 견고한 자기 자신과의 결합이다. 그렇기 때문에 죽음에 의해 환원이 이루어진다." 그는 <메노이케우스에게 보내는 편지>에서 죽음에 대하여 이렇게도 말했다. "가장 두려운 악인 죽음은 우리에게 아무것도 아니다. 왜냐하면 우리가 존재하는 한 죽음은 우리와 함께 있지 않으며, 죽음이 오면 이미 우리는 존재하지 않기 때문이다. 그렇다면 죽음은 산 사람이나 죽은 사람 모두와 아무런 상관이 없다. 왜냐하면 산 사람에게 아직 죽음이 오지 않았고, 죽은 사람은 이미 존재하지 않기 때문이다." 영국의 심리학자, 비평가인 H.엘리스는 "고통과 죽음은 삶의 일부이다. 고통과 죽음을 거부하는 것은 삶 자체를 거부하는 것이다."라고 말했고, 인도의 위대한 지도자 간디는 "삶은 죽음으로부터 태어난다. 보리가 싹을 틔우기 위해 그 씨앗이 죽어야 하듯이 말이다."라고 말했으며, 독일의 시인 안겔루스는 시집 『방랑의 천사』에서 "삶을 부르는 죽음만큼 멋진 일은 없다. 따라서 죽음을 통해 탄생하는 삶처럼 고귀한 것은 없다."라고 말했다.

또, 카뮈는 『안과 겉』에서 "인간은 삶과 죽음의 모순 사이에서 살아가야 하는 운명을 타고났다. 죽음이 있기 때문에 삶은 가치가 있다. 그러므로 삶은 귀중한 것이다. 또한 삶에 대한 절망이 없으면 삶에 대한 사랑도 없다"고 썼다.

그들은 죽음의 숙명성을 깊이깊이 이해하고 있었기에 현재의 삶에 충실하라고, '어떻게 살 것인가' 라는 문제에 집중하라고 충고한다. 그러나 현실의 삶이란 얼마나 고달프고 고통스럽고 힘든 일인가. 그렇지만 삶이 그대를 속일지라도 슬퍼하거나 노하지 말라, 슬픔의 날은 참고 견디면 머지않아 기쁨의 날이 오기 때문이다 (푸슈킨).

김규현 상무가 그렇게도 좋아했던 반 고흐는 별에 가기 위해 죽음을 꿈꿨다고 말했다. "별이 반짝이는 밤하늘은 늘 나를 꿈꾸게 한다. 그럴 때 묻곤 하지. 왜 창공에서 반짝이는 저 별에게 갈 수 없는 것일까? 루앙에 가려면 기차를 타야 하는 것처럼, 별까지 가기 위해서는 죽음을 맞이해야 한다. 죽으면 기차를 탈 수 없듯, 살아 있는 동안에는 별에 갈 수 없다." 그는 별에 살아서는 갈 수 없다고 생각했지만 그토록 꿈꾸던 별이 빛나는 밤을 그렸다.

그리고 애플의 스티브 잡스는 죽음을 앞둔 시점에서 마치 죽음을 초월한 것처럼, 소크라테스인 것처럼 말했다. "죽음은 인생에서 커다란 선택을 내리는데 도움을 주는 가장 중요한 도구입니다. 죽음 앞에서 모든 것이 덧없이 사라지고, 진정으로 중요한 것만 남기 때문입니다. 죽음은 삶이 만든 최고의 발명품입니다(Death is very likely the single best invention of life.) 죽음은 삶을 변화시킵니다(It is life's change agent.)" 그는 오랫동안 희귀한 혈액암으로 생사의 기로를 헤매면서 삶과 죽음에 대하여 깊은 성찰을 한 것이다. 그는 2011년 10월 5일 죽었다. 그가 죽는 순간 영혼의 존재와 그 불멸성을 확신하였는지는 알 수 없다.

사람들은 죽는다. 그의 쌍둥이 동생은 남쪽 바다에서 죽었고, 김규현과 그의 또 다른 동생 이브라함은 남쪽 사막에서 죽었다. 바다와 사막은 인간에게 꿈이고, 몽상이고, 신화이고, 에덴동산이었는데 말이다.

그렇다. 그렇다면, 우리가 지금 살아 있는 이유인즉, 미래에 닥칠 죽음을 준비하기 위해서일 것이다. 우리는 열매가 무르익으면 저절로 땅으로 떨어지듯 죽는다. 설익은 열매가 일찍 떨어지는 경우도 있지만 말이다. 그러므로 죽음은 삶의 소중한 열매인 것이다. 인간은 자신들이 언젠가는 죽는다는 것을 아는 유일한 동물이다. 그러나 죽음이야말로 가장 궁극적인 이별이다. 그런데 죽음은 인간의 삶을 바윗덩어리처럼 짓누르는 무거움일까, 아니면 조금도 무게가 나가지 않는 가벼움일까. 너무 가벼워서 무거운 것일까. 사람마다 실존의 조건이 다르니까, 어찌 알 수 있겠는가. 어쨌거나 인간이 죽음의 공포를 극복하기는 쉽지 않을 것이다. 거의 불가능한 일이 아닐까?

나 역시 죽음의 공포를 어떻게 떨쳐버릴 수 있겠는가. 그러나 '죽을 때까지는 살아야 한다.' 그리고 죽는 순간에는 죽음을 직시해야 할 것이다.

죽는 법을 배우는 것, 그것이야말로 가장 가치 있는 과학이며 모든 과학을 초월하는 것임을 우리는 알아야만 한다. 인간은 누구나 자신이 죽으리라는 것을 안다. 그것은 모든 인간에게 공통된 것이다. 영원히 살 사람도 없고, 또한 영원히 살기를 기대하거나 확신할 사람도 없다. 그러나 죽는 법을 배울 만큼 지혜를 가진 사람은 세상에 너무나도 적다.

─오롤로기움 사피엔티아

작가의 말

나는 2007년부터 8년 동안 장편소설 『사하라』를 붙들고 재재 수정하였다. 그리고 이제 마침표를 찍었다. 그 소설 속 인물들은 한결같이 피와 살을 가진 인간이기 때문에 현실적이고 충분히 성숙하였다. 이 모든 사람들이 결합하여 관계를 형성하고 김규현과 함께 그들의 세계를 창조한 것이다. 그러므로 부분의 총계보다도 훨씬 더 많은 이야기들이 있다. 어쨌거나 그 소설에 담지 못한 이야기를 다시 중편소설과 단편소설로 만들 수밖에 없었던 것이다. 그럴 수밖에 없었다. 그래서 그 인물들, 그들의 영혼과 미완의 꿈, 무의식, 삶의 이야기는 불가피하게 (의도적으로) 겹치게 된다. 이야기의 연장과 반복. 수정과 수정. 그리고 이들 주제와 관련해서 좀 더 직접적으로 몇 편의 에세이를 썼고 이들을 소설집에 포함시켰다.

이 중편소설집에는 「인간의 초상」, 「결별의 기억」, 「달빛 죽이기」 등과 에세이 「죽음에 대한 단상」이 그러한 예라고 할 수 있다.

그리고 시적 감흥과 삶의 지혜, 도덕률이 가득한 성서와 쿠란, 신화와 전설, 섬광처럼 전율케 하는 경구, 금언, 시들을 가끔 원문 그대로 또는 거기서 의미를 얻고 그 핵심 단어들을 따온 경우 이들 문장은 특별히 이탤릭체로 표시하였다.

2015년 12월

달빛 죽이기

초판 1쇄 발행 2016년 1월 20일

지 은 이 유중원
펴 낸 이 최종숙
펴 낸 곳 글누림출판사

책임편집 이태곤
편   집 문선희 박지인 권분옥 오정대 이소정
디 자 인 안혜진 이홍주
마 케 팅 박태훈 안현진

주   소 서울시 서초구 동광로46길 6-6(반포4동 577-25) 문창빌딩 2층(우 06589)
전   화 02-3409-2055(대표), 2058(영업), 2060(편집)
팩   스 02-3409-2059
전자메일 nurim3888@hanmail.net
홈페이지 www.geulnurim.co.kr
등록번호 제303-2005-000038호(2005.10.5)

정   가 15,000원
ISBN 978-89-6327-309-9 03810

출력·안문화사 인쇄·오양인쇄 제책·동신제책사 용지·에스에이치페이퍼

＊이 도서의 국립중앙도서관 출판예정도서목록(CIP)은 서지정보유통지원시스템 홈페이지(http://seoji.nl.go.kr)와
  국가자료공동목록시스템(http://www.nl.go.kr/kolisnet)에서 이용하실 수 있습니다.(CIP제어번호: CIP2016000201)